KB187092

불가리아 출신
율리안 모데스트의 에스페란토 원작 소설 두 편

내 목소리를
잊지 마세요

내 목소리를 잊지 마세요(에·한 대역)

인   쇄 : 2021년 4월 26일 초판 2쇄
발   행 : 2021년 5월 5일 초판 2쇄
지은이 : 율리안 모데스트
옮긴이 : 오태영(Mateno)
펴낸이 : 오태영
출판사 : 진달래
신고 번호 : 제25100-2020-000085호
신고 일자 : 2020.10.29
주   소 : 서울시 구로구 부일로 985, 101호
전   화 : 02-2688-1561
팩   스 : 0504-200-1561
이메일 : 5morning@naver.com
인쇄소 : TECH D & P(마포구)
값 : 15,000원
ISBN : 979-11-972924-6-0

불가리아 출신
율리안 모데스트의 에스페란토 원작 소설 두 편

내 목소리를
잊지 마세요

율리안 모데스트 지음
오태영 옮김

진달래 출판사

JULIAN MODEST

Titolo Ne forgesu mian voĉon – 2 noveloj.
Aŭtoro Julian Modest
Provlegis Johan Derks
Eldonjaro 2020
Eldonejo Eldonejo Libera
ISBN 978-0-244-26373-7

율리안 모데스트

제목 : 내 목소리를 잊지 마세요 -외 1편
저자 : 율리안 모데스트
교정 : 요한 덕스
출판년도 : 2020
출판사 : 리베라
ISBN 978-0-244-26373-7

Enhavo

목 차

AŬTUNA FERIO

novelo, originale verkita en Esperanto

가을 휴가

에스페란토 원작 소설

1.

Martin ŝatis la aŭtunon. La tagoj estas malvarmetaj, senteblas la lasta spiro de la foriranta somero, kiu kiel nudpieda bubo ekiras kaj malaperas en bluecan nebulon. La somero, kies okuloj similas al varmaj maronoj, tristas pri la maro, pri la verdaj herbejoj, pri la fruktaj arboj··· Foriras la somero.

Iom malrapide kaj silente venas la aŭtuno. Ĝi proksimiĝas kiel junulino, kiu paŝas senbrue kaj nur la susuro de la flavaj arbaj folioj aludas, ke ĝi venas. La aŭtuno paŝas tra herbejoj, tra arbaroj, tra montoj kaj post ĝi aperas flortapiŝoj.

La vinbero fariĝas pli sukplena, la pomoj – pli ruĝaj.

Je la komenco de la monato septembro Martin decidis ekveturi ien, malproksimen de la brua urbo, en kiu li loĝis.

Antaŭ du monatoj li komencis verki novan romanon. Ordinare li rapide kaj inspire verkis, sed nun la verkado lacigis lin kaj li decidis iri ien, kie en silento kaj trankvilo li daŭrigos verki.

Martin ŝatis la maron kaj estis certa, ke tie, ĉe la mara bordo, li verkos trankvile kaj inspirite.

1장

마르틴은 가을을 좋아했다.

하루하루 조금 추워지면서, 맨발의 장난꾸러기가 걸어서 파란 구름 속으로 사라지듯 쫓겨가는 여름의 마지막 호흡을 느낄 수 있다.

따뜻한 참외를 닮은 여름의 눈동자는 바다, 푸른 풀밭, 과일나무를 슬퍼한다.

여름이 멀리 갔다. 조금 천천히 그리고 조용하게 가을이 온다. 소리 없이 걸어가는 아가씨처럼 가까이 온다.

노란 나뭇잎의 살랑거리는 소리가 가을이 온다고 넌지시 말한다.

가을은 풀밭, 숲, 산을 지나 걸어가고 그 뒤에는 꽃 융단이 나타난다.

포도는 더 즙이 풍성해지고 사과는 더 붉어진다.

마르틴은 9월 초에, 살고 있는 시끄러운 도시에서 멀리 어딘가로 여행하리라 결심했다.

두 달전 새로운 장편소설을 쓰기 시작했다. 보통 빠르게 영감을 받아 쓰는 데 지금은 쓰는데 지쳤다.

계속 쓸 수 있도록 조용하고 편안한 어딘가로 가려고 결심했다.

마르틴은 바다를 좋아해서, 바닷가에서 편안하게 영감에 젖어 쓸 수 있을 것이라고 확신했다.

2.

Martin preferis veturi per vagonaro. Kutime, veturante,

li forgesis la zorgojn, la devojn kaj nun, en la kupeo, lia rigardo flugis eksteren al la senlimaj kampoj, etaj stacidomoj, solecaj arboj, mallarĝaj vojoj, sur kiuj ne videblis homoj, nek aŭtoj.

En la kupeo estis kvar personoj: du junuloj, fratoj, maljuna viro kaj Martin. La junuloj, vilaĝanoj, rakontis, ke somere ili laboris en Malto, kie ili estis kuiristoj en granda restoracio. Unu el la junuloj estis pli parolema. Verŝajne dudekjara, li havis nigran densan hararon, nigrajn brilajn okulojn kaj vangostan vizaĝon. Lia rideto montris, ke li estas kara kaj bonkora. Lia frato, du jarojn pli aĝa ol li, same estis nigrahara, nigraokula, sed pli silentema. Li malmulte parolis kaj nur de tempo al tempo li aldonis kelkajn frazojn al la rakonto de sia frato. La junuloj diris, ke la laboro en Malto estis malfacila, sed ili kontentis, ĉar tie ili perlaboris multe da mono.

La pli juna frato fiere menciis, ke per la gajnita mono li daŭrigos studi en teknika universitato. La vagonaro frapetis ritme, monotone, veturante tra vasta valo.

2장

마르틴은 기차로 여행하기를 더 좋아했다. 습관적으로
여행하면서 걱정거리와 해야할 일을 잊어버렸다.
그리고 지금은 긴 의자에 앉아 멀리 끝없는 벌판, 작은
철도역사, 외로운 나무, 사람도 자동차도 거의 다니는 않
는 작은 길을 쳐다보았다.
긴 의자에는 4명이 앉아 있다. 2명의 젊은 형제들, 노인
그리고 마르틴이다.
마을 주민인 두 젊은이는 여름에, 말투에 있는 큰 식당
에서 요리사로 일했다고 말한다.
둘 중 하나가 더 수다스러웠다.
20살 정도로 보이고, 검고 무성한 머리카락, 검고 빛나
는 눈, 광대뼈가 나온 얼굴이다.
웃는 것으로 보아 친절하고 마음 착하게 보인다.
두 살 많은 형은 검은 머리카락에, 검은 눈은 같지만 조
금 차분했다.
조금씩만 말하고 간혹 어쩌다가 동생의 이야기에 몇 마
디를 덧붙였다.
말투에서 일은 힘들었지만, 많은 돈을 벌어서 만족했다
고 말했다.
동생은 번 돈으로 기술 대학에서 계속 공부할 수 있다고
자랑스럽게 언급했다. 기차가 넓은 계곡 사이로 지나면
서 단조롭게 리듬에 맞춰 조그맣게 소리를 냈다.

Estis la deka horo antaŭtagmeze, sed ekstere ne videblis homoj.

"Ĉiu loĝs en tiu ĉi regiono, demandis sin Martin."

Nur ie-tie sur la kampo videblis nekolektita maizo, kio montris, ke tamen proksime loĝas homoj.

La suno mole brilis, la naturo trankvilis.

Allogaj estis la senlima flava kampo, la bluaj montetoj en malproksimo, kiuj similis al kuŝantaj lacaj bubaloj.

La fratoj kaj la maljunulo daŭre konversaciis. Nun parolis la pli aĝa frato kaj li rakontis, ke antaŭ la ekveturo al Malto ambaŭ havis etan restoracion.

-En ĝi ni laboris de matene ĝis malfrue vespere. Fojfoje helpis nin niaj gepatroj kaj nia fratino, sed ni ne perlaboris multe. Ni konstatis, ke pere de la restoracio ni ne povis vivteni nin kaj ni ekveturis labori eksterlande.

Dum la lastaj jaroj multaj gejunuloj laboris eksterlande. Ĉi tie, en la lando, la salajroj estis malaltaj kaj oni malfacile vivis.

Ja, oni devis zorgi pri familioj, pri infanoj.

Iuj provis vivteni sin pere de eta negoco, aliaj starigis privatajn entreprenojn, sed la produktado ne estis profitdona.

La vagonaro ne haltis ĉe etaj stacidomoj.

오전 10시지만 밖에는 사람들이 보이지 않는다.
'이 지방에는 누가 살까' 마르틴은 혼잣말 했다.
여기 저기에 거두어들이지 않은 옥수수가 있는 것으로
보아 가까이에 사람이 사는 것을 알 수 있다.
해는 부드럽게 빛나고 자연은 조용했다.
끝없는 노란 들판, 멀리 보이는 게으른 물소가 누운 듯
한 파란 언덕이 매력적이다.
형제들과 노인은 계속해서 말을 나눈다.
지금은 형이 말한다.
말투로 떠나기 전에 작은 식당을 둘이 운영했다고 이야
기한다.
"아침부터 밤 늦게까지 일했어요.
가끔 부모님과 여동생이 도와줬지만 많이 벌지 못했어
요.
식당으로는 생계를 유지할 수 없다고 확신하고 외국에서
일하려고 집을 떠났어요.
작년에 많은 젊은이들이 외국에서 일했어요.
국내에서는 월급이 적어 생활하기 어려워요.
가족과 아이를 돌봐야 하거든요.
누구는 조그맣게 장사를 해서 생활을 하고, 누구는 개인
회사를 세우지만 생산품이 이익을 못내요."
기차는 작은 역사에는 멈추지 않았다.

Ĝi rapide preterveturis ilin kaj nur por momento videblis urbetoj kun malnovaj domoj aŭ kun pli altaj konstruaĵoj, kiuj eble estis lernejoj, infanĝardenoj aŭ kulturdomoj.

En la kupeo ekestis silento. La fratoj kaj la maljunulo ne plu konversaciis. Martin rigardis tra la fenestro. La vagonaro nun veturis iom pli malrapide. Verŝajne post kelkaj minutoj ĝi haltos ĉe iu stacidomo. La fratoj ekstaris kaj prenis siajn valizojn.

–Ĝis revido kaj bonan veturadon – bondeziris la pli juna frato. – Ni alvenis. Tio estas nia vilaĝo.

–Ĝis revido kaj ĉion bonan – diris Martin.

La bremsoj de la vagonaro komencis grinci. La vagonaro haltis, kvazaŭ ĝi peze elspirus post la longa rapidego.

Sur la kajo la fratojn renkontis la gepatroj kaj bela knabino, verŝajne ilia fratino. Kiam ŝi vidis ilin, ŝi saltis, ĉirkaŭbrakis kaj komencis kisi ilin. Certe ŝi longe atendis, ke ili revenu el Malto kaj nun ŝi ĝojis, ke ŝi denove vidas ilin.

"Bone estas, kiam iu atendas vin, kiam iu renkontas kaj amas vin", meditis Martin.

빠르게 지나쳐 오직 잠깐 오래된 건물이랑 학교, 유치원, 문화시설같이 조금 큰 건물이 있는 작은 도시만 볼 수 있다.

긴 의자에 침묵이 시작되었다.

형제와 노인은 더 이상 말하지 않았다.

마르틴은 창밖을 쳐다보았다.

기차가 조금 더 느리게 가고 있다.

몇 분 뒤 어느 역에 도착할 듯 했다.

형제가 일어나 여행 가방을 들었다.

"안녕히 가세요. 좋은 여행 되세요."

동생이 인사를 했다.

"도착했어요. 이곳이 우리 마을입니다."

"안녕, 잘 지내요." 마르틴이 말했다.

기차 제동기가 소리를 내기 시작했다. 기차는 긴 속보뒤에 깊게 숨쉬듯 멈췄다.

형제들은 플랫폼에서 부모와 여동생으로 보이는 아름다운 아가씨를 만났다.

여동생은 오빠를 보자 뛰어가서 껴안고 뽀뽀하기 시작했다.

오빠가 말투에서 돌아오기를 오랫동안 기다렸고 지금 다시 보게 되어 무척 기뻐 보였다.

'누가 당신을 기다릴 때, 누가 당신을 만나서 사랑할 때 기분 좋습니다.' 마르틴이 속으로 생각했다.

3.

Post seshora veturado Martin venis en la grandan havenan urbon. Li iris el la vagonaro. Antaŭ kelkaj jaroj Martin estis en tiu ĉi urbo. Ĝi havis maran havenon, belajn malnovajn konstruaĵojn, imponan katedralon. Proksime al la urbo estis kelkaj famaj maraj restadejoj kun hoteloj kaj ripozdomoj. Unu el tiuj ĉi restadejoj estis Ora Bordo kaj Martin decidis iri tien.

"Mi luos ĉmbron en iu hotelo. Nun, en la komenco de septembro, la hoteloj estas malplenaj, supozis li. Mi pasigos tie kelkajn tagojn. Estos agrabla ripozo. Mi daŭrigos la verkadon de la romano. Se mi ne havos emon verki, mi promenados. Plezure estas promenadi ĉe la maro kaj ĝui la varmetajn aŭtunajn tagojn."
Proksime al la stacidomo estis la aŭobushaltejo al Ora Bordo. Post dek minutoj venis aŭtobuso kaj Martin eniris ĝin. En la aŭtobuso estis nur kelkaj personoj.
Martin sidis ĉe la fenestro. Rapide la aŭtobuso traveturis la randan kvartalon de la urbo kaj ekis al arbara monteto. Inter la arboj videblis la maro, senlima, blinde blua. Martin ektremis.
Ĉiam, kiam li vidis la maron, ĝojo obsedis lin.

3장

6시간 기차 여행이 지나 큰 항구도시에 도착했다.
기차에서 나왔다. 몇 년 전에 이 도시에 와 본 적이 있
다. 바다 항구로 아름답고 오래된 건물, 웅대한 예배당이
있다. 도시 가까이에 호텔과 휴식 공간을 가진 몇 개 유
명한 바다 휴양지가 있다.
그중 하나가 '황금 해안'이고 그곳으로 가기로 정했다.
'어느 호텔에서 방을 빌릴 것이다.
지금 9월 초이니까 호텔은 붐비지 않을 것이다.'하고
마르틴은 짐작했다.
거기서 며칠 지낼 것이다. 편안한 휴식이 될 것이다. 소
설 쓰기를 계속할 것이다. 쓰고 싶은 생각이 안 들면 산
책할 것이다. 바닷가에서 산책하는 것과 조금 따뜻한 가
을날을 즐기는 것은 큰 기쁨이다.
역사 근처에 '황금 해안'으로 가는 버스 정류장이 있다.
10분 뒤 버스가 와서 거기 탔다.
버스 안에는 몇 사람이 타고 있었다.
창가에 앉았다. 버스는 빠르게 도시의 변두리 지역을 지
나 숲의 작은 언덕으로 갔다.
나무 사이로 끝이 없고 눈부시게 파란 바다를 볼 수 있
다. 떨리기 시작했다.
바다를 볼 때마다 기쁨이 넘쳐났다.

La maro kvazaŭ donis al li fortojn, ĝi vekis en li sopirojn kaj revojn.

Por Martin estis nenio pli bela, pli enigma kaj pli alloga ol la maro. La maro sorĉis lin, la ondoj kvazaŭ amike flustrus al li senfinajn fabelojn.

La aŭtobuso haltis en Ora Bordo. Martin descendis kaj ekis sur aleon, kiu gvidis al la mara bordo. Sur la aleo estis ŝildo kun mapo kiu montris kie ĝuste troviĝas la hoteloj. Iam Martin estis ĉi tie, sed li jam ne memoris en kiu hotelo li estis kaj kie ĝi troviĝis. Nun li detale trarigardis la mapon kaj tralegis la nomojn de la hoteloj. Unu el ili estis "Diana", kiu troviĝis proksime al la mara bordo. Martin ekiris al ĝi. Post ducent metroj li vidis la hotelon, blankan, kvinetaĝan kun balkonoj al la maro.

Martin eniris la hotelon. Ĉe la akceptejo estis junulino, verŝajne dudekkvinjara, brunhara kun helaj okuloj.

–Bonan venon ŝi salutis lin afable.

–Bonan tagon – diris Martin. – Mi ŝatus lui ĉambron.

–Bonvolu – diris la junulino.

–Mi ŝatus ĉambron al la maro – petis Martin.

–Estas tre bela ĉambro sur la kvina etaĝo. Ĝi certe plaĉos al vi. De la ĉambra balkono videblas la maro.

–Koran dankon.

바다는 마치 내 속에 있는 그리움과 꿈을 일으키는 힘을 주는 듯했다. 바다보다 아름답고 신비롭고 매력적인 것이 없다. 바다는 마법을 걸고 파도는 마치 친구처럼 끝없는 동화를 들려준다.

버스가 '황금 해안'에 도착했다. 내려서 바닷가로 안내하는 오솔길에 들어섰다. 길에는 호텔이 어디에 있는지 알려 주는 지도 안내판이 있다.

전에 와 본 적이 있지만, 어느 호텔에 묵었는지 어디에 호텔이 있었는지 이미 기억나지 않았다.

지금 자세히 지도를 살피고 호텔들의 이름을 읽었다. 그중 하나가 바닷가 근처에 있는 호텔'다이애나'였다.

그 쪽으로 걸어갔다.

200m지나 바다쪽에 발코니가 있는 하얀 5층짜리 호텔을 보았다. 호텔로 들어갔다. 접수창구에는 25살로 보이는 갈색 머리카락에 밝은 눈을 가진 아가씨가 있었다.

"어서 오세요"하며 친절하게 인사했다.

"안녕하세요," 마르틴이 말했다.

"방을 빌리고 싶어요."

"이쪽으로 오세요," 아가씨가 말했다.

"바다쪽 방을 좋아해요," 마르틴이 부탁했다.

"5층에 매우 아름다운 방이 있어요. 마음에 들 겁니다. 방의 발코니에서 바다를 볼 수 있어요."

"정말 고마워요."

La junulino donis al Martin la ŝlosilon de la ĉambro. Li iris al la lifto, kiu ekveturis al la kvina etaĝo. La ĉambro plaĉis al Martin. Ĝi ne estis granda, sed komforta: lito, vestoŝranko kaj plej grave – skribotablo, tre necesa por la verkado.

Martin iris sur la balkonon. Antaŭ li vastiĝis la maro, mirakla kaj senlima. Denove Martin emociiĝis. Li rigardis la maron kaj ŝajne li estis en fabela mondo. Malproksime estis la grandega urbo kun la malpura aero kaj rapidaj aŭtoj, la bruo, la grincado de la bremsoj, kun la zorgoplenaj homoj, la krioj··· Ĉi tie regis silento, profunda, benita silento. De la maro alflugis la agrabla lirlo de la ondoj.

Dekstre de la hotelo "Diana" estis la hotelo "Astoria", sesetaĝa, moderna. Maldekstre, la hotelo "Panoramo" –nur duetaĝa. Malantaŭ la hotelo "Astoria" estis arbaro kaj ŝajne el ĝi blovis friska vento. Martin rigardis sian brakhorloĝon. Estis la kvara horo posttagmeze. En la komenco de septembro la suno ankoraŭ malavare lumigis la tutan maran restadejon.

Martin lavis sin, ŝanĝis vestojn kaj iris promenadi. Antaŭ la hotelo estis baseno. Ĉirkaŭ ĝi staris kuŝseĝoj.

아가씨는 객실 열쇠를 주었다.

5층으로 데려다줄 엘리베이터로 갔다.

방은 마음에 들었다. 크지는 않았지만 편안했다.

침대, 옷장, 작가에게는 매우 필요하고 가장 중요한 서탁이 있다.

발코니로 갔다.

앞에 마술처럼 끝이 없는 바다가 넓게 펼쳐져 있다.

다시 감정에 **빠져** 들었다.

바다를 쳐다 보니 동화 속 세상에 있는 듯했다.

멀리, 더러운 공기, 빠른 자동차, 소음, 제동기 소리, 걱정 많은 사람, 외침이 있는 거대한 도시가 있다.

여기에는 조용함, 깊이 축복받은 평안함이 다스린다.

바다에서 파도의 유쾌한 소리가 들려온다.

호텔 '다이애나'의 오른편에는 6층의 현대적인 호텔 '아스토리아'가 있다.

왼쪽에는 겨우 2층짜리 호텔 '파노라마'가 있다.

호텔 '아스토리아' 뒤에는 숲이 있고 시원한 바람이 부는 듯 했다.

손목시계를 쳐다보았다.

오후 4시였다. 9월 초에 해는 아직까지 모든 바다의 거류지를 욕심 없이 비추고 있다.

몸을 씻고 옷을 갈아입고 산책하러 나갔다.

호텔 앞에는 수영장이 있다.

주변에는 눕는 의자들이 있다.

Dudek metrojn de la baseno, sub altaj pinarboj, ĵetantaj densan ombron, troviĝis bufedo, ĉe kiu estis tabloj kaj seĝoj. Martin proksimiĝis al la bufedo kaj mendis glason da biero. La afabla bufedistino rapide servis lin. Ĉe la bufedo estis kelkaj viroj kaj virinoj, ŝajne gepensiuloj, kiuj kiel Martin eble venis por pasigi kelkajn tagojn ĉe la maro. La malvarma biero freŝigis Martinon. Li sidis ĉe tablo kaj alrigardis la homojn, kiuj estis ĉe la najbara tablo. Tie sidis viro kaj virinoj. Verŝajne ili estis el iu provinca urbo. Modeste vestitaj, ili surhavis jakojn kaj malnovajn ŝuojn. Eble dum kelkaj monatoj ili ŝparis monon por veni ĉi tien kaj pasigi kelkajn tagojn. Unu el la viroj, ĉirkaŭ sepdekjara, iom dika, blankharara kun bluaj okuloj parolis telefone kaj klarigis al iu kiel bone estas ĉi tie, en la hotelo. –La manĝaĵo en la restoracio tre bongustas – diris li. – La servo estas bonega kaj la personaro de la hotelo – afabla. Martin aŭskultis la konversacion de la geviroj. Unu el la virinoj, kiu estis malalta kun farbita ruĝa hararo, rakontis pri sia filo, kiu loĝas kaj laboras eksterlande. –Mia filo estas aŭtoriparisto – diris la virino. – Lia laboro ne estas facila, sed lia salajro estas tre alta. Martin ekstaris kaj ekiris al la mara bordo.

수영장에서 20m거리에, 높은 소나무 아래 짙게 그림자가 드려진 간이식당에는 탁자와 의자가 놓여 있다.

식당으로 가까이 가서 맥주 한 잔을 주문했다.

친절한 여자 종업원이 빠르게 가져다 주었다.

식당에는 몇 명 남자 여자가 있었는데 투숙객으로 보였으며 아마도 마르틴처럼 바닷가에서 며칠 묵으려고 온 듯했다.

차가운 맥주가 시원했다.

탁자에 앉아 옆 탁자의 사람들을 쳐다보았다.

그곳에 남자들과 여자들이 앉아 있다. 시골 도시에서 온 듯 했다. 단정하게 옷을 입고 겉옷을 걸치고 낡은 신발을 신었다. 아마 여기 와서 며칠 보내기 위해 몇 달 동안 돈을 모았을 것이다. 남자 둘 중 약 70세 정도의 조금 뚱뚱하고 파란 눈에 은색 머리카락을 가진 한 명이 전화로 말하며 호텔 안쪽 여기가 얼마나 좋은지 누군가에게 설명하고 있다.

"식당의 음식이 정말 맛있어," 그 남자가 말했다.

"서비스도 아주 좋고 호텔 직원들이 친절해."

남녀의 대화를 들었다.

키가 작고 머리를 빨갛게 염색한 여자가 외국에 살며 일하고 있는 아들에 대해 이야기했다.

"아들은 자동차 정비공이야," 여자가 말했다.

"일은 고되지만 월급은 매우 많아."

마르틴은 일어나 바닷가로 갔다.

De la hotelo komenciĝis asfaltita strato, kiu pasis preter la hotelo "Astoria".

Sur iuj el la balkonoj de "Astoria" videblis homoj, verŝajne fremdlandanoj. Sur la parkejo de "Astoria" staris kelkaj aŭoj. Martin proksimiĝis al la mara bordo. La plaĝo kun oreca sablo estis vasta kaj sur ĝi ankoraŭ staris sunombreloj kaj kuŝseĝoj, sed homoj ne estis. Nur ie-tie videblis kelkaj personoj, kiuj kuŝis sur la kuŝseĝoj kaj ĝuis la lastajn sunradiojn de la subiranta suno. Antaŭ la plaĝo estis longa aleo sur kiu promenadis junuloj kaj maljunuloj, ĉefe fremdlandanoj. Infanoj ne videblis. La lernojaro jam komenciĝis kaj la familioj kiuj havas infanojn, forveturis de la Ora Bordo. Martin ekiris sur la aleon, dezirante trarigardi bone la Oran Bordon. Ĉe la aleo viciĝis etaj vendejoj, en kiuj oni vendis nutraĵojn, kosmetikaĵojn, vestojn, memoraĵojn.

Maldekstre bluis la maro kaj dekstre staris hoteloj, diversaspektaj. Preskaŭ en ĉiu hotela korto estis baseno. La plaĝo aspektis alloga: kun duŝejoj, ejoj por ŝanĝi vestojn, bufedoj, en kiuj oni vendis sandviĉojn kaj senalkoholaĵojn. La aleo gvidis al eta haveno, kie estis diversaj jaktoj, iuj el ili tre belaj kaj certe multekostaj.

호텔에서 '아스토리아'호텔 옆으로 지나가는 아스팔트길이 시작했다.

'아스토리아'호텔 발코니 중 어느 곳에서 외국인으로 보이는 사람들을 볼 수 있다.

'아스토리아'호텔 주차장에는 몇 대 자동차가 서 있다.

바닷가로 가까이 갔다.

황금색 모래를 가진 모래사장은 넓고, 아직 파라솔과 눕는 의자가 놓여 있지만 사람은 없었다.

오직 여기저기 눕는 의자에 누워서 지는 해의 마지막 햇살을 즐기는 몇 사람만 볼 수 있다.

모래사장 앞에는 긴 오솔길이 있고 주로 외국사람, 젊은이와 늙은이들이 산책하고 있다. 아이들은 볼 수 없다. 학교가 이미 시작해서 자녀 가진 가족들은 '황금 해안'을 떠났다.

'황금 해안'을 잘 보려고 오솔길로 나섰다.

오솔길에는 식품, 화장품, 옷, 기념품을 파는 작은 가게들이 줄지어 있다.

왼쪽에는 바다가 파랗고 오른쪽에는 다양하게 보이는 호텔들이 서 있다.

거의 모든 호텔 안뜰에는 수영장이 있다. 모래 사장은 샤워시설, 탈의장, 샌드위치나 무알콜 음료를 파는 간이식당이 있어 매력적으로 보인다.

오솔길은 다양한 요트가 있는 작은 항구에 이어져 있는데, 요트 중 일부는 매우 아름다워 분명 값이 비싸다.

Ne tre proksime de la haveno videblis kelkaj elegantaj vilaoj, du-trietaĝaj.

Jam estis la sepa horo vespere kaj Martin revenis en la hotelon por vespermanĝi. La hotela restoracio, kiu troviĝis sur la unua etaĝo, estis vasta kun multaj tabloj, kovritaj per blankaj tablotukoj. En la restoracia salono estis aŭtomatoj por kafo, minerala akvo kaj sukoj. La trinkaĵoj estis senpagaj.

Multaj homoj estis en la restoracio. Martin eksidis ĉe tablo, proksime al la fenestro. Li rimarkis, ke ĉe la najbara tablo sidas tre bela junulino. Delonge li ne vidis tian belan virinon. Eble tridekjara, svelta, ne tre alta kun longaj femuroj, ŝi havis glatan vizaĝon, iom sunbrunigitan, nigran hararon, profundajn migdalformajn okulojn kaj tenerajn brovojn kiel etaj arkoj. Martin prenis kaj trarigardis la menuliston, kiu estis sur la tablo. Por vespermanĝo li elektis boligitajn terpomojn kaj rostitan fiŝon. Li remetis la menuliston kaj al li rapide proksimiĝas unu el la kelnerinoj, kiu afable demandis lin:

–Bonan venon, sinjoro. Kion vi bonvolos?

–Bonan vesperon – salutis ŝin Martin kaj mendis vespermanĝon.

La kelnerino malproksimiĝis.

항구에서 그렇게 가깝지는 않지만 2, 3층짜리 예쁜 빌라 몇 개를 볼 수 있다.

벌써 저녁 7시다.

저녁을 먹으려고 호텔로 돌아왔다.

1층에 있는 호텔 식당은 하얀 탁상보를 씌운 탁자가 많이 있고, 넓었다.

식당 홀에는 커피, 생수, 음료 자동판매기가 있다.

음료는 무료였다.

많은 사람이 식당에 있다. 창가 쪽 탁자에 앉았다.

옆 탁자에 매우 아름다운 아가씨가 앉아 있는 것을 알아차렸다.

오랫동안 그렇게 아름다운 아가씨는 보지 못했다.

대략 30살에 날씬하고 긴 다리에 그다지 크지 않은 키, 매끄러운 얼굴, 햇빛을 받아 반짝이는 검은 머리카락, 옆으로 시원하게 트인 눈, 작은 활처럼 부드러운 눈썹을 가졌다.

탁자 위에 있는 차림표를 들고 바라보았다. 저녁 식사를 위해 튀긴 감자와 구운 생선을 선택했다.

차림표를 내리자 종업원 중 하나가 **빠르게** 가까이 다가와 친절하게 물었다.

"안녕하십니까, 무엇을 원하십니까?"

"안녕하세요," 마르틴은 인사했다.

그리고 저녁을 주문했다.

여종업원은 멀어졌다.

Post dek minutoj ŝi denove venis kaj servis al li la manĝaĵon. La kelnerino estis juna, eble dudekjara, blonda kun bluaj okuloj. La kelnerina uniformo tre konvenis al ŝi. Ŝi surhavis blankan bluzon kaj nigran jupon, sub kiu diskrete videblis ŝiaj belaj femuroj.

Martin finis la vespermanĝon, sed li ne rapidis voki la kelnerinon por pagi, tamen ŝi venis al lia tablo por kolekti la malplenajn telerojn. Post iom da tempo la kelnerino revenis, Martin pagis, dankis al ŝi kaj li eliris el la restoracio.

Estis la oka horo vespere. Martin eniris la hotelan ĉambron kaj sidis ĉe la skribotablo por verki. Plaĉis al li, ke en la ĉambro estis silento kaj trankvilo. Li malfermis la manuskripton de la romano. Martin kunportis porteblan komputilon, sed li kutimis skribi mane. Li komencis legi la lastan ĉapitron, kiun li verkis antaŭ la alveno ĉi tie. Li korektis kelkajn frazojn kaj vortojn. En la silenta ĉambro li bone koncentriĝis kaj precize esprimis siajn pensojn. Certe ĉi tie li sukcese daŭrigos la verkadon de la romano kaj tio ĝojigis lin. La verkado estis por li la plej granda plezuro. Martin ne komprenis kial por aliaj homoj plezuroj estas la kartludado, la fiŝkaptado aŭ la spektado de futbalmatĉoj.

10분 뒤 다시 와서 먹을 것을 제공했다.

젊어 아마 스무 살 정도로 파란 눈의 금발이었다.

유니폼이 매우 잘 어울렸다.

하얀 블라우스에 검은 치마를 입어 조심스럽게 아름다운 넓적다리를 볼 수 있다.

저녁을 다 먹고 밥값을 치르기 위해 여종업원을 서둘러 부르지 않았는데, 빈접시를 가지러 탁자로 왔다.

조금 뒤 여종업원이 다시 오자 마르틴은 고맙다고 인사하며 돈을 냈다.

그리고 식당을 나섰다.

저녁 8시다.

호텔 방으로 들어가 글을 쓰려고 서탁에 앉았다.

방안의 조용함과 편안함이 마음에 들었다.

소설의 원고를 펼쳤다.

휴대용 컴퓨터를 가지고 왔지만 손으로 쓰는 것이 익숙하다.

여기 도착하기 전에 쓴 마지막 장을 읽기 시작했다.

몇 문장과 단어들을 고쳤다.

조용한 방에서 잘 집중하여 정확하게 생각을 표현했다.

분명 여기에서 소설 쓰는 것이 성공적일 것 같아 기뻤다.

쓰는 것이 마르틴의 가장 큰 즐거움이다.

다른 사람들이 카드놀이, 낚시, 축구 경기 관람을 왜 좋아하는지 이해 못 한다.

Martin korektadis la tekston ĝis la deka horo vespere kaj tiam preparis sin por dormado. Kutime li ekdormis je la deka horo kaj ĉiun matenon li vekiĝis frue, je la kvina horo.

Matene li banis sin kaj poste sidis ĉe la skribotablo por verki.

Li verkis dum horo kaj duono, poste li matenmanĝis, iomete li promenadis kaj denove verkis.

Nun Martin surmetis la piĵamon kaj ekkuŝis en la liton.

Li devis alkutimiĝi al la nova ĉirkaŭaĵo kaj li ne povis tuj ekdormi. Kuŝante, Martin meditis pri la belulino, kiun li vidis en la restoracio. Kio estas ŝia nomo, de kie ŝi estas? Iom post iom li dronis en profunda sonĝo.

저녁 10시까지 글을 수정하였고, 자려고 준비했다.
보통 10시경에 자고 아침마다 일찍 5시 경에 일어난다.
아침에 몸을 씻은 뒤에 글을 쓰려고 서탁에 앉는다.
1시간 반 정도 글을 쓰고나서 아침을 먹고 조금 산책을
하고 다시 글을 쓴다.
지금 잠옷을 입고 침대에 누웠다.
새로운 환경에 익숙해져야 한다.
곧바로 잠이 들지 않았다.
누워서 식당에서 보았던 아름다운 여자에 대해 생각했
다.
'이름은 무엇이고 어디에서 왔을까?'
조금씩 깊은 꿈으로 빠져들었다.

4.

La unuaj sunradioj vekis Martin kaj li malfermis la okulojn, ekstaris de la lito kaj iris sur la balkonon. La maro brilis lazure kiel grandega silka tolo, krispigita de la feblaj matenaj ondoj. Kelkajn minutojn Martin staris sur la balkono, rigardante la maron. Oriente la mara kaj la ĉiela bluecoj kunfandiĝis. Ekstere videblis neniu. Malsupre, antaŭ la hotelo, la akvo en la baseno bluis kiel grandega okulo. La bufedo ankoraŭ ne funkciis. La tabloj kaj la seĝoj staris solecaj sub la altaj pinarboj, kiuj kvazaŭ tuŝus la ĉielon. Sur la strato al la mara bordo ne estis homoj nek aŭtoj.

Martin ĝuis la matenan vidindaĵon kaj li profunde enspiris la freŝan maran aeron.

Martin revenis en la ĉambron kaj iris en la banejon. La agrabla akvo freŝigis lian korpon. Vigla kaj bonhumora li eksidis ĉe la skribotablo kaj komencis verki, havante la senton, ke ia mirakla forto malfermis la pordon de lia inspiro. La frazoj, la vortoj aperis unu post alia sur la blanka papero. Dum unu horo li verkis. Ankoraŭ unu ĉapitro de la romano estis preta. Martin ekstaris, li iom promenis en la ĉambro kaj pripensis la enhavon de la sekva ĉapitro.

4장

첫 햇살때문에 마르틴은 깨어나 눈을 뜨고 침대에서 나
와 발코니로 나갔다.
바다는 약한 아침 파도때문에 주름진 커다란 비단 아마
포처럼 하늘빛으로 빛났다.
몇 분 동안 발코니에 서서 바다를 바라보았다.
동쪽으로 바다와 하늘의 파란 성질이 함께 녹아 있다.
밖에는 누구도 보이지 않았다.
아래 쪽, 호텔 앞에는 수영장의 물이 커다란 눈처럼 파
랗다. 간이식당은 아직 열지 않았다.
탁자와 의자들은, 마치 하늘을 어루만지는 듯 높이 뻗은
소나무아래 외롭게 놓여 있다.
바닷가로 가는 길에는 사람도, 자동차도 없다.
아침의 볼거리들을 즐기며 시원한 바다 공기를 가슴 깊
이 빨아들였다.
방으로 들어가 욕실로 갔다.
부드러운 물이 몸을 서늘하게 했다.
활기차고 기분 좋게 서탁에 앉아, 기적같은 힘이 영감의
문을 연다는 느낌으로 글을 쓰기 시작했다.
문장과 단어들이 차례로 하얀 종이위로 나타났다.
1시간 정도 글을 썼다.
간신히 소설의 첫번째 장을 마쳤다. 서서 잠시 방안을
서성이며 다음 장의 내용을 생각했다.

Li jam sciis kiel li daŭrigos la verkadon, sed kiam li verkis ĉiam aperis novaj ideoj, novaj bildoj kaj tial la verkado forte logis lin. La horloĝo montris la okan horon. Estis tempo por matenmanĝo. Martin iris en la restoracion. En ĝi denove estis multaj homoj. Ili matenmanĝis kaj trinkis kafon. Martin rimarkis, ke la bela junulino, kiun li vidis hieraŭ vespere sidas sola ĉe tablo. Li decidis sidi ĉe ŝi.

–Bonan matenon – salutis li ŝin. – Ĉu vi permesus, ke mi sidu ĉe vi? – demandis li afable.

–Kompreneble. Bonvolu – diris la junulino.

La blonda kelnerino venis.

–Bonan matenon, sinjoro. Kion vi bonvolus por matenmanĝo? – demandis ŝi Martinon.

–Bonan matenon. Mi ŝatus omleton kaj mentan teon.

–Bone – kaj la kelnerino malproksimiĝis per facilmova irmaniero.

Dum Martin atendis la matenmanĝon, li alparolis la junulinon ĉe la tablo:

–Mi deziras al vi bonan apetiton – diris li.

–Dankon – ekridetis la junulino.

–Pardonu min – komencis Martin iom hezite. – Mi venis hieraŭ kaj mi estos ĉi tie kelkajn tagojn. Verŝajne vi same ferias ĉi tie?

이미 어떻게 글을 써 가야 할지 알고 있지만, 글을 쓰면 항상 새로운 생각, 새로운 그림이 나타난다.

그래서 글쓰기는 매우 매력적이다.

시계가 8시를 알린다. 아침 먹을 시간이다.

식당으로 갔다. 다시 많은 사람들이 있다.

사람들은 아침을 먹고 차를 마신다.

어젯밤에 본 아름다운 아가씨가 탁자에 혼자 앉아 있는 것을 알아차렸다.

같이 앉으려고 마음먹었다.

"안녕하세요,"하고 인사했다. "옆에 앉아도 될까요?" 친절하게 물었다.

"물론, 앉으세요." 아가씨가 말했다.

금발의 여종업원이 왔다.

"안녕하세요, 손님. 아침으로 무엇을 원하십니까?" 마르틴에게 물었다.

"안녕하세요, 오믈렛과 박하차를 원합니다."

"좋아요." 종업원은 가볍게 걸어서 멀어졌다.

아침 식사를 기다리는 동안 탁자에 앉은 아가씨에게 말을 걸었다.

"맛있게 식사하세요."

"감사합니다." 아가씨가 조그맣게 웃었다.

"미안하지만," 조금 주저하며 말을 걸기 시작했다.

"어제 여기 와서 며칠 머물 것입니다. 아가씨도 나처럼 휴가차 이곳에 온 듯합니다."

-Jes. Mi same estos ĉi tie kelkajn tagojn.

-Mia nomo estas Martin Dobrinski.

-Mia nomo estas Nina – respondis la junulino – Al mi estas agrable konatiĝi kun vi.

-Dankon.

La kelnerino venis kaj servis al Martin la omleton kaj la teon.

-Bonan apetiton – diris la junulino al Martin.

-Dankon.

Martin komencis manĝi. Nina ekstaris de la tablo.

-Mi jam matenmanĝis – diris ŝi. – Ĝis revido. Mi deziras al vi bonan ripozon ĉi tie.

-Dankon. Ĝis revido – diris Martin.

Martin finis la matenmanĝon kaj vokis la kelnerinon por pagi.

-Mi dankas al vi pro la afabla servo – diris li al la kelnerino.

-Mi deziras al vi agrablan tagon – respondis la kelnerino.

Martin ekstaris de la tablo kaj eliris el la restoracio.

"예, 저도 마찬가지로 며칠 이곳에서 머물 겁니다."

"저는 마르틴 도브린스키입니다."

"저는 니나입니다." 아가씨가 대답했다

"알게 되어 기쁩니다."

"감사합니다."

여종업원이 와서 오믈렛과 차를 제공했다.

"맛있게 드세요," 아가씨가 말했다.

"감사합니다," 마르틴은 먹기 시작했다.

니나는 탁자에서 일어났다.

"저는 벌써 다 먹었어요. 다음에 또 봐요. 여기서 잘 쉬시기를 바랍니다."

"감사합니다. 다음에 또 봐요." 마르틴이 말했다.

아침 식사를 마치고 계산을 하려고 여종업원을 불렀다.

"친절한 서비스에 감사해요." 여종업원에게 말했다.

"즐거운 하루 되세요." 여종업원이 대답했다.

탁자에서 일어나 식당을 나왔다.

5.

La tago estis suna, sed blovis vento. La ĉielo bluis
sennuba. Belega tago por promenado, meditis Martin.
La aleo ĉe la mara bordo plaĉis al li kaj li iris tien.
Hodiaŭ estis grandaj ondoj, kiuj muĝis kiel lupoj. La
ondoj inundis la orecan sablon kaj poste kvazaŭ
timigitaj ili rapide malproksimiĝis.
Martin paŝis kaj rigardis la hotelojn, en kiuj jam ne
estis homoj. Nun la restadejo komencis simili al eta
senhoma urbo.
Pluraj hoteloj estis fermitaj. En la komenco de oktobro
eĉ unu persono ne estos ĉi tie. Martin provis imagi la
dezertan restadejon, kiu dronos en profunda silento.
Nur la laroj promenos trankvile sur la plaĝo. Aŭdiĝos
ilia grako kaj la bruego de la ondoj.
Martin venis al la jakta haveno. Ĉi tie same estis
neniu.
La luksaj jaktoj staris unu apud la alia ĉe la kajo,
similaj al grandaj infanaj ludiloj, bone ordigitaj. Ne
videblis gardisto kaj Martin miris. Li komencis scivole
rigardi la jaktojn, kiuj havis neordinarajn nomojn:
"Revo", "Prospero". "Lazuro".

5장

오늘은 해가 빛나고 바람이 불었다.
하늘은 구름 한 점 없이 파랗다.
'산책하기 정말 좋은 날씨군.' 마르틴은 생각했다.
바닷가의 오솔길이 마음에 들어 거기로 갔다.
오늘은 커다란 파도가 늑대처럼 울부짖었다.
파도는 황금 같은 모래에 밀려왔다가 뒤에 두려운 듯이
빠르게 멀어졌다.
걸으면서 이미 사람이 없는 호텔들을 쳐다보았다.
지금 휴양지는 사람 없는 작은 도시같다.
몇 개 호텔은 문을 닫았다.
10월 초가 되면 한 사람도 이곳에 없을 것이다.
깊은 조용함에 잠겨있을 사막같은 휴양지에 대해 생각해
보려고 했다.
오직 갈매기들만이 조용히 모래사장 위를 산책할 것이
다. 갈매기의 우는 소리와 파도의 시끄러운 소리가 들리
는 듯하다.
요트 항구로 갔다. 마찬가지로 여기에도 아무도 없다.
화려한 요트들이 부두에 서로 매여 있는데, 잘 정돈된
커다란 어린아이의 장난감 같다.
지키는 사람이 보이지 않아 놀랐다.
호기심을 가지고, '꿈', '번영', '하늘빛' 같은 특별한 이
름의 요트를 쳐다보기 시작했다.

De la jakta haveno Martin iris al la vilaoj, kiuj troviĝis je kilometro de la haveno. Estis nur kvar vilaoj, kiuj same aspektis senhomaj.

Eble iliaj posedantoj venis ĉi tie nur somere kaj en la komenco de la aŭtuno ili ŝlosis la vilaojn kaj forveturis.

Inter la vilaoj estis eta strato kaj Martin ekiris sur ĝin. Antaŭ li aperis viro, kiu eble eliris el iu el la vilaoj. La viro paŝis malrapide.

Kiam li proksimiĝis, Martin alrigardis lin kaj haltis surprizite.

Tio estis lia iama kunstudento Stojko. Malgraŭ ke nun li estis iom pli dika, Martin rekonis lin kaj rapide diris:

–Stojko saluton. Ĉu vi restadas ĉi tie?

La viro tamen rapide preterpasis. Nur por sekundo li turnis sin kaj iom malĝentile diris:

–Mi ne estas Stojko. Vi eraras – kaj li malaperis al la mara bordo.

Martin konsterniĝis. Tio certe estis Stojko, lia iama kunstudento kaj amiko.

Vere, nun Stojko aspektis iom pli dika kaj jam preskaŭ kalva, sed Martin bone rekonis lin. Tamen kial Stojko ŝajnigis, ke li ne konas Martinon kaj kial li rapidis malproksimiĝi?

요트 항구에서 빌라촌으로 걸어갔는데, 항구에서 1킬로 정도 떨어진 곳에 있다.

역시 사람이 없는 듯한 곳에 빌라가 오직 4채뿐이다.

아마 소유주들은 오직 여름에만 여기 오고, 가을이 시작되면 빌라를 잠그고 떠난 것 같다.

빌라 사이에는 작은 길이 있어 그 위로 걸었다.

앞쪽 어느 빌라에서 불쑥 한 남자가 나타났다.

남자는 천천히 걸어왔다.

가까이 다가왔을 때 남자를 쳐다보다가 놀라서 발을 멈추었다.

언젠가 함께 공부했던 스토이코였다.

지금 조금 살이 쪘을지라도 알아차리고 빠르게 말했다.

"스토이코, 안녕, 여기 머물고 있니?"

남자는 빠르게 지나쳤다.

오직 잠깐 몸을 돌리고 조금 차갑게 말했다.

"저는 스토이코가 아닙니다.

잘못 보셨습니다."

그리고 바닷가로 사라졌다. 놀랐다.

분명 예전에 같이 공부했던 친구 스토이코였다.

사실 지금 조금 더 살이 찌고 이미 거의 대머리가 되었지만 잘 알아볼 수 있다.

그러나 왜 나를 모르는 척하고 빠르게 지나치지?

Dum dudek jaroj Martin kaj Stojko ne vidis unu la alian, sed Martin opiniis, ke li mem ne tre ŝanĝiĝis kaj Stojko bone rekonis Martinon. Tio, kio okazis, estis ege stranga. Ĉu Stojko loĝas ĉi tie, en iu vilao aŭ kial li estas en Ora Bordo?

Martin staris sur la strato kaj li ne povis klarigi al si mem kial Stojko forkuris de li.

Antaŭ dudek jaroj Martin kaj Stojko estis bonaj amikoj. Ili kune komencis studi en la universitato en la ĉefurbo. Stojko loĝis en la urbo Brez kaj kiam li ekstudis, li ekloĝis en la studenta hejmo. Dum la unuaj tagoj en la universitato Stojko estis sinĝenema, embarasita, silentema. Li kaj Martin sidis unu ĉe la alia en la aŭditorioj. Post la lecionoj ili iris en kafejon, kie ili longe konversaciis. Stojko rakontis al Martin pri sia naska urbo. Lia patro estis oficiro en la armeo kaj lia patrino instruistino. Tiam, en la universitato, preskaŭ ĉiuj gestudentoj, kiuj studis filologion, verkis versaĵojn. Stojko ofte legis al Martin siajn versaĵojn kaj li petis Martin diri sian opinion pri ili. La versaĵoj de Stojko estis bonaj. Li havis talenton. Martin kuraĝigis kaj instigis lin daŭrigi la verkadon.

Fojfoje Stojko gastis en la domo de Martin kaj ambaŭ lernis por la ekzamenoj.

20년 동안 둘은 서로 보지 않았다.

그러나 자신이 크게 변하지 않아 알아볼 것이라고 생각했다. 정말 이상한 일이다.

어느 빌라에 살고 있나? 왜 '황금해안'에 있지?

길 위에 서서 왜 스토이코가 뛰어갔는지 스스로에게 설명할 수 없었다.

20년 전 둘은 좋은 친구였다.

대도시에 있는 대학에서 공부하기를 같이 시작했다.

스토이코는 브레즈라는 도시에 살았는데 공부할 때는 기숙사에서 살았다.

대학의 첫 날 스토이코는 안절부절하며 긴장한 듯 말이 없었다.

마르틴과 스토이코는 강당에서 옆자리에 앉았다.

수업이 끝나고 둘은 카페에 가서 오랫동안 대화를 나누었다.

스토이코는 출신 도시에 대해 말했다.

아버지는 군대에서 군무원이고 엄마는 교사였다.

당시 대학에서는 언어학을 공부하는 거의 모든 학생들이 시를 썼다.

스토이코는 종종 시를 읽어 주며 생각을 말해 달라고 부탁했다. 시는 좋았다.

재능이 있었다.

용기를 주면서 계속 글쓰기를 권했다.

언젠가 마르틴의 집에서 지내며 같이 시험 공부를 했다.

La ekzamenoj dum la unua studjaro estis malfacilaj, sed Stojko kaj Martin sukcese ekzameniĝis.

Post la fino de la unua studjaro, en la komenco de la somero, Stojko iris en sian naskan urbon. Aŭtune tamen, kiam komenciĝis la dua studjaro, Stojko ne venis en la universitaton.

Unue Martin opiniis, ke li pli malfrue venos, sed ĝis la fino de la studjaro Stojko ne aperis kaj ne daŭrigis la studadon. Martin ne sciis kio okazis al li. Kelkfoje Martin provis telefoni al Stojko, sed ne sukcese. La telefono de Stojko ne funkciis.

Verŝajne li jam havis alian telefonnumeron. Ĝis la fino de la studado Martin ne eksciis kio okazis al Stojko. Ĉu li ĉesis studi aŭ komencis labori, aŭ eble li forveturis eksterlanden? Neniam Martin renkontis Stojkon.

La jaroj pasis kaj Martin preskaŭ forgesis lin, sed nun tute neatendite Martin vidis Stojkon en la Ora Bordo. Tamen Stojko ŝajnigis, ke li ne konas Martinon kaj li forkuris.

Verŝajne ankaŭ tio okazas al malnovaj amikoj – iom amare konstatis Martin kaj ekiris al la hotelo.

1학년 시험은 어려웠지만 둘은 성공적으로 치루었다.
1학년이 끝나고 여름이 되자 스토이코는 출신 도시로 돌아갔다.
그러나 가을에 2학년이 시작될 때 대학으로 오지 않았다.
처음에는 조금 늦게라도 오리라고 생각했는데 학년 말까지 나타나지 않고 학업을 그만두었다.
마르틴은 스토이코에게 무슨 일이 일어났는지 모른다.
몇 번 전화를 해 봤지만 통화하지 못했다.
전화기가 응답이 없었다.
아마 이미 다른 번호로 바꾼 듯 했다.
학업을 마칠 때까지 스토이코에게 무슨 일이 일어났는지 몰랐다.
공부를 그만두었는가, 일을 시작했는가,
외국으로 여행을 떠났는가?
결국 스토이코를 만나지 못했다.
몇 년이 지나 거의 잊을만했는데 지금 뜻하지 않게 '황금해안'에서 보았다.
그러나 변해서 마르틴을 모른다고 하고 멀리 뛰어갔다.
'그토록 친하던 친구였는데도 이런 일이 생긴다.'
조금은 씁슬하게 그 말을 확인하며 마르틴은 호텔로 돌아왔다.

6.

La subita renkontiĝo kun Martin embarasis Stojkon. Li
ne supozis, ke ĉi tie li vidos sian kunstudenton kaj
iaman amikon. Stojko rapide trapasis la straton, kie
estis la vilaoj, iris dekstren kaj en proksima eta parko
li haltis malantaŭ arbo. Ĉi tie Stojko atendis la foriron
de Martin. "Eble li estas en iu hotelo, supozis Stojko.
Ĉu mi sukcesis konvinki lin, ke mi ne estas Stojko?"
Kaŝta malantaŭla arbo, Stojko vidis, ke Martin iras al
la jakta haveno. Poste Martin daŭrigis sur la aleon al
la hoteloj.

"En kiu hotelo li estas", demandis sin Stojko. "Ja,
nun en la restadejo preskaŭ ne estas homoj." Kiam
Martin jam estis malproksime, Stojko revenis en la
vilaon, kie li loĝis. La vilao ne estis granda, duetaĝa,
en korto kun ŝtona barilo, kie estis kelkaj fruktaj
arboj kaj alta abio.

Kiam Stojko eniris la ĉambron, Mira, lia edzino
surpriziĝis:

-Kial vi revenas? Vi diris, ke vi promenados.

-Mi deziris promenadi, sed mi revenis – respondis
Stojko iom malafable.

-Kial?

6장

마르틴을 갑자기 만나서 스토이코는 당황했다.
여기에서 같이 공부했던 예전 친구를 보리라고 전혀 짐작하지 못했다.
스토이코는 빌라가 있는 거리를 빠르게 지나쳐 오른쪽으로 갔다. 근처 작은 공원에서 나무 뒤에 멈췄다.
마르틴이 가기를 기다렸다.
아마 어느 호텔에 머물겠지.
내가 스토이코가 아니라고 했는데 정말 믿을까?
나무 뒤에 숨어서 마르틴이 요트 항구로 가는 것을 지켜보았다.
나중에 마르틴은 호텔로 가는 오솔길을 계속 걸어갔다.
스토이코는 '어느 호텔에 머물까?' 속으로 물었다
지금 휴양지에는 거의 사람이 없다.
마르틴이 이미 멀리 갔을 때 스토이코는 사는 빌라로 돌아왔다.
빌라는 크지 않고, 2층 건물이며, 돌로 된 울타리가 있는 마당에 몇 개 과일나무와 키 큰 전나무가 있다.
방에 들어가자 아내 미라가 놀랐다.
"왜 돌아왔어요? 산책하러 간다고 말했잖아요."
"산책하고 싶었는데 돌아왔어."
조금 퉁명스럽게 대답했다.
"왜요?"

-Sur la strato mi neatendite renkontis mian iaman amikon, kiu rekonis min.

-Ĉu? - alrigardis lin Mira. - Ĉu li alparolis vin?

-Li komencis, sed mi diris al li, ke li eraras.

-Eble li estas en iu hotelo - supozis Mira.

Mira estis kvardekjara kun longa blonda hararo, sukcenkoloraj okuloj kaj gracia korpo.

-Kiu li estas? - demandis ŝi.

-Ni studis filologion. Li loĝis kaj verŝajne ankoraŭ loĝas en la ĉefurbo. Tiam ni estis bonaj amikoj kaj mi ofte gastis en lia domo, kiu estis en randa ĉefurba kvartalo. Ni kune studis por la ekzamenoj en la universitato.

-Do, vi tre bone konis unu la alian - konkludis Mira. - Kio li estas?

-Li finis la universitaton kaj estis redaktoro, poste - ĵurnalisto.

-La ĵurnalistoj estas scivolemaj. Eble li provos denove renkonti vin? - supozis Mira.

-Nun li estas verkisto, aŭtoro de novelaroj kaj romanoj.

-Kio estas lia nomo? - demandis Mira.

-Martin Dobrinski. Dobrinski estas pseŭdonimo. Lia vera nomo estas Martin Minev.

"길에서 우연하게 나를 알아 본 예전 친구를 만났어."

"정말로?" 미라가 쳐다보았다.

"그 사람이 말을 걸었나요?"

"말을 걸었는데 내가 잘못 보았다고 말했어."

"아마 어느 호텔에 머물겠죠?" 미라가 짐작했다.

미라는 40살로 긴 금발 머리에 호박색 눈과 날씬한 몸매를 가지고 있다.

미라가 물었다. "누구예요?"

"우리는 같이 언어학을 공부했어요.

그 사람은 대도시에 살았는데, 아직도 거기에 살고 있을 거예요.

우리가 좋은 친구였을 때, 대도시 변두리 지역에 있는 친구 집에서 가끔 지냈어요.

대학에서 시험을 위해 같이 공부했지요."

"그럼 서로 매우 잘 알겠네요." 미라가 결론지었다.

"직업이 무엇인데요?"

"대학을 마치고 뒤에 신문기자, 편집자가 되었죠."

"신문기자는 호기심이 많아요.

당신을 다시 만나려고 할 것 같아요." 미라가 예상했다.

"지금은 작가예요. 단편소설과 장편소설을 썼어요."

"이름이 무엇인데요?" 미라가 물었다.

"마르틴 도브린스키인데 도브린스키는 필명이고 진짜 이름은 마르틴 미네브예요."

–Mi memoras, ke iam mi legis iujn rakontojn de li – diris Mira.

–Liaj rakontoj aperis en iuj ĵurnaloj kaj revuoj, kaj en interreto.

–Jes. Vi havis neatenditan renkontiĝon – diris Mira.

Mira ekiris al la kuirejo kaj diris:

–Mi devas prepari la tagmanĝon. Se vi ne dezirus denove iri promenadi, vi spektu televidon aŭ ion legu.

Stojko iris al la dua etaĝo de la vilao, en la ĉambron, kie estis la televidilo. Li ne funkciigis la televidilon, sed sidis sur la lito. La neatendita renkonto kun Martin vekis en Stojko plurajn rememorojn.

Kiam Stojko estis gimnaziano, li provis verki poemojn.

Tiam li kaj Mira lernis en la sama lernejo en la urbo Brez. Mira estis la plej bela knabino en la lernejo. Ĉiam, kiam Stojko vidis ŝin en la koridoroj de la lernejo, li admiris ŝin. Ŝajnis al li, ke Mira sorĉas lin. Stojko ege deziris, ke Mira rimarku lin. Kaj li cerbumis kiel li igu Miran ekinteresiĝi pri li. Foje li ekhavis genian ideon. Li decidis verki poemon pri la beleco de Mira. Li donos la poemon al ŝi kaj kiam ŝi tralegos ĝin, ŝi nepre konjektos, ke la poemo estas dediĉita al ŝi. Eble Mira respondos kaj ili fariĝos geamikoj.

"언젠가 그 사람이 쓴 어떤 이야기를 읽은 것이 기억나요." 미라가 말했다.

"그 사람의 이야기가 어느 신문과 잡지 그리고 인터넷에 실려 있어요."

"예, 기대하지 않은 만남이네요." 미라가 말했다.

미라는 부엌으로 가면서 말했다.

"점심을 준비해야 해요. 다시 산책하러 가기를 원하지 않으면 TV를 보거나 뭔가 읽으세요."

스토이코는 빌라 2층, TV가 있는 방으로 갔다.

TV를 켜지 않고 침대 위에 앉았다.

마르틴과의 기대하지 않은 만남이 스토이코에게 몇 가지 기억을 생각나게 했다.

스토이코가 고등학생이었을 때 시를 쓰려고 했다.

그때 스토이코와 미라는 브레즈 라는 도시에서 같은 학교에서 공부했다. 미라는 학교에서 가장 아름다운 여자 아이였다. 학교 복도에서 볼 때마다 스토이코는 항상 미라의 아름다움에 감탄했다. 미라가 마술을 건 듯 보였다. 자기를 아는 척 해 달라고 간절히 원했다.

미라가 자기에게 어떻게 하면 흥미를 가질까 머리를 굴렸다. 때로 천재적인 생각이 나왔다.

미라의 아름다움에 대해 시를 쓰기로 마음먹었다.

시를 써서 주면 그것을 읽고 반드시 시가 자기에게 바쳐진 것을 짐작할 것이다.

아마 미라가 반응할 것이고 우린 친구가 될 것이다.

Stojko verkis la poemon. Ja, Mira ege plaĉis al li kaj rapide li verkis la poemon. Stojko priskribis la neordinarajn belajn okulojn de Mira, ŝian rigardon, kiu ebriigis lin kiel mirakla vino, ŝian sveltan korpon, similan al fragila arbido.

Nun tiu ĉi poemo estis naiva, sed tiam Stojko opiniis, ke li verkis mirindan poemon.

Kelkajn tagojn li cerbumis kiel doni la poemon al Mira. Se li donus ĝin en la koridoro de la lernejo, eble Mira prenus kaj ĵetus ĝin. "Mi devas diri al ŝi, ke tio, kion mi donas al ŝi, estas tre grava kaj al neniu ŝi diru pri ĝi. Ĝi estu sekreto."

Post kelktaga hezito Stojko decidis nepre doni al Mira la poemon. Estis interleciona paŭzo kaj la lernantoj viciĝis antaŭ la bufedo por lunĉo. Stojko sukcesis ekstari malantaŭ Mira en la vico. Dum ili atendis, li mallaŭte diris al ŝi:

–Mi donos ion al vi, sed ĝi estas sekreto. Al neniu vi montru ĝin.

Mira alrigardis lin mirege. Ĝis nun neniam ŝi parolis kun Stojko kaj ŝi ne povis kompreni kial tiu ĉi knabo donis al ŝi ion sekretan.

–Tralegu ĝin – diris mallaŭte Stojko, – tamen, kiam vi estas sola.

스토이코는 시를 썼다.

미라가 너무 마음에 들어 금세 시를 썼다.

보통 사람과 다른 아름다운 눈, 기적의 포도주처럼 취하게 만드는 눈빛, 부서지기 쉬운 어린 묘목같이 날씬한 몸매. 지금보면 유치하지만 그때는 놀랄만한 시를 썼다고 생각했다. 며칠 동안 어떻게 미라에게 시를 줄 것인지 머리를 굴렸다. 학교 복도에서 준다면 아마 받아서 버릴 것이다.

'내가 주는 것은 매우 중요하니 이것에 대해 누구에게도 이야기하지 마라. 이것은 비밀이다.' 라고 말해야 한다.

며칠 동안 주저하다가 미라에게 시를 꼭 주리라고 결심했다. 수업 중간에 쉬는 시간이 있다.

점심을 먹기 위해 간이식당 앞에서 학생들이 줄지어 서 있다.

스토이코는 줄에서 미라 뒤에 서는데 성공했다.

기다리는 동안 미라에게 조용히 말했다.

"네게 뭔가 비밀을 줄 테니 누구에게도 보여 주지 마라."

미라는 크게 놀라 쳐다보았다.

지금까지 미라는 스토이코와 한 번도 말한 적이 없으며, 왜 이 남자아이가 비밀스런 뭔가를 주는지 이해할 수 없었다.

"읽어 봐," 작은 소리로 스토이코가 말했다.

"그러나 너 혼자 있을 때."

–Bone – murmuris Mira kaj ŝi metis la kajeran folion en la poŝon.

Kelkajn tagojn Stojko maltrankvile atendis respondon de Mira kaj li sentis sin kvazaŭ ebria. Nokte li sonĝis ŝin. Ĉu ŝi respondos aŭ ne? Aŭ eble ŝi tute ne tralegis la poemon? Eble ŝi ĵetis ĝin.

Post tri tagoj Mira respondis. Ŝi skribis etan noteton: "Vi estas vera poeto. Via poemo emociigis min."

Post tiu ĉi mallonga letero Stojko kaj Mira komencis renkontiĝi en la urba parko. Tie ili pasigis plurajn horojn, sidante sur benko, kiun ili nomis "nian benkon". Stojko neniam forgesos la unuan kison, kiam li unuan fojon kisis Miran. Tio estis la plej dolĉa kaj la plej feliĉa kiso.

Stojko ŝatis literaturon kaj post la fino de la gimnazio, li komencis studi filologion en la ĉefurba universitato. Kun granda entuziasmo li ekstudis kaj sukcese li finis la unuan studjaron. Somere li revenis en sian naskan urbon Brez por pasigi tie la someran ferion. La patro de Stojko estis oficiro kaj li tute ne deziris, ke Stojko studu filologion.

–Vi ne devas studi filologion – ofte diris la patro. – Vi estu viro kun serioza profesio. Vi devas ricevi altan salajron por vivteni vian estontan familion.

"알았어," 미라는 우물쭈물하며 노트 종이를 주머니에 넣었다.

며칠간 불안해하며 미라의 대답을 기다렸다.

술 취한 듯 느껴졌다. 밤에 꿈도 미라에 대해 꾸었다.

대답을 할까, 안 할까? 아니면 시를 읽지 않을까?

아마 시를 버릴 것이다.

3일 뒤 미라는 대답했다. 작은 쪽지를 썼다.

'너는 정말 시인이다. 시에 감명받았다.' 이 짧은 편지 뒤에 스토이코와 미라는 도시공원에서 만나기 시작했다.

거기서 '우리 의자'라고 부르는 의자에 앉아서 많은 시간을 보냈다.

처음 미라와 뽀뽀한 날은 결코 잊을 수 없다.

정말 부드럽고 가장 행복한 뽀뽀였다.

스토이코는 문학을 좋아해 고등학교가 끝나고 대도시 대학에서 언어학을 공부하기 시작했다.

커다란 열망으로 공부를 시작해 성공적으로 첫 1년을 마쳤다.

여름에 여름 휴가를 보내기 위해 출신도시 브레즈로 돌아왔다.

아버지는 군무원으로 스토이코의 언어학 공부를 전혀 원치 않았다.

"언어학 공부를 해서는 안 돼.

너는 중요한 직업을 가진 남자가 되어라.

장래의 가족을 부양하기 위해 높은 급여를 받아야 해.

Kiam vi finstudos filologion, vi fariĝos instruisto. Tio estas kompatinda profesio.

Vi penos instrui lernantojn, kiuj tute ne emos lerni.

Dum la somera ferio, lia patro ironie demandis lin:

—Ĉu vi daŭrigos studi filologion?

Stojko respondis, ke li sukcese ekzameniĝis pri ĉiuj studobjektoj kaj ke li daŭrigos studi en la universitato.

—Bone – kapjesis la patro,

– sed jam plurfoje mi diris al vi, ke la filologia profesio ne estas por vi. Mi parolis kun miaj kolegoj, oficiroj, kaj por vi ili proponis tre bonan eblecon. Vi komencos studi en la altlernejo por spionoj. Vi facile lernas fremdajn lingvojn. En tiu ĉi altlernejo vi ellernos kelkajn fremdajn lingvojn. Kiam vi finos ĝin, vi laboros eksterlande kaj plej grave – via salajro estos tre alta. Ĉion, kion vi deziras, vi havos.

La patro de Stojko, kiu nomiĝis Rajko, estis severa homo kaj oni ne kuraĝis kontraŭstari al li. Li havis tre malfacilan infanecon. Liaj gepatroj loĝis en vilaĝo. La patrino mortis, kiam Rajko estis dekjara. Lia patro estis tre malriĉa. Rajko ne povis lerni en la gimnazio en urbo. Li finis teknikan lernejon kaj poste li lernis en lernejo por oficiroj. Post la fino de la oficira lernejo Rajko estis en kazernoj en diversaj urboj.

언어학 공부를 끝낸다면 교사가 될 거야. 그것은 안타까운 직업이지. 전혀 공부하기 싫은 학생들을 가르치느라 애쓸 거야."

여름 휴가 동안 아버지는 비꼬듯이 물었다.

"언어학 공부를 계속 하겠니?"

스토이코는 모든 학교 과목에 대한 시험에서 성공적이었고 대학에서 공부를 계속하겠다고 대답했다.

"알았다." 아버지는 긍정적으로 말씀했다.

"그러나 이미 여러 번 '언어학 직업은 네게 맞지 않다.'고 말했다.

내 동료 사무원과 이야기했는데 더 가능성 있는 좋은 곳을 추천해주었다. 첩보원을 위한 고등교육원에서 공부를 시작할 수 있다. 너는 쉽게 외국어를 배운다.

이 고등교육원에서 여러 외국어를 배울 것이다. 과정을 마치면 외국에서 가장 중요하게 일할 것이다. 급여도 매우 많고, 네가 원하는 모든 것을 가질 수 있지."

스토이코의 아버지 라이코는 진지한 사람이라 사람들이 감히 반대하지 못한다.

매우 어려운 어린 시절을 보냈다. 아버지의 부모는 마을에 살았다. 아버지가 열 살 때 할머니가 돌아가셨다.

할아버지는 매우 가난했다.

아버지는 도시에 있는 고등학교를 다닐 수 없었다.

기술학교를 졸업한 뒤에 학교에서 무관 일을 배웠다.

무관학교를 마친 뒤 여러 도시의 군대에서 일했다.

Kiam li estis en la urbo Brez, li konatiĝis kun Lida, la patrino de Stojko kaj ili geedziĝis. Tiam Lida estis juna instruistino en la urba bazlernejo. Rajko havis soldatajn kutimojn kaj hejme oni devis subiĝi al liaj ordonoj. Tial li postulis, ke Stojko nepre eklernu en la altlernejo por spionoj.

Stojko bone komprenis, ke la patro deziras, ke Stojko havu bonan estontecon, ke li laboru eksterlande, estu riĉa, tamen Stojko ne deziris studi en la altlernejo por spionoj. Li diris tion al la patro, sed la patro tute ne aŭdis la vortojn de Stojko. La patro estis kontenta kaj fiera, ke li sukcesis enskribi Stojkon en la altlernejo por spionoj.

La patrino same provis konvinki la patron, ke ne estas bone, se Stojko fariĝos spiono, sed la patro nur priridis la patrinon, dirante, ke virinoj estas stultaj kaj ne komprenas kion signifas esti spiono.

La somero pasis kaj aŭtune Stojko komencis studi en la altlernejo por spionoj. La altlernejo troviĝis en malproksima urbo. Tie Stojko devis studi kvar jarojn kaj alproprigi multajn konojn kaj spertojn, necesajn por spionoj. Li lernis fremdajn lingvojn, juron, nacian kaj internacian, aziajn batalartojn. La instruado estis tre serioza, la instruistoj – severaj.

브레즈 라는 도시에 있을 때 스토이코의 엄마 리다를 알게 되어 결혼했다.

그때 리다는 도시의 초등 학교에서 젊은 교사였다.

아버지는 군인의 습관이 있어 집에서 모두 자신의 명령에 따라야 했다.

그래서 스토이코가 첩보 고등교육원에서 꼭 공부하기를 강요했다.

외국에 나가 일하고 부자도 되는 좋은 미래를 갖도록 아버지가 원한다는 것을 스토이코는 잘 안다.

그러나 첩보 고등교육원에서 공부하고 싶지 않았다.

아버지께 말씀드렸지만 스토이코의 말을 전혀 듣지 않으셨다.

아버지는 스토이코를 첩보 고등교육원에 등록시키는데 성공하여 만족하고 자랑스러웠다.

엄마는 스토이코가 첩보원이 되는 것이 좋지 않다고 설득시키려고 했지만, 아버지는 여자들이 어리석어서 첩보원이 무엇을 의미하는지 모른다고 비웃었다.

여름이 지나고 가을이다.

스토이코는 첩보 고등교육원에서 공부하기 시작했다.

고등교육원은 먼 도시에 있었다.

거기서 4년을 공부하면서, 많은 과목, 경험, 첩보원에 필요한 모든 것을 자기 것으로 만들었다.

외국어, 법률, 국내, 세계, 아시아의 전쟁 기술을 배웠다.

교육은 매우 진지하고, 교사들은 엄격했다.

Inter ili estis famaj spionoj, kies celo estis transdoni siajn konojn kaj spertojn al la estontaj spionoj.

Dum la studado Stojko devis ĉesigi ĉiujn siajn kontaktojn kun amikoj kaj konatoj. Neniu devis scii, ke li studas en la altlernejo por spionoj. Kiam oni demandis lin kie li studas, li devis respondi, ke studas en komerca altlernejo.

Post la fino de la altlernejo, la junaj spionoj estis senditaj en al diversaj landoj. Stojko eklaboris en ambasadorejo de eŭropa lando. Tie li estis dum unu jaro. Tiam li edziĝis al Mira kaj ambaŭ ekveturis al la Araba Duoninsulo, kie ili estis du jarojn. Poste Stojko kaj Mira devis eklogi en lando sur alia kontinento, kie liaj taskoj estis pli komplikaj kaj pli danĝeraj.

Stojko kaj Mira ekhavis novajn nomojn kaj ili prezentis sin kiel komercistan familion. Tie ili devis fari kontaktojn kun diversaj firmaoj, akiri informojn pri la militindustrio kaj pri novaj sciencaj inventaĵoj. La informojn ili sendis diversmaniere. Ofte ili veturis tra la lando, tamen oni denuncis ilin. Stojko kaj Mira devis rapide forlasi la landon, la kontinenton kaj reveni. Kiam ili revenis oni denove donis al ili novajn nomojn. Nun Stojko estis Vladimir Sokolov kaj Mira – Vera Sokolova.

그들 가운데는 목적이 미래의 첩보원에게 자신의 모든
지식과 경험을 전해 주겠다는 유명한 첩보원도 있었다.
학업 중에는 친구와 지인에 대한 모든 연락을 끊어야 했
다. 그 누구도 첩보 고등교육원에서 공부하는 것을 알아
서는 안된다.
어디서 공부하냐고 누가 물어보면 상업 고등교육원에서
공부한다고 대답해야 한다.
교육원을 마치고 젊은 첩보원은 여러 나라로 보내졌다.
스토이코는 유럽의 어느 나라 대사관에서 일했다.
거기서 1년 있었다.
그때 미라와 결혼하고 둘이 아랍 반도로 가서 2년을 살
았다.
나중에 다른 대륙의 어느 도시에서 살아야 했는데, 업무
가 더 복잡하고 어려웠다.
스토이코와 미라는 새로운 이름을 가지고, 상업 가족이
라고 자신을 소개했다.
거기서 여러 회사와 연락을 하면서 군수산업과 새로운
과학 발명품에 대한 정보를 얻어야만 했다.
다양한 방법으로 정보를 보냈다. 나라 전역으로 다녔는
데 자주 사람들이 고발하기도 했다.
스토이코와 미라는 서둘러 나라와 대륙을 떠나 돌아와야
한다.
돌아오면 다시 새로운 이름을 받는다. 지금 스토이코는
블라디미르 소콜로브이고, 미라는 베라 소콜로브다.

La Spiona Centralo sendis ilin en tiun ĉi vilaon en la Ora Bordo. Ĉi tie ili devis loĝi dum iom da tempo kaj neniu devis scii kie ili estas.

Nun, post tiom da jaroj, Stojko bedaŭris, ke li komencis studi en la altlernejo por spionoj. Ja, li konstante riskis ne nur sian vivon, sed same la vivon de Mira. Ilia vivo ĉiam estis danĝera kaj streĉa. Ili devis ludi diversajn rolojn, ili prezentis sin kiel diversajn personojn kaj tio fizike kaj psike elĉerpis ilin. Stojko konstante streĉis orelojn kaj ĉirkaŭrigardis. Ĉiam ŝajnis al li, ke iu observas lin, iu embuskas lin. Eĉ ĉi tie, en la vilao, malantaŭ la ŝtona barilo, Stojko ne estis trankvila. Nokte li malfacile ekdormis kaj dum la dormado li sonĝis koŝmarojn.

Ofte-oftege li vekiĝis, saltis de la lito kaj streĉis orelojn, sed en la ĉambro regis mallumo kaj profunda silento.

Kiam la patro obstine konvinkis Stojkon, ke li devas esti spiono, la argumento de la patro estis, ke Stojko havos altan salajron. Nun Stojko vere havis altan salajron, multe da mono, sed li eĉ ne povis trankvile eniri iun kafejon kaj trinki kafon. Li ne plu havis amikojn, konatojn kaj parencojn.

Delonge la parencoj forgesis lin.

첩보 본부에서는 둘을 '황금해안'에 있는 이 빌라로 보냈다. 여기서 얼마 정도 보내야하고 누구도 여기 있는지 알아서는 안 된다.

이제 많은 세월이 지나자 스토이코는 첩보 고등교육원에서 공부를 시작한 것이 후회된다.

정말로 끊임없이 자신의 삶 뿐만 아니라 미라의 삶도 위험하다.

삶은 항상 위험하고 긴장해야 한다.

여러가지 역할을 하고 다양한 사람으로 소개하는 것이 육체나 정신을 지치게 만든다.

스토이코는 끊임없이 귀에 신경쓰고 주위를 둘러본다.

항상 누군가가 자기를 살피고 숨어서 지켜보는 듯 보인다. 돌로 된 울타리 뒤 빌라 여기에서조차 스토이코는 편하지 못하다.

밤에 어렵게 잠들고 자는 동안에는 악몽을 꾼다.

가끔, 아주 가끔 일어나 침대에서 나와 귀를 쫑긋한다.

방에는 어둠, 깊은 조용함만 가득하다.

아버지가 고집스럽게 스토이코가 첩보원이 되어야 한다고 했을 때 아버지의 말씀은 높은 급여를 받는다는 것이었다.

지금 스토이코는 정말 높은 급여, 많은 돈을 받고 있지만, 마음 편하게 어느 카페에 가서 차를 마실 수조차 없다. 더는 친구, 지인, 친척도 가질 수 없다.

오래전부터 친척들도 스토이코를 잊었다.

Nun Stojko estis neniu, eĉ li mem ne sciis kiu li estas. Dum tiuj ĉi dudek jaroj li havis diversajn nomojn, loĝis en diversaj landoj. Li prezentis sin kiel homon kun diversaj naciecoj kaj kun diversaj profesioj.

Nun Stojko jam tute ne similis al la iama junulo, kiu iam nomiĝis Stojko Velev, kiu unu jaron studis filologion, verkis poemojn kaj revis esti poeto.

지금 자신조차도 자신이 누구인지 모른다. 이 20년 동안 여러 이름을 가지고 여러 나라에서 살았다.

여러 민족성과 직업을 가진 사람으로 소개한다. 지금 스토이코는 스토이코 벨레브라는 이름을 갖고 언어학을 1년 공부하면서 시를 쓰고 시인이 되기를 꿈꾼 예전의 젊은이와 완전히 같지 않다.

7.

Martin meditis pri Stojko. Li estis certa, ke li ne
eraris. Tio estis Stojko, ripetis Martin, sed kial li diris,
ke mi eraras?
Kial Stojko kaŝas sin? Kio okazis al li? Ja, dudek jarojn
ni ne vidis unu la alian.
Martin esperis, ke dum la restado en la Ora Bordo li
denove vidos Stojkon kaj tiam li demandos kial Stojko
kaŝas sin kaj kial li ŝajnigas, ke li ne konas Martinon
kaj neniam vidis lin. Io malbona okazis al Stojko,
supozis Martin. Martin ne deziris kredi, ke Stojko psike
malsaniĝis kaj tial lia konduto ŝajnis tre stranga kaj
nekomprenebla.
Martin iris sur la ĉemara aleo kaj li decidis eniri iun
kafejon por trinki kafon. La tago estis suna, agrabla.
Pli bone estis promenadi ol sidi en la hotela ĉambro
kaj verki. En la kafejo li pripensos kiel daŭrigi la
verkadon de la romano.
Martin havis iujn ideojn, planon, sed al li ŝajnis, ke la
romano ne estas sufiĉe streĉa. Jam de la komenco ĝi
devis tuj kapti la atenton de la legantoj. Li deziris, ke
la agado en la romano estu pli hasta, ke la legantoj
ne havu paciencon ekscii kio okazos je la fino.

7장

마르틴은 스토이코에 대해 생각했다.
잘못 본 것이 아님이 분명하다.
분명 스토이코다. 여러 번 되풀이했다.
왜 잘못 보았다고 말했을까? 왜 자기를 숨길까?
무슨 일이 있었을까?
정말 20년간 서로 본 적이 없다. 이 '황금해안'에서 머무
는 동안 다시 보기를 희망하고 그때 왜 자기를 숨겼는
지, 왜 모른 척 했는지, 지금껏 본 적이 없는지 물어볼
것이다. 뭔가 나쁜 일이 생겼다고 마르틴은 짐작했다.
스토이코가 정신적으로 아파서 행동이 이상하고 이해할
수 없다고 믿고 싶지는 않았다.
바닷가 오솔길로 가서 차를 마시러 어느 커피숍에 들어
가려고 했다.
낮에는 해가 비치고 화창했다. 호텔 방에 앉아 글 쓰는
것보다 산책하는 것이 훨씬 좋다.
커피숍에서 소설의 줄거리를 어떻게 이어갈까 생각할 것
이다.
어떤 생각과 계획을 가지고 있지만 소설은 충분히 긴장
감이 없어 보인다.
처음부터 독자의 관심을 곧바로 끌어야 한다.
소설의 움직임이 보다 빨라서 독자들이 끝에 무슨 일이
일어날지 궁금해하기를 원했다.

La kafejo estis preskaŭ malplena. Ĉe iu tablo sidis gejunuloj. La junulino estis blonda, havis blankan vizaĝon kun lentugoj. La junulo - alta kaj magra. Verŝajne ili estis britoj. Ĉe alia tablo sidis gemaljunuloj, kiuj parolis pole. Al Martin proksimiĝis la kelnerino, verŝajne deknaŭjara, brunhara kun okuloj kiel brilaj ĉerizoj.

-Kion vi bonvolos? - demandis ŝi.

-Kafon - diris Martin.

Post iom da tempo la belokula kelnerino alportis la kafon. Martin komencis malrapide trinki ĝin. Li daŭre meditis pri la enhavo de sia romano. Hieraŭ li finverkis la dekan ĉapitron. La ĉefheroo estis alloga, sed Martin devis pli klare priskribi la konflikton inter li kaj la ĉefheroino.

La kafejo havis grandan fenestron al la maro. Sur la aleo, antaŭ la kafejo, promenadis homoj. Same hodiaŭ la plaĝo estis dezerta. Neniu videblis tie. Subite Martin vidis Ninan, la belan junulinon. Ŝi pasis preter la kafejo, sed ŝi ne eniris ĝin.

Nina plaĉis al Martin. Delonge li ne vidis tian belan junulinon.

Ŝajnis al Martin, ke Nina estas sinĝenema kaj ne tre komunikema.

커피숍은 거의 사람이 없다.

어느 탁자에 젊은 남녀가 있다. 아가씨는 금발에 여드름이 난 검은 얼굴이다.

젊은 남자는 마르고 키가 컸다. 외모를 보면 영국 사람 같다. 다른 탁자에는 폴란드 말로 이야기하는 늙은 부부가 있다.

체리같이 빛나는 눈에 갈색 머리카락을 한 19살 정도로 보이는 여종업원이 가까이 왔다.

"무엇을 드시겠어요?" 여종업원이 말했다.

"커피요." 마르틴이 말했다.

조금 뒤 아름다운 눈의 여종업원이 커피를 가져다 주었다. 천천히 마시기 시작했다. 계속해서 소설 내용에 대해 생각했다. 어제 10 장(章)을 마쳤다.

남주인공은 매력적이지만 남주인공과 여주인공 사이의 갈등을 더 분명하게 묘사해야 한다.

커피숍에는 바다를 향하여 큰 창(窓)이 있다. 커피숍 뒤 오솔길에는 사람들이 산책한다.

오늘도 모래사장은 사막 같다.

거기에 아무도 볼 수 없다.

갑자기 아름다운 아가씨 니나를 보았다.

커피숍 옆으로 지나가며 안으로 들어오지 않았다.

니나가 마음에 들었다.

오랫동안 그렇게 아름다운 아가씨를 본 적이 없다.

니나는 수줍어했고 그다지 사교적으로 보이지 않았다.

Antaŭ kvin jaroj Martin eksedziĝis kaj de tiam li ne havis amikinon. Li vivis sola, sed li deziris havi amikinon, kiun li amu, al kiu li konfesu siajn pensojn kaj sentojn.

Martin edziĝis tuj post la fino de la universitato. Irina, lia edzino, estis lia kunstudentino. Dum la jaro antaŭ la fino de la studado ili enamiĝis kaj ilia amo estis forta kaj pasia. Dum la somero post la fino de la tria studjaro la studentoj havis studpraktikon en vilaĝo Senovo, proksime al la suda landlimo.

Ili, la estontaj filologoj, devis surbendigi malnovajn popolkantojn, kiujn oni kantis en tiu landa regiono. La studentoj devis renkontiĝi kun maljunaj virinoj kaj peti ilin kanti la popolkantojn. Poste la studentoj devis kunmeti la kantojn, redakti ilin kaj eldoni volumon.

Dum la studpraktiko Irina kaj Martin bone ekkonis unu la alian. Ili kune surbendigis la kantojn. Tage la studentoj estis en la domoj de la maljunaj virinoj, kiuj kantis. La maljunulinoj sciis tiujn ĉi kantojn de siaj patrinoj kaj avinoj.

Vespere la studentoj kolektiĝis en domo, kiun disponigis al ili la vilaĝestro. La domo estis granda, duetaĝa kun multaj ĉambroj. Ĝiaj posedantoj mortis antaŭ kelkaj jaroj kaj nun en la domo loĝis neniu.

마르틴은 5년 전 이혼하고 그 이후 여자 친구도 없다.
혼자 살면서, 사랑하고 생각과 느낌을 고백할 수 있는 여자 친구를 원했다.
대학을 마치고 즉시 결혼했다.
아내 이리나는 같이 대학에서 공부한 아가씨였다.
학업이 끝나기 전 일년 동안 사랑에 **빠졌는데** 강하고 뜨거웠다.
3학년을 마치고 여름에 남쪽 국경에 가까운 '세노보'라는 마을에서 학교 실습을 했다.
미래의 언어학자인 그들은 그 나라 지역에서 사람들이 부르는 오래된 민속음악을 채집(採集)해야 했다.
학생들은 할머니들을 만나 민속 노래를 불러달라고 부탁했다.
나중에 학생들은 노래를 함께 모아 편집하고 책으로 출판해야 한다.
학교 실습 동안 이리나와 마르틴은 서로 잘 알게 되었다. 함께 노래를 모았다.
낮에는 학생들이 노래하는 할머니들의 집에 있었다.
젊은 여자들은 엄마와 할머니의 이 노래를 알았다.
저녁에 학생들은 촌장(村長)이 배정해주는 집에 모였다.
집은 크고, 많은 방을 가진 2층짜리 건물이다.
소유주는 죽고 지금 집에는 아무도 살지 않는다.

Sur la unua etaĝo estis vasta ĉambro, kiu similis al salono. En ĝi staris granda ligna tablo.

Ĉiuj studentoj, dek entute, sidis ĉirkaŭ la tablo kaj vespermanĝis. De la vilaĝa restoracio ili aĉetis manĝaĵon, bieron, botelon da vodko. De la legomvendejo – tomatojn, kukumojn, kapsikojn. La junulinoj faris bongustajn salatojn.

Dum la vespermanĝo la gejunuloj konversaciis, rakontis gajajn historiojn, multe ridis kaj amuziĝis. Post la vespermanĝo komenciĝis la dancoj. Ili estingis la lampon kaj la granda ĉambro fariĝis romantika kaj iom mistera. Post la noktomezo la gejunuloj iris sur la duan etaĝon, kie troviĝis la dormoĉambroj.

Dum la unuaj tagoj la junuloj dormis aparte de la junulinoj, sed poste ili kundormis. Malfrue matene ili vekiĝis kaj ankoraŭ dormemaj ili iris en la vilaĝo de domo al domo kaj daŭrigis surbendigi la kantojn.

La studpraktika monato rapide pasis kaj la studentoj revenis en la ĉefurbon. En oktobro komenciĝis la studado.

Martin kaj Irina ĉiam esti kune. Ili kune lernis kaj ekzameniĝis.

Kiam ambaŭ finis la studadon, ili geedziĝis.

1층에는 응접실 같은 넓은 방이 있다.

커다란 나무 탁자가 있다. 모든 학생, 합쳐서 10명은 탁자 둘레에 앉아 저녁을 먹었다.

마을 식당에서 먹을 것과 맥주, 보드카를 한 병 샀다.

채소 가게에서 토마토, 오이, 고추를 샀다.

여자 젊은이들은 생채 요리를 했다.

저녁 식사하면서 젊은이들은 대화하고 즐거운 역사를 이야기하고 많이 웃고 즐거웠다.

저녁을 마치고 춤이 시작되었다.

불을 끄자 커다란 방은 낭만적이고 조금 신비로웠다.

자정이 지나 젊은이들은 침실이 있는 2층으로 올라갔다.

첫날에 젊은이들은 여자 젊은이들과 별도로 잤으나 나중에는 함께 잤다.

늦은 아침에 일어나 졸린 채 마을에서 이집 저집 다니면서 노래 모으기를 계속했다.

학교 실습 한 달이 빠르게 지나가고 학생들은 도시로 돌아왔다.

10월에 학업이 시작되었다.

마르틴과 이리나는 항상 같이 있었다.

함께 공부하고 시험도 치렀다.

둘이 학업을 마치고 결혼했다.

La gepatroj de Irina loĝis province, en la urbo Svila, kaj la geedziĝo okazis tie. Estis modesta geedziĝfesto. Irina kaj Martin ankoraŭ ne laboris, ili ne havis monon. Post la geedziĝo la juna familio ekloĝis en la gepatra domo de Martin. La domo estis malgranda por du familioj, tamen tiam estis la plej feliĉaj jaroj por Martin. Li eklaboris kiel redaktoro en eldonejo por lernolibroj. Irina estis instruistino. Post du jaroj, post la geedziĝo, naskiĝis ilia filino – Desislava. La ĝojo estis granda, sed ili devis lui loĝejon. Jam Martin, Irina kaj Desislava ne plu povis loĝi en la gepatra domo de Martin, kiu iĝis maloportuna al la du familioj.

Irina kaj Martin luis etan loĝejon en nova loĝkvartalo. Tamen iliaj salajroj estis malaltaj kaj la mono ne sufiĉis. Irina komencis ofte ripeti, ke Martin nenion entreprenas por perlabori pli da mono. Martin provis trovi pli bone salajritan oficon, sed malsukcese. Dume li komencis pli aktive verki. De tempo al tempo liaj rakontoj aperis en diversaj revuoj kaj ĵurnaloj.

Ĝis malfrue nokte Martin sidis ĉe la tablo en la mallarĝa kuirejo de la domo kaj verkis. Irina tute ne interesiĝis pri lia verkado. Por ŝi la verkado estis sensenca kaj senutila okupo.

이리나의 부모는 '스빌라'도시의 지방에 살았다.

거기서 결혼식을 치렀다.

검소한 결혼 축하 잔치였다. 마르틴과 이리나는 아직 직장이 없고 돈도 없었다.

결혼 뒤에 마르틴의 부모집에서 젊은 가족은 살기 시작했다.

집은 두 가족이 살기에 작았지만 마르틴에게는 가장 행복한 시절이었다.

마르틴은 학습도서 출판사에서 편집자 일을 시작했다. 이리나는 교사가 되었다.

결혼하고 2년 뒤 딸 데시스라바가 태어났다.

기쁨은 컸지만 살 곳을 빌려야만 했다.

이미 마르틴, 이리나, 데시스라바는 두 가족한테 불편해진 마르틴의 부모 집에서 더 이상 살 수 없었다.

새로운 거주지역의 작은 집을 빌렸다.

그러나 급여가 낮아 돈이 충분하지 않았다.

이리나는 더 많은 돈을 벌기 위해 노력하지 않는다고 자주 반복해서 말하기 시작했다.

마르틴은 더 좋은 급여의 직업을 찾으려고 했으나 실패했다. 그러면서 더 적극적으로 글을 쓰기 시작했다.

때때로 이야기들이 여러 잡지, 신문에 실렸다. 늦은 저녁까지 작은 부엌의 탁자에 앉아 글을 썼다.

이리나는 글에 대해 전혀 흥미가 없었다.

이리나에게 글 쓰는 것은 의미 없고 무익한 일이었다.

Ja, la rakontoj de Martin, kiuj aperis en revuoj kaj ĵurnaloj, ne estis bone pagitaj. Tial Irina rilatis ironie al lia verkado.

-Kial vi perdas tempon verki? – diris ŝi. -Vi devas fari ion, kio alportos monon. La aliaj edzoj bone salajras kaj ili vivtenas siajn familiojn, sed ni vivas mizere.

Tiuj ĉi riproĉoj de Irina turmentis Martinon. Ambaŭ komencis ofte disputi kaj kvereli. Irina ne komprenis Martinon kaj ŝi eĉ ne deziris kompreni lin. Por Irina plej grave en la vivo estis la mono. Nenio alia havis valoron. Iom post iom ambaŭ malproksimiĝis unu de la alia kaj venis la fino. Ili eksedziĝis.

Ili ne povis plu vivi kune. Por Martin la familia vivo fariĝis koŝmara. Irina kaj Desislava forveturis loĝi en Svila ĉe la gepatroj de Irina.

사실 잡지나 신문에 실린 마르틴의 이야기들은 잘 팔리지 않았다. 그러므로 이리나는 글쓰기를 하찮게 여겼다.
"왜 글 쓰는데 시간을 허비하세요?
당신은 돈을 벌 뭔가를 해야 해요.
다른 남편들은 잘 벌고 가족을 부양하는데 우리는 비참하게 살아요."
이리나의 이런 책망이 마르틴을 괴롭게 했다.
자주 두 사람은 말다툼하거나 싸웠다.
마르틴을 이해하지 않고 이해하려고조차 원치 않았다.
이리나에게 삶에서 가장 중요한 것은 돈이다.
다른 아무것도 가치가 없다.
조금씩 두 사람은 서로 멀어지더니 끝이 왔다. 이혼했다.
더 이상 같이 살지 않는다.
마르틴에게 가족의 삶은 악몽이다. 이리나의 부모 집 근처 '스빌라'도시에서 살기 위해 이리나와 데시스라바는 떠났다.

8.

Nina banis sin kaj antaŭ la spegulo en la hotela ĉambro ŝi sekigis sian longan nigran hararon. Poste ŝi komencis malrapide vestiĝi. Unue ŝi surmetis neĝblankan mamzonon.

Ŝiaj mamoj estis ne tre grandaj, similaj al maturaj persikoj.

Poste Nina surmetis blankan subrobon, blankan bluzon kaj verdan jupon. Kiam ŝi vestiĝis, ŝi rigardis sin en la spegulo kaj ruĝkolorigis siajn lipojn.

Delonge Nina ne havis ferion. Finfine oni permesis al ŝi ferii kaj ŝi venis en tiun ĉi hotelon por ripozi dum kelkaj tagoj.

Ja, la laboro de Nina estis tre respondeca, riska kaj danĝera.

Ĉiam oni sendis ŝin ien malproksimen, kie ŝi devis plenumi malfacilajn taskojn. Oni sciis, ke ŝi estas la plej taŭga por la specialaj sekretaj operacioj. Nina bone sin regis, ŝi ne estis hezitema kaj ŝi spertis eliri el la plej malfacila kaj senespera situacio. Ŝi estis ne nur saĝa kaj klarvida, sed tre ĉarma, kio ege helpis ŝin. Neniam Nina plendis aŭ diris, ke la taskoj, kiujn ŝi plenumas, estas malfacilaj.

8장

니나는 온 몸을 씻고 호텔 방에 있는 거울 앞에서 긴 검은 머리카락을 말린다.
뒤에 천천히 옷을 입는다.
처음에 눈처럼 하얀 브래지어를 했다.
젖은 그렇게 크지 않고 익은 복숭아를 닮았다.
나중에 하얀 속옷, 하얀 블라우스와 푸른색 치마를 입고 거울을 보고 입술을 빨갛게 칠했다.
오랫동안 휴가가 없었다.
겨우 휴가를 허락해 줘서 며칠 쉬려고 이 호텔에 왔다.
정말로 니나의 일은 매우 책임감있고 위험하고 힘들다.
항상 어려운 일을 해야 하는 어딘가 먼 곳으로 보냈다.
특별한 비밀작전에 가장 적합하다고 사람들이 알고 있다.
니나는 자기관리가 철저하며 주저하는 성격도 없고, 가장 힘들고 절망적인 상황에서도 살아나온 경험이 있다.
니나는 현명하고 똑똑하게 보일 뿐만 아니라 자신에게 도움이 될 만큼 매우 매력이 넘친다.
결코, 맡은 일이 어렵다고 불평하거나 말하지 않는다.

Ŝi ĉiam pretis akcepti novajn ordonojn kaj ŝi plenumis ilin perfekte. Kiam ŝi agis, ŝi estis lerta kaj inventema. Nina mem elektis tiun ĉi vivmanieron, tiun ĉi riskan agadon kaj eĉ por momento ŝi ne bedaŭris.

Antaŭ dek jaroj Nina ne supozis, ke ŝi taŭgas por tiu ĉi speciala agado. Tamen iuj personoj rimarkis ŝin kaj ili konstatis, ke ŝi povus bonege plenumi la taskojn, kiujn oni komisios al ŝi. Tiam Nina studis en la Sporta Akademio.

Nina naskiĝis kaj vivis en modesta familio en montara urbo. Ŝia patrino estis vendistino en nutraĵvendejo kaj ŝia patro – forstisto. Kiam Nina estis infano, la patro komencis instrui ŝin pafi per ĉaspafilo. Nina ofte akompanis la patron, kiam li iris ĉasi. Tre bone ŝi pafis kaj malofte ŝi maltrafis la celobjektojn. Ŝia patro, same bona pafisto, ege miris, kiam Nina senerare pafis. Ŝia paftalento ĝojigis lin.

Foje somere en la naska urbo de Nina estis granda foiro kun ludiloj, cirko, pafejo, pavilionoj kun diversaj dolĉaĵoj···

Nina kaj du ŝaj amikinoj havis biletojn por la cirka spektaklo, sed antaŭ la komenciĝo de la spektaklo ili promenadis en la foirejo. Nina haltis antaŭ la pafejo, dezirante pafi.

항상 새로운 일을 맡을 준비가 되어 있고 완벽하게 수행한다. 행동할 때는 능숙하고 창의적이다.

스스로 이 삶의 방식과 위험스런 일을 선택했고 조금도 후회하지 않았다.

10년 전만해도 특별한 일에 적합하다고 생각하지도 못했다.

그러나 어떤 사람이 그녀의 재능을 알아차리고 맡긴 일을 잘할 수 있다고 확신했다.

그때 니나는 체육 교육원에서 공부했다.

니나는 산골 도시에서 태어나 검소한 가정에서 자랐다.

엄마는 식료품 가게 판매원이고 아빠는 삼림원이었다.

니나가 어렸을 때 아빠는 사냥총으로 총 쏘는 법을 가르쳐 주셨다.

아빠가 사냥하러 갈 때 가끔 따라 갔다.

니나는 총을 매우 잘 쏘았지만 간혹 목표를 못 맞추기도 했다.

니나와 마찬가지로 노련한 사냥꾼인 아빠는 니나가 실수 없이 쏠 때 크게 놀랐다.

총 쏘는 실력 때문에 아빠는 기뻤다.

가끔 여름에 출신 도시에서 장난감, 공연단, 사격장, 달콤한 것을 파는 천막들이 들어선 큰 장(場)이 열렸다. 니나와 두 명의 여자친구는 공연단 관람을 위해 표를 산 뒤, 공연 시작하기 전에 장터를 둘러보았다.

사격장 앞에서 총을 쏘고 싶어서 멈췄다.

La posedanto de la pafejo donis al ŝi pafilon. Nina pafis kaj trafis. Ŝi gajnis pluŝan urseton, kiu poste estis ŝia talismano. Nina pafis duan fojon kaj denove trafis. La posedanto de la pafejo, kvindekjara viro kun hararo nigra kiel peĉo kaj densaj brovoj, tre miris, ke Nina dufoje trafis precize. Ja, Nina estis knabino.

-Se vi trafos trian fojon, mi donos al vi ne unu, sed du donacojn – diris li al Nina.

-Bone – konsentis ŝi.

Nina prenis la pafilon, trankvile levis ĝin kaj pafis. Ŝi trafis trian fojon. La viro donis al ŝi du donacojn: pluŝan hundeton kaj pluŝan erinacon, kiujn Nina donacis al siaj amikinoj.

La viro demandis Ninan:

-Kiom aĝa vi estas?

-Dektrijara mi estas – respondis ŝi.

-Mia amiko Trifon Kirov estas trejnisto pri sporta pafado, diris la viro. – Mi donos al vi lian telefonnumeron. Se vi deziras trejni sportan pafadon, telefonu al li.

La viro skribis sur papereton la telefonnumeron de Trifon Kirov kaj donis ĝin al Nina.

Post semajno Nina telefonis al Kirov kaj ŝi komencis trejni sportan pafadon.

사격장 주인이 총을 주었다.

니나는 총을 쏴 맞췄다.

플러시 천의 작은 곰 인형을 받았는데, 나중에 부적처럼 여기는 물건이 되었다.

두 번째 총을 쏘아 또 맞췄다.

역청같이 검은 머리카락에 진한 눈썹을 가진 50살의 사격장 주인은 니나가 두 번이나 정확하게 맞춘 것에 크게 놀랐다.

정말 니나는 어린 여자아이였다.

"세 번째도 맞춘다면 한 개가 아니라 두 개를 줄게"하고 주인이 니나에게 말했다.

"좋아요," 니나가 동의했다.

니나는 총을 잡고 조용히 들고 쏘았다.

세 번째에도 맞췄다.

주인은 두 개를 선물로 주었다. 플러시 천의 작은 강아지 인형과 친구에게 선물한 플러시 천의 고슴도치 인형이다.

주인이 니나에게 물었다. "몇 살이니?"

"13살입니다." 니나가 대답했다.

"내 친구 트리폰 키로브가 사격훈련 교관이다.

전화번호를 줄테니 사격하고 싶다면 전화해라."

종이위에 트리폰 키로브의 전화번호를 써서 니나에게 주었다. 일주일 뒤 니나는 키로브에게 전화해서 사격 훈련을 시작했다.

Rapide Nina fariĝis la plej bona pafistino en la junulina urba teamo. Ŝi partoprenis en pluraj sportaj konkuroj kaj ricevis multajn premiojn. Baldaŭ Nina iĝis ano de la landa teamo pri sporta pafado.

Post la fino de la gimnazio, ŝi ekstudis en la Sporta Akademio en la ĉefurbo. Tiam oni proponis al ŝi esti ano de la speciala taĉmento. Nina ĉesis sportumi. Ŝi komencis ricevi gravajn taskojn kaj frekventi specialan lernejon.

Neniam Nina forgesos la unuan specialan operacion.

Estis en oktobro, suna trankvila tago. Neniu supiozis, ke okazos io neatendita. Subite la taĉmento por urĝa reago ricevis sciigon. Armita teroristo eniris grandan ĉefurban vendejon, kie li minacas mortpafi senkulpajn homojn kaj eksplodigi la vendejon. La anoj de la speciala taĉmento ĉirkaŭiris la vendejon kaj ili komencis intertrakti kun la teroristo. Li postulis, ke oni liberigu el la prizono lian amikon, certigu al ambaŭ kirasitan aŭton, per kiu ili povu veturi al la flughaveno

kaj de tie ili ekflugu per aviadilo al la Araba Duoninsulo.

La intertraktado kun la teroristo daŭris preskaŭ du horojn senrezulte.

빠르게 시청 여자 청년 사격팀에서 가장 훌륭한 사격선
수가 되었다.
여러 스포츠경기에 참가하여 많은 상을 받았다.
이윽고 사격 국가대표 선수가 되었다.
고등학교를 졸업한 뒤 대도시의 스포츠 교육원에서 공부
했다.
그때 특수부대원이 되라고 사람들이 권했다.
운동하기를 그만두었다.
중요한 일을 맡고 특수 학교를 다니기 시작했다.
첫 번째 특별작전을 결코 잊을 수 없다.
10월의 화창하고 조용한 날이다.
예기치 않은 일이 일어나리라고 누구도 짐작하지 못했
다.
무장한 테러범이 큰 도시 매장에 들어와 죄 없는 사람을
쏴서 죽이고 매장을 폭발시키겠다고 위협했다.
특수부대원이 판매점을 둘러싸고 테러범과 서로 협상하
기 시작했다.
'감옥에 있는 친구를 석방시키고, 장갑차로 비행장까지
데리고 가서 비행기를 이용해 아랍 반도로 갈 수 있도록
보장하라'고 테러범이 요구했다.
테러범과 거의 2시간 협상을 계속 했지만 성과가 없었
다.

La teroristo diris, ke se post horo la kirasita aŭto ne estos antaŭ la vendejo, li komencos mortpafi la homojn en la vendejo. La tempo pasis, sed la teroristo estis necedema.

Post horo el la vendejo eliris tridekjara virino kaj kiam ŝi ekstaris ĉe la pordo, la teroristo mortpafis ŝin dorse. La virino falis sur la straton. Post tiu ĉi terura murdo, kiu okazis antaŭ la rigardo de Nina, oni ordonis, ke la teroristo estu murdita.

Nina estis sur la tegmento de najbara al la vendejo konstruaĵo. Ŝi estis kun pafilo kun optika celilo kaj ŝi rigardis la vendejon tra la optika celilo. La teroristo tamen ĉiam estis malproksime de la fenestroj de la vendejo. Oni decidis, ke policano komencu malrapide proksimiĝi al la vendejo. La teroristo vidis la policanon. Por sekundoj la teroristo aperis antaŭ la optika celilo de Nina. Ŝi tuj premis la ĉankroĉilon de la pafilo kaj la teroristo mortis. Tiel la homoj en la vendejo estis savitaj.

Post tio Nina ofte sonĝis koŝmarojn. En la dormo ŝi vidis la junan virinon, mortpafitan sur la strato antaŭ la vendejo. Tuj poste Nina kvazaŭ aŭdis teruran tondron, kiu vekis ŝin. Nina saltis de la lito ŝvita kaj longe ŝi sidis senmova en la malluma ĉambro.

테러범은 '1시간 뒤 장갑차가 매장 앞에 오지 않으면 매장에 있는 사람들을 쏘아 죽이기 시작하겠다'고 말했다.

시간이 흘러갔지만 테러범은 물러나지 않았다.

1시간 뒤 매장에서 30살 젊은 여자가 나와 문에 서자, 테러범이 등 뒤에서 총을 쏴 죽였다.

여자는 길 위로 쓰러졌다.

니나의 눈앞에서 이 잔인한 살인사건이 있자 사람들이 테러범을 죽이라고 명령했다.

니나는 매장 건물의 옆 건물 지붕 위에 있었다.

니나는 광학가늠자가 달려 있는 총을 가지고 있어 광학가늠자를 통해 매장을 바라보았다.

테러범은 항상 매장의 창에서 멀리 떨어져 있다.

경찰이 천천히 매장으로 가까이 다가가기 시작했다.

테러범은 경찰관을 보았다.

몇초동안 테러범이 니나의 광학가늠자 앞에 나타났다.

곧 총 방아쇠에 힘을 주었고 테러범은 죽었다.

그렇게 해서 매장에 있는 사람들은 살아났다.

이것 때문에 가끔 악몽을 꾼다. 꿈에서 매장 앞 길 위에서 총 맞아 죽은 젊은 여자를 보았다.

곧 뒤에 니나를 깨우는 무서운 천둥 소리가 들리는 듯했다.

땀에 젖은 채 침대에서 일어나 오랫동안 어두운 방에서 움직이지 않고 앉아 있었다.

Pene Nina denove ekdormis, sed ŝi sonĝis la kuglon, kiu flugas al la granda fenestro de la vendejo.

La kuglo traboras ĝin kaj la teroristo falas kiel forhakita arbo.

Dum tagoj Nina meditis. La teroristo estis samjara kiel ŝi. Kial li devis oferi sian vivon? Kial li pretis murdi senkulpajn homojn? Kial li murdis la junan virinon? Nina tute ne komprenis la fatalismon de tiu ĉi viro. Kiam Nina estis sur la tegmento de la konstruaĵo kontraŭ la vendejo, ŝi observis la teroriston, kiu aspektis ordinara junulo kun iom bruneca vizaĝo kaj nigraj okuloj. En lia rigardo tamen estis decidemo kaj preteco murdi.

Post tiu ĉi unua speciala operacio venis aliaj.

어렵게 다시 잠이 들지만, 매장의 큰 창으로 날아가는 총알을 꿈에서 다시 본다.

총알은 창을 뚫고, 테러범은 도끼에 찍힌 나무처럼 쓰러진다.

낮에도 니나는 깊이 생각했다.

테러범은 니나와 동갑이었다.

왜 그 사람은 목숨을 바쳐야만 했을까?

왜 죄없는 사람들을 죽이려고 했을까?

왜 젊은 여자를 죽였을까?

니나는 이 남자의 인생관을 이해할 수 없다.

니나가 매장 옆 건너편 건물 지붕 위에 있을 때 갈색 얼굴과 검은 눈을 가진 평범한 젊은이로 보이는 테러범을 조금 살폈다. 그러나 눈빛에는 살인에 대한 결의와 준비성이 있었다.

이 첫 번째 작전 뒤 다른 업무가 맡겨졌다.

9.

Martin havis bonegan humoron. Ĉi tie, en Ora Bordo
la tempo kvazaŭ haltis. Li ĝuis la trankvilecon kaj la
senzorgecon. Dum la tagoj li verkis, promenadis,
kontempladis la maron.

"Kial la homoj ne ĝojas pri la vivo?" meditis Martin.
"Kial oni ĉiam rapidas? Konstante oni strebas al iuj
iluzioj, sed ĉio estas tre simpla. Ni devas halti por vidi
la matenon, la maron, por eksenti ke ni vivas."

Martin estis kvardekjara kaj dum la tuta vivo ĝs nun li
strebis al celoj, kiuj nun ŝajnis al li sensencaj. Li
deziris esti fama, sed nun ĉi tie tio aspektis ridinda.
En Ora Bordo, en la komenco de la aŭtuno preskaŭ
ne estis homoj. La restadejo dezertis. Ja, neniu ĉi tie
konis Martinon. Li estis ombro, kiun neniu rimarkas.
Ĉu lia iama amiko Stojko same deziris esti
nerimarkebla? Verŝajne tial li ŝajnigis, ke li ne konas
Martinon.

Martin deziris denove iri al la vilaoj, renkonti Stojkon
kaj provi alparoli lin. Certe Stojko estas en iu el la
vilaoj, supozis Martin.

"Mi trovos lin kaj mi demandos lin kial li ne deziras
rekoni min. Kio okazis al li dum tiuj ĉi dudek jaroj?

9장

마르틴은 아주 기분이 좋았다. 여기 '황금해안'에서는 시간이 멈춘 듯했다. 평안함과 무사태평함을 즐겼다.
낮에 글을 쓰고, 산책하고, 바다를 오래도록 쳐다본다.
'왜 사람들은 삶에 대해 기뻐하지 않을까?' 하고 생각했다. 왜 사람들은 항상 서둘까? 끊임없이 어떤 환상을 위해 노력하지만, 모든 것이 매우 간단하다.
우리가 살아 있다는 것을 느끼기 위해, 아침 바다를 보기 위해 멈추어야 한다.
마르틴은 40살이고 삶에서 지금은 무의미하게 보이는 목적을 위해 지금껏 노력했다. 유명해지고 싶었는데, 지금 여기에서 그것은 웃기게 보인다.
'황금해안'에 가을이 되면 사람들이 거의 없다.
휴양지는 사막이 된다.
정말 여기서 아무도 마르틴을 모른다.
아무도 알아차리지 못하는 그림자같다.
옛 친구 스토이코도 마찬가지로 알아차릴 수 없는 사람이 되고 싶을까?
정말로 마르틴을 모르는 척 한 듯 보였다.
다시 빌라로 가서 스토이코를 만나 말을 걸고 싶었다.
확실히 빌라 중 어느 한 곳에 스토이코가 있다고 짐작했다. "찾아서 왜 나를 모른 척 했는지 물어야지.
이 20년 동안 무슨 일이 있었어?

Kial li evitas sian malnovan amikon?"

Martin ne sciis, ĉu Stojko estas edziĝinta. "Kie li loĝas nun? " demandis sin Martin. "Ĉu li ankoraŭ loĝas en la urbo Brez? Kial li estas ĉi tie, en la Ora Bordo?" Martin serĉs respondojn al tiuj ĉi demandoj, sed vane.

왜 옛 친구를 피했니?"
스토이코가 결혼했는지도 모른다.
"지금 어디에 사니?
아직도 브레즈라는 도시에 사니?
왜 '황금해안' 여기에 있니?"
이 질문에 대한 답을 찾았지만 쓸모없다.

10.

Nina promenadis ĉe la bordo de la maro kaj ŝi rimarkis Martinon, kiu venis en ŝian direkton. Kiam Martin vidis Ninan, li kare ekridetis.

–Bonan matenon – diris Martin. – Kia agrabla neatendita renkonto.

–Saluton – respondis Nina. – Ĉu vi promenis? Hodiaŭ la vetero estas bonega.

–Jes. Ĉiun tagon mi promenas – respondis Martin. – Al mi tre plaĉas la Ora Bordo. La maro inspiras min. Verŝajne ankaŭ vi promenas?

–Jes. Same al mi plaĉas la maro.

–Mi ŝatus inviti vin trinki kafon – proponis Martin.

–Dankon – akceptis Nina.

Martin ĉirkaŭrigardis. Proksime videblis kafejo "Laguna" kaj ili iris tien. La kafejo estis vasta kaj hela. Martin kaj Nina eksidis ĉe tablo kaj Martin alrigardis ŝin. Nina surhavis ĝinzon, nigran bluzon kaj nigran jakon.

La ĝinzo reliefigis la belajn formojn de ŝia korpo. Martin cerbumis kiel diri al ŝi, ke ŝi ravis lin. Li tamen supozis, ke se li dirus tion al Nina, ŝi komencos voĉe ridi. Ja, li estis dek jarojn pli aĝa ol ŝi.

10장

니나는 바닷가 해변을 산책했다. 자기 쪽으로는 오는 마르틴을 알아챘다.

마르틴은 니나를 보자 빙긋 웃었다.

"안녕하세요," 마르틴이 말했다. "뜻밖에 만나니 매우 반갑네요"

"안녕하세요," 니나가 대답했다. "산책하세요? 오늘 날씨가 너무 좋네요."

"예, 날마다 산책해요." 마르틴이 대답했다.

"황금해안이 너무 마음에 들어요. 바다가 나를 기분좋게 해요. 역시 산책 나오신 듯 보이네요."

"예, 저 역시 바다가 마음에 들어요."

"차 마시자고 권하고 싶은데요." 마르틴이 말했다.

"감사합니다," 니나가 수락했다.

마르틴이 둘레를 살펴보니 가까이에 카페 '라구나'가 보여 그리로 갔다.

카페는 넓고 밝았다. 탁자에 앉아 니나를 바라보았다.

니나는 청바지에, 검은 블라우스, 검은 겉옷을 입었다.

청바지는 몸의 아름다운 형체를 부각시켜준다.

마르틴은 니나가 자기를 반하게 했다고 어떻게 말할까 생각했다.

그것을 말하면 소리내어 웃으리라고 짐작했다.

정말 열 살이나 나이가 많다.

Krom tio ili konis unu la alian nur de kelkaj tagoj.

Martin nenion sciis pri Nina. Ŝi diris al li nur sian propran nomon kaj li denove demandis sin kiu ŝi estas, de kie ŝi estas, en kiu urbo ŝi loĝas? Kion ŝi laboras kaj kion ŝi studis?

Li bone konsciis, ke li nur imagas, ke inter li kaj Nina estos ia pli proksima rilato. Post kelkaj tagoj li forveturos kaj neniam plu li vidos Ninan. Tamen li ne povis klarigi al si mem kial Nina tiel forte logis lin. Ĝis nun li ne renkontis virinon, kiu tiel allogis lin. Martin estis emocia kaj la emocioj subpremis lian racian rezonadon.

Martin mendis kafojn kaj senalkoholaĵojn. Nina tiel rigardis lin, kvazaŭ ŝi provus diveni pri kio li meditas. Al ŝi estis agrable, ke ŝi plaĉas al li. Martin estis simpatia viro. Alta, belstatura, li havis densan nigran hararon, en kiu jam videblis blankaj haroj, similaj al brilaj arĝentaj fadenoj. La rigardo de liaj malhelverdaj okuloj estis penetrema, lia nazo – rekta kaj la formo de lia mentono montris, ke li estas ambicia kaj agema viro. Tamen Nina bone konsciis, ke inter ŝi kaj Martin povas esti nur eta flirto, malgraŭ ke en la vivo de Nina ne estis flirtoj.

그 밖에도 오직 며칠 전에 서로 알게 되었다.

마르틴은 니나에 대해 아무것도 모른다.

니나는 오직 이름만을 말했을 뿐이다.

마르틴은 니나가 누구인지 어디에서 왔는지 어느 도시에 사는지 모른다.

어떤 일을 하며 무엇을 공부하는지도.

마르틴과 니나 사이에 뭔가 더 밀접한 관계가 있다고 속으로 상상만 한다는 것을 잘 안다.

며칠 뒤 떠날 것이고 더 이상 니나를 볼 수 없다.

그러나 왜 니나가 자기를 그렇게 세게 끌어당기는지 설명할 수 없다.

지금껏 그렇게 매력있는 여자를 만나지 못했다.

마르틴은 감성적이고 감정이 이성의 추리를 눌렀다.

마르틴은 커피와 무알콜 음료를 주문했다.

니나는 마르틴이 무슨 생각을 하는지 알아내려는 듯 빤히 쳐다봤다.

니나는 마르틴의 마음에 들어 기분이 좋았다.

마르틴은 호감이 가는 남자다. 키 크고 멋진 외모, 짙은 머리카락에 빛나는 은색실을 닮은 흰 머리카락을 약간 볼 수 있다. 어두운 초록빛 눈은 투명하고, 코는 우뚝하고, 턱의 형태는 야심찬 행동적인 남자임을 보여 준다.

그러나 니나와 마르틴 사이에는 오직 작은 마음의 두근거림이 있을 수 있다고 생각했다. 비록 니나의 삶에서 지금껏 마음의 흔들림이 없었을지라도.

Ŝia laboro estis ligita al multaj viroj, sed inter ŝi kaj ili estis klaraj limoj. Ĉiam Nina subpremis la sentojn. Por la taskoj, kiujn ŝi plenumas, la sentoj estis danĝeraj. Ŝi bone sciis, ke se eĉ por momento la sentoj obsedos ŝin, ŝi pereos. Tial Nina estis atentema kaj ŝi havis fortan disciplinon.

Nun ŝi akceptis la inviton de Martin, ke ili trinku kafon.

Ja, li kelkfoje alparolis ŝin kaj se nun ŝi ne akceptas lian inviton, eble li fariĝos pli insista.

-Vi diris al mi, ke via nomo estas Martin Dobrinski – diris Nina. – Kiam mi aŭdis vian nomon, ŝajnis al mi, ke ĝi estas konata, sed mi ne povis tuj rememori de kie. Poste mi rememoris, ke iam mi legis rakonton vian, tamen mi forgesis ĝian titolon kaj mi forgesis kie mi legis ĝin: ĉu en revuo, en ĵurnalo aŭ en interreto.

Nina bone sciis, ke tiuj ĉi ŝiaj vortoj flatos Martinon. Ja, ĉiu verkisto plej ŝatas aŭdi, ke oni legis liajn verkojn. La vortoj de Nina tuj havis efikon. La vizaĝo de Martin ekbrilis. Li komprenelle nenion diris, sed Nina bone vidis, ke por li tio estis agrabla.

-De kiam vi verkas? – demandis ŝi.

-Jam de miaj studentaj jaroj – respondis Martin.

니나의 일은 많은 남자들과 연결되어 있지만 명확한 한계가 있다. 항상 니나는 감정을 억눌렀다.

수행하는 업무에 감정은 위험했다.

잠깐이라도 감정에 휩싸이면 죽는다는 것을 잘 안다.

그래서 니나는 매우 주의하고 강한 절제력을 갖고 있다.

지금 니나는 커피 마시자는 마르틴의 초대를 받아들였다. 물론 마르틴은 몇 번 말을 걸었고 지금 초대를 받아들이지 않는다면 아마 집요하게 요구할 것이다.

"선생님 이름이 마르틴 도블린스키라고 하셨지요," 니나가 말했다.

"이름을 들었을 때 처음에는 아는 듯 했지만, 곧 어디에서였는지 기억할 수 없었어요.

나중에 기억났는데 전에 선생님의 이야기를 읽었어요.

작품의 제목과 어디서 읽었는지는 잊었지만 아마 잡지나 신문이나 인터넷에서 보았을 거예요."

니나는 이 말이 마르틴을 칭찬한다는 것을 잘 안다.

정말로 모든 작가는 자기 작품을 읽었다는 말 듣기를 가장 좋아한다.

니나의 이 말은 곧 효과를 나타냈다.

마르틴의 얼굴이 밝아졌다.

물론 말은 안 했지만 마르틴에게 기분 좋은 말이라는 것을 니나는 잘 안다.

"언제부터 쓰셨나요?" 니나가 물었다.

"이미 학생시절부터," 마르틴이 대답했다.

– Kiam mi estis studento kaj post la fino de la universitato mi komencis pli serioze verki.

-Unuan fojon mi renkontas verkiston – diris Nina. – Mi devas konfesi, ke mi ne legis multajn librojn. Kiam mi estis lernantino, mi demandis min kial necesas la literaturo.

Martin mire alrigardis ŝin. Neniam li aŭdis tion. La homoj, kiujn li konis, ĉiam antaŭ li fanfaronis, ke ili legis multajn librojn kaj ili ŝatas literaturon. Nun Nina tute sincere konfesis, ke ŝi ne legis multajn librojn kaj ŝi ne komprenas kial necesas la literaturo. Verŝajne Nina opiniis, ke literaturo estas tute superflua kaj homoj ne bezonas ĝin. Tio iom elrevigis Martinon. Li supozis aŭ li deziris kredi, ke Nina estas emocia kaj ŝi ŝatas legi librojn.

-La literaturo – komencis malrapide Martin – helpas nin pli bone ekkoni nin mem, pli bone ekkoni la mondon, en kiu ni vivas.

-Mi ne komprenas kiel – alrigardis lin Nina iom skeptike.

-Kiam ni legas librojn, ni ekvivas kun la vivo de la literaturaj herooj. Ni ekkonas iliajn pensojn kaj sentojn. Nina ekridetis. Ŝi ne komprenis la vortojn de Martin.

"학생 때, 대학교를 마치고 나서 진지하게 쓰기 시작했어요."

"처음으로 작가를 만났어요." 니나가 말했다.

"솔직히 많은 책을 읽지 않았다고 고백할게요. 학생이었을 때 왜 문학이 필요한지 의문이었어요."

마르틴은 놀라서 쳐다보았다.

결코 그런 말을 들어보지 못했다.

마르틴이 아는 사람들은 항상 자기 앞에서 많은 책을 읽고 문학을 좋아한다고 자랑했다.

지금 니나는 완전히 솔직하게 많은 책을 읽지 않고 왜 문학이 필요한지 이해하지 못한다고 고백했다. 그럴듯하게 니나는 문학은 완전히 쓸데없고 사람들이 필요로 하지 않는다고 자기 생각을 말했다. 그것때문에 마르틴의 환상이 조금 사라졌다.

마르틴은 니나가 감성적이고, 책을 좋아한다고 짐작하거나 믿기를 원했다.

"문학은," 마르틴은 천천히 말했다.

"우리 자신을 더 잘 알도록, 우리가 사는 세상을, 더 잘 알도록 도와 줍니다."

니나는 조금 의심의 눈초리로 쳐다보았다.

아무래도 이해하지 못한 듯하다.

"우리가 책을 읽을 때 문학의 주인공들과 삶을 함께 살아요. 그들의 생각과 느낌을 알 수 있어요."

니나는 웃었다. 마르틴의 말을 이해하지 못한다.

-Sed ili ne estas vivaj homoj, ili estas literaturaj herooj
- provis repliki lin Nina.

-Jes, sed ni konstatas, ke niaj pensoj kaj sentoj similas al la pensoj kaj sentoj de la literaturaj herooj kaj en similaj situacioj ni agas kiel ili - provis klarigi Martin.

-Eble.

-La literaturo igas nin alrigardi al niaj animoj, al niaj travivaĵoj - daŭrigis li.

-Interese. Tamen ĉio en la libroj estas elpensaĵo, ĉu ne? -Ne ĉio - tuj diris Martin. - En miaj rakontoj kaj libroj preskaŭ nenio estas elpensaĵo. Mi rakontis tion, kion mi travivis, kion mi vidis, kion mi aŭdis kaj eksciis de alaj homoj.

Martin vidis, ke Nina ne komprenas lin, sed li deziris montri al ŝi, ke literaturo ne estas superflua.

-Nun mi komprenas kial vi alparolis min kaj kial vi scivolas pri mi - ridetis ruzete Nina.

Martin tamen ŝajnigis, ke li ne aŭdis ŝin kaj li daŭrigis klarigi:

-Kiam mi verkas, mi nur emfazas iujn momentojn, iujn epizodojn kaj tiel mi influas al la legantoj, mi provokas ilin pensi kaj mediti. Mia celo estas, ke la legantoj legu kaj rezonu pri tio, kion ili legas.

"그러나 그들은 살아있는 사람이 아니고 문학의 주인공이잖아요." 니나는 되풀이해서 말했다.

"예, 우리의 생각과 느낌은 문학 주인공이 가진 생각과 느낌과 같아요.

비슷한 상황에 우리는 그들처럼 행동해요."

마르틴이 설명하려고 했다.

"아마도 문학은 우리 영혼, 우리 경험에 대해 생각하게 만들어요." 마르틴이 말을 계속했다.

"재밌네요. 그러나 책 속의 모든 것은 상상속에서 나오잖아요. 그렇죠?"

"모두는 아니예요." 곧 마르틴이 말했다.

"내 이야기와 책에서 거의 어느 것도 지어낸 것은 없어요. 내가 경험하고, 내가 보고, 내가 들은 것, 많은 사람이 아는 것을 이야기하죠."

니나가 자기를 이해하지 못한 것을 보고 문학이 쓸데없는 것이 아니라고 알려주고 싶었다.

"이제서야 왜 제게 말을 걸고 저에 대해 알고 싶은지 이해했어요." 니나는 흥미있다는 듯 웃었다.

그러나 마르틴은 듣지 않고 설명을 계속하려고 했다.

"나는 글을 쓸 때 어떤 순간, 어떤 에피소드를 강조하여 독자에게 영향을 끼쳐 생각하고 궁리하라고 자극해요.

내 목적은 독자가 읽고, 읽은 것에 대해 추리하는 것이죠."

-Do, estas tre grave rezoni - denove ekridetis ironie Nina.

-Kompreneble. La legantoj demandu sin kial la literaturaj herooj agis tiel, kio igis ilin esti bonaj aŭ malbonaj.

Mi deziras, ke la legantoj estu kunaŭtoroj de miaj rakontoj kaj libroj. Kiam ili finlegos mian libron, ili daŭrigu pensi pri ĝi, ili imagu kio okazos al la herooj en estonteco aŭ kiel la libro povus esti daŭrigita.

Martin ekhavis la ambicion konvinki Ninan, ke la homoj devas legi, ke oni ne povas vivi sen la libroj, ke la libroj riĉigas ilin.

-Do, estas danĝere koni verkiston - konkludis Nina kaj ŝi alrigardis lin. - Eble vi priskribos min en iu via rakonto aŭ en iu romano kaj povas esti, ke vi priskribos min ne pozitive.

-Vi povas esti heroino de iu mia estonta rakonto aŭ romano. Tamen mi ne priskribos vin tia, kia vi estas. Mi uzos nur iujn viajn trajtojn, kiuj plej bone esprimos mian ideon - klarigis Martin.

-Mi jam komprenas kion signifas verki rakonto aŭ romano. Tamen se vi uzus iujn miajn trajtojn, ĉu eblas, ke miaj konatoj aŭ amikoj, kiuj tralegos la libron, hazarde rekonus min? -demandis Nina.

"그래요. 추리하는 것이 상당히 중요해요."

다시 웃기다는 듯 니나가 살짝 웃었다.

"물론 독자는 문학의 주인공이 왜 그렇게 선행이나 악행을 하는지 묻지요. 나는 독자가 내 이야기 책의 공동저자가 되기를 바라지요. 내 책을 다 읽었을 때, 책에 대해 계속 생각하고 다음에 주인공에게 무슨 일이 일어날지, 책이 어떻게 이어져야 할지 상상해 보십시오."

마르틴은 사람들이 책 없이는 살 수 없고 책이 우리를 풍요롭게 하니 반드시 읽어야 한다고 니나에게 확신시킬 야심을 가졌다.

"작가를 아는 것은 위험해요." 니나는 결론지으며 마르틴을 보았다.

"아마 선생님은 저를 어느 이야기나 어느 장편 소설에서 묘사할테고 긍정적으로 쓰지 않을 거예요."

"아가씨는 내 앞날의 이야기나 장편 소설의 여주인공이 될 수 있어요. 그래도 아가씨 자신의 모습으로 묘사하지는 않아요.

내 생각을 가장 잘 표현하는 아가씨의 특징만을 사용하겠죠." 마르틴은 설명했다.

"저는 이미 이야기나 소설을 쓰는 것이 어떤 의미인지 이해했어요.

그러나 선생님이 저의 어떤 특징을 사용할 때 우연히 책을 읽은 제 지인이나 친구가 저를 알아차릴 수 있을까요?" 니나가 물었다.

-Ne eblas. La legantoj tute ne supozos, ke vi estas heroino de la rakonto aŭ de la romano. La priskribo de viaj vizaĝo, okuloj estos tute alia.

-Do, mi pravas. Vi, verkistoj, ĉion elpensas. En viaj verkoj estas tre malmulte da vero.

-Pli gravas, ke la verkisto kreas novan mondon kaj tio ne estas elpensaĵo.

Nina eksilentis, eble ŝi meditis pri la vortoj de Martin. Post nelonge ŝi alrigardis lin kaj demandis:

-Mi vidis, ke vi estas sola ĉi tie. Ĉu vi havas familion?

-Antaŭ kelkaj jaroj mi eksedziĝis. Mi havas filinon, kiu loĝas kun la patrino en la urbo Svila.

-Kaj kie vi loĝas?

-En la ĉefurbo. Kaj vi? – Martin tuj demandis ŝin.

-Mi estas fraŭlino kaj mi loĝas en la urbo Planinec – mensogis Nina.

-Ĝi troviĝas tre malproksime de ĉi tie – rimarkis Martin. -Jes.

Nina ne estis certa ĉu Martin kredus al ŝiaj vortoj. Li opiniis, ke ŝi estas ordinara provinca junulino. Martin nur demandis sin kial ŝi ne estas edziniĝinta. Ja, Nina estis bela kaj ĉarma. Eble ŝi havis malfeliĉan amon, supozis Martin. Eble tial ŝi estas sola.

"불가능해요. 독자들은 아가씨가 이야기나 소설의 여주인공이라고 전혀 짐작을 못해요. 아가씨의 얼굴, 눈의 묘사는 전혀 달라요."

"그럼 제가 맞네요. 작가는 모든 것을 생각해내요. 작품에는 진실이 거의 없어요."

"작가가 새로운 세상을 만드는 것이 더 중요해요. 그리고 그것은 지어낸 것이 아니죠."

니나는 조용해졌다. 아마 마르틴의 말에 대해 생각하는 듯했다. 조금 있다가 쳐다보며 물었다.

"선생님은 여기서 혼자라고 보이네요. 가족은 있나요?"

"몇 년 전에 이혼했어요. 딸이 하나 있는데 '스빌라'라는 도시에서 엄마랑 살고 있죠."

"그럼 선생님은 어디 사세요?"

"대도시에. 그럼 아가씨는?" 마르틴이 곧바로 물었다

"저는 미혼이고 '플라미네크'라는 도시에 살아요."

니나는 거짓말했다.

"그곳은 여기서 꽤 멀어요." 마르틴은 알아챘다.

"예"

마르틴이 자기 말을 믿을지 니나는 확신하지 못했다.

마르틴은 니나가 평범한 지방 아가씨라고 생각했다.

왜 니나가 결혼을 하지 않았는지 궁금했다.

정말 니나는 아름답고 매력적이다.

아마 불행한 사랑을 했다고 마르틴은 추측했다.

아마 그래서 혼자일 것이다.

-Al mi estis tre agrable, ke ni kafumis – diris Nina.

-Mi ĝojas, ke ni havis eblecon iom babili – aldonis Martin.

-Ĝis revido.

Nina ekstaris kaj ekiris al la pordo. Martin restis kaj vokis la kelnerinon por pagi.

"함께 커피 마셔서 매우 즐거웠어요." 니나가 말했다.
"조금 대화를 나누어 기뻤어요." 마르틴이 덧붙였다.
"다음에 또 만나요." 니나는 일어나 문으로 갔다.
마르틴은 남아서 값을 치르려고 여종업원을 불렀다.

11.

La lastaj dudek jaroj, kiujn Stojko pasigis eksterlande, estis streĉitaj. Li precize plenumis spionajn taskojn ĝis la momento, kiam oni senvualigis lin. Tie, en la malproksima lando, Stojko sukcesis varbi inĝenieron, kiu laboris en armea industrio. Li estis pasia hazardludanto kaj Stojko malavare donis al li monon. Rekompence la inĝeniero donis al Stojko sekretajn armeajn teknologiojn.

Iun tagon tamen, kiam Stojko iris sur la strato antaŭ li ekstaris du viroj. En nur sekundoj ili kaptis kaj enigis lin en aŭton, kiu rapide ekveturis. Post duonhora veturado la aŭto haltis antaŭ pluretaĝa konstruaĵo en malproksima parto de la urbo. Per lifto ili supreniris al unu el la altaj etaĝoj. Oni enigis Stojkon en ne tre grandan ĉambron kaj lasis lin sola tie. La ĉambro ne havis fenestrojn kaj en ĝi estis nur tablo kaj du seĝoj. Stojko sidis ĉe la tablo kaj atendis. Li komprenis kio okazis. Stojko streĉe meditis kaj demandis sin kiel oni eksciis, ke li estas spiono. Ĉu la inĝeniero same ne estis spiono, sed ilia? Aŭ eble oni sukcesis trovi aliajn spionojn, kiuj denuncis Stojkon. Nun Stojko devis iel kompreni kion oni scias pri li kaj pri lia spiona agado.

11장

스토이코가 외국에서 보낸 지난 20년간은 긴장의 연속이었다.

사람들이 알아차리는 그 순간까지 첩보 일을 정확하게 수행했다. 외국에서 군수산업에 일하는 기술자를 포섭하는데 성공했다. 그 사람은 열정적인 도박자여서 스토이코는 부담없이 돈을 줬다.

보답으로 기술자는 비밀 군사기술을 주었다.

어느 날 스토이코가 길을 걷고 있을 때 두 사람이 앞에 나타났다.

몇 초 사이에 스토이코를 결박하여 차에 태우고 빠르게 갔다. 차로 이동한 지 30분 뒤 도시의 먼 곳 여러 층 건물 앞에 세웠다. 엘리베이터는 높은 층의 한 곳으로 올라갔다. 그렇게 크지 않은 방에 넣고 거기 혼자 남겨 두었다. 방에는 창이 없고 오직 탁자 한 개와 의자 두 개가 있었다. 탁자 옆에 앉아 기다렸다.

무슨 일이 일어났는지 이해했다.

스토이코는 긴장하며 생각하고 자신이 스파이인 것을 어떻게 알아차렸는지 궁금했다.

기술자는 같은 스파이가 아니고 그렇다면 그들은?

아마 스토이코를 고발한 다른 스파이를 찾아낸 것인가?

지금 스토이코는 어떻게든 자기 스파이 행동에 대해 그들이 무엇을 알고 있는지 알아야 한다.

Stojko sidis sola en la ĉambro pli ol unu horon. Li certis, ke en la ĉambro estas kamerao kaj oni atente observas lin. Tamen Stojko spertis esti trankvila eĉ dum la plej malfacilaj momentoj. Li ne montris, ke li estas embarasita. Nur sur lia vizaĝo videblis miro, kvazaŭ li ne komprenis kial li estas ĉi tie.

Post horo kaj duono en la ĉambron eniris mezaĝa viro, alta, magra, vestita en eleganta grizkolora kostumo kun flava ĉemizo kaj blua kravato. Li havis blankan hararon kaj venenverdajn okulojn kun akra penetrema rigardo. La viro eksidis ĉe la tablo kaj orgojle alrigardis Stojkon.

–Bonan venon, sinjoro Peter Huber – diris la viro.

Tio ĉi estis la nomo de Stojko antaŭ lia alveno en tiun ĉi landon, sed ĉi tie laŭ la oficiala persona legitimilo kaj laŭ la dokumento por aŭtostirado Stojko nomiĝis Steven Dean.

–Vi eraras – trankvile diris Stojko. – Mi estas Steven Dean.

–Superfluas mensogi – iom nervoze diris la viro. – Ni bone scias, ke vi estas Peter Huber kaj vi ne estas komercisto de komputiloj, sed spiono.

–Mi estas Steven Dean kaj mi estas komercisto de komputiloj. Mi ne estas spiono.

1시간 이상 방에 혼자 앉아 있었다.

방에는 감시카메라가 있어 자세히 살필 것이 분명했다.

그러나 가장 어려운 순간조차도 차분하도록 훈련이 되어 있다. 당황한 것을 나타내지 않았다.

오직 얼굴에는 왜 여기에 있는지 이해하지 못한 듯 놀람이 가득하게 보인다.

1시간 반 뒤 방 안으로 키가 크고 마른 체형에 노란 와이셔츠, 파란 넥타이의 단정한 회색 옷을 입은 중년의 남자가 들어 왔다.

하얀 머리카락에 날카롭게 꿰뚫는 푸른 눈을 가졌다.

남자는 탁자에 앉아 오만하게 스토이코를 보았다.

"잘 오셨어요. 피터 후버씨." 남자가 말했다.

이것은 이 나라에 도착하기 전 이름이었고 여기서는 공식 개인증명서에 따라 자동차 운전 서류에도 스티븐 딘 이라고 부른다.

"아닙니다." 조용히 스토이코가 말했다.

"나는 스티븐 딘입니다."

"거짓말은 쓸데 없어."조금 신경질적으로 남자가 말했다.

"당신은 피터 후버이고 컴퓨터 사업가가 아니라 스파이라고 잘 알고 있다."

"나는 스티븐 딘이고 컴퓨터 사업가입니다.

나는 스파이가 아닙니다."

Mi naskiĝis ĉi tie, mi loĝas ĉi tie kaj jam de pluraj jaroj mi vendas komputilojn.

Kiam Stojko kaj Mira venis en tiun ĉi landon oni donis al ili falsajn legitimilojn. Laŭ la nova legitimilo Stojko estis Steven Dean, kiu naskiĝis en malgranda suda urbo de la lando, kie li finis kolegion kaj poste li translokiĝis en la ĉefurbon kaj ĉi tie li iĝis komercisto de komputiloj. En la ĉefurbo Stojko havis vendejon, en kiu li vendis komputilojn. Mira ricevis la nomon Elen. Ŝi same naskiĝis en suda urbeto. Elen kaj Steven konatiĝis dum amuzvespero kaj poste ili geedziĝis.

–Estu prudenta. Ne estu obstina kaj ne provu trompi nin. Ni scias ĉion pri vi. Ni havas sufiĉe da pruvoj kaj tre facile ni povas kondamni vin. Ĝis via morto vi estos en nia malliberejo. – minace diris la viro.

Tamen Stojko aŭskultis lin trankvile. Estis klare, ke la viro ne blufas. Oni vere havis detalajn informojn pri li kaj pri lia agado, sed Stojko denove provis nei ĉion. La nekonata viro ne lasis lin paroli.

–Mi deziras proponi al vi ion – diris li. –Ni atente observis vin kaj ni konstatis, ke vi estas bona kaj sperta spiono.

Domaĝe estus se vi pasigus vian vivon en malliberejo. Pli bone estus se vi daŭrigus spioni.

"나는 여기서 태어나 여기에서 살고 수년전부터 컴퓨터를 팔고 있어요."

스토이코와 미라는 이 나라에 들어올 때 거짓 신분증명서를 받았다.

새 신분증명서에 따라 스토이코는 스티븐 딘이고, 나라의 작은 남부 도시에서 태어났고 대학을 졸업하고 대도시로 이사해 컴퓨터 사업가가 되었다.

대도시에서 컴퓨터를 파는 판매점을 가지고 있다. 미라는 엘렌이라는 이름을 받았다. 똑같이 남부의 작은 도시에서 태어났다. 엘렌과 스티븐은 축제의 밤에 알게 되어 나중에 결혼했다.

"신중하시오. 고집 부리지 말고 속이려고 하지 마시오. 우리는 당신에 대해 모든 것을 알고 있소. 충분히 증거를 가지고 있고 아주 쉽게 유죄로 확정할 수 있소. 죽을 때까지 감옥에 있을 거요." 협박하며 남자가 말했다.

그러나 스토이코는 조용하게 들었다. 남자가 허풍떠는 것이 아님은 분명하다. 정말 스토이코와 스토이코의 행동에 대해 자세한 정보를 가졌다.

그러나 스토이코는 다시 모든 것을 부정하려고 시도했다. 모르는 남자는 말하도록 여유를 주지 않았다.

"무언가 당신에게 제안하고 싶소." 남자가 말했다.

"우리는 당신을 주의 깊게 살펴봤고 당신이 능숙하고 경험있는 스파이라고 확신한다. 당신이 감옥에서 인생을 보내겠다면 유감이지만 계속 고집을 부려야겠지."

Por momento la viro eksilentis kaj fiksrigardis Stojkon.

"Kion li intencas?" – demandis sin Stojko, kvankam li jam divenis la proponon de la viro.

–Mi proponas al vi spioni por ni – diris malrapide kaj klare la viro. – Vi daŭrigos agi tiel kiel ĝis nun, tamen vi estos nia spiono. Vi sendos al viaj samlandanoj falsajn informojn kaj ili eĉ ne supozos, ke vi fariĝis nia spiono. Ni certigos al vi la necesajn kondiĉojn por via agado. Kaj komprenble ni bone pagos al vi.

–Mi devas pripensi – diris Stojko.

–Vi devas pripensi nun ĉi tie. Se vi ne akceptos nian proponon, vi ne eliros el tiu ĉi ĉambro kaj ni akuzos vin pri spionado. Tuj komenciĝos juĝproceso. Se vi akceptos, vi trankvile foriros kaj neniu ekscios, ke vi estis arestita.

–Mi akceptas la proponon – diris Stojko.

–Nun sekvos eta formalaĵo. Vi subskribos deklaron kaj vi estos libera. Nia agento renkontos vin kaj li instrukcios vin kiel agi.

Iun posttagmezon en la vendejon de Stojko venis juna viro. En la unua momento Stojko opiniis, ke la junulo interesiĝas pri la komputiloj kaj ŝatus aĉeti komputilon. Tamen la junulo proksimiĝis al Stojko kaj salutis lin:

–Bonan tagon, sinjoro Huber.

잠시 남자는 조용하다가 스토이코를 고정해서 쳐다보았다. 남자의 요구를 이미 짐작했을지라도 "무엇을 하려고 하지?"하고 스토이코는 궁금했다.

"우리를 위해 스파이 일 해 주기를 원한다."

천천히 그리고 분명히 남자가 말했다.

"지금처럼 활동을 계속하시오. 그러나 당신은 우리 스파이요. 당신 나라에 거짓 정보를 보내면 당신이 우리 스파이가 된 것을 짐작조차 하지 않을 것이오. 당신의 행동을 위한 필요조건을 보장하겠소. 물론 당신에게 돈을 잘 주겠소."

"생각할 시간이 필요합니다." 스토이코가 말했다.

"지금 여기서 생각해야 한다. 우리 제안을 받아들이지 않으면 여기서 나갈 수 없고 첩보행위를 고발할 것이다. 곧 재판절차가 시작될 것이다. 받아들이면 조용히 나가고 아무도 잡힌 것을 모른다."

"제안을 받아들입니다." 스토이코가 말했다.

"이제 사소한 절차를 따라야 한다. 진술서에 서명하면 자유롭게 된다. 우리 직원이 너를 만나 어떻게 할지 알려 줄 것이다."

어느날 오후, 스토이코의 판매점에 젊은 남자가 왔다. 처음에는 청년이 컴퓨터에 흥미가 있어 컴퓨터를 사고 싶어 왔다고 생각했다. 그러나 청년은 스토이코에게 가까이 와서 인사했다.

"안녕하세요. 후버씨."

Aŭdante tiujn ĉi vortojn, Stojko tuj komprenis kiu estas tiu ĉi viro kaj kial li venas en la vendejon. Stojko same diris:

-Bonan tagon.

La viro, kiu estis altstatura kun brunaj okuloj kun tranĉa rigardo kaj vizaĝo, simila al la vizaĝoj de boksistoj, atente rigardis la vendejon kaj demandis:

-Kie ni povus trankvile konversacii?

-Ĉi tie – respondis Stojko

– ja, nun en la vendejo estas neniu alia.

-Tamen ĉi tie mi vidas kameraojn – rimarkis la viro. – Ni konversaciu ie, kie ne estas kameraoj.

-Bone – konsentis Stojko. – Mi fermos la vendejon kaj ni iros en la internan ĉambron.

Stojko metis sur la pordon la ŝildon "Fermita" kaj ili iris en la internan ĉambron de la vendejo. Ambaŭ eksidis ĉe la tablo. La viro denove atente trarigardis la ĉambron kaj kiam li konvinkiĝis, ke ĉi tie ne estas kameraoj, li komencis paroli. Li detale klarigis al Stojko kiel li devas agi, kiel li devas spioni kaj kiajn informojn li liveru.

Unue Stojko devis doni la nomojn de siaj samlandanoj, kiuj estas spionoj ĉi tie.

이 소리를 듣고 스토이코는 곧 이 남자가 누군지, 이 판매점에 왜 왔는지 알았다.

스토이코는 같이 말했다. "안녕하세요."

칼로 자르는듯한 눈길과 권투선수와 같은 얼굴을 가진 갈색 눈의 키 큰 남자는 주의깊게 판매점을 쳐다보며 물었다.

"어디서 조용히 이야기할 수 있을까요?"

"여기서" 스토이코가 대답했다.

"정말 지금 판매점에는 다른 아무도 없어요."

"그러나 여기 감시카메라가 있어요." 남자가 알아챘다.

"카메라가 없는 곳에서 이야기하고 싶어요."

"좋아요." 스토이코가 동의했다.

"판매점을 닫고 안에 있는 방으로 들어갑시다."

스토이코는 닫음이라는 간판을 문 앞에 걸고 판매점 안의 방으로 들어갔다.

둘은 탁자에 앉았다.

남자는 다시 주의깊게 방을 둘러보고 여기에 카메라가 없다고 확신이 서자 말을 시작했다.

자세히 스토이코가 어떻게 행동해야 하는지, 어떻게 첩보활동을 할지, 어떤 정보를 제출할지 설명했다.

먼저 스토이코는 여기 스파이로 온 같은 나라 사람의 이름을 제출해야 한다.

Poste li priskribu kiaj estas iliaj taskoj, kiel ili agas kaj kiel ili sendas la sekretajn informojn, kiujn ili kolektas. Kiam la viro detale priskribis la estontajn taskojn, kiujn Stojko devos plenumi, li foriris sen diri sian nomon. Li nur aldonis:

–Baldaŭ mi denove venos. Estu preta.

De tiu ĉi tago Stojko komencis plenumi la taskojn, kiujn donis al li ambaŭ landoj. Li bone konsciis, ke tio estas danĝera, tamen li ne havis alian eblecon. Unue Stojko denuncis sian amikon Jonas. Stojko kaj Jonas estis kursanoj en la Spiona Altlernejo. Jonas loĝis en alia urbo. De tempo al tempo Stojko kaj li renkontiĝis kaj interŝanĝis informojn.

Dum tuta jaro Stojko agis kiel duobla spiono, sed li timis, ke baldaŭ liaj ĉefoj ekscios tion kaj li estos likvidita. Post longa hezito Stojko decidis sciigi la ĉefojn en sia lando, ke li estas en danĝero kaj li timas, ke oni baldaŭ kompromitos lin. El la Centralo oni tuj ordonis al Stojko forlasi la landon kaj reveni.

Estis pluva aŭgusta tago. Posttagmeze Stojko kaj Mira eliris el la domo, kie ili loĝis. Ili ne ekveturis per la aŭto, ĉar ili sciis, ke oni observas ilin, sed tra la najbara korto ili iris piede al la malantaŭa strato. La torenta pluvo helpis ilin.

뒤에 그들의 업무가 무엇인지 어떻게 행동하는지, 얻은 비밀정보를 어떻게 보내는지 써야 한다.

남자는 스토이코가 앞으로 수행할 업무에 대해 자세히 설명하더니 이름도 말하지 않고 떠났다.

한마디 덧붙였다. "곧 다시 올테니 준비하시오."

이날 이후 스토이코는 두 나라가 자신에게 준 업무를 수행하기 시작했다.

이 일이 위험하지만 다른 선택지가 없는 것을 잘 안다.

먼저 친구 요나스를 고발했다. 스토이코와 요나스는 첩보 고등교육원에서 같이 공부한 동료다.

요나스는 다른 도시에 산다.

때때로 둘은 만나 정보를 교환했다.

한해동안 스토이코는 이중간첩으로 활동했다.

그러나 상관이 이것을 알고 자기를 제거할까 두려웠다.

오랜 시간 주저한 뒤 상관에게 위험에 빠졌다고 알리기로 결심했다.

다치게 될까 봐 두렵다.

본부에서는 스토이코에게 그 나라를 떠나 돌아오라고 명령했다.

비오는 8월의 어느 날이다. 오후에 살던 집을 떠났다.

감시하고 있는 것을 알기 때문에 자동차로 가지않고 이웃 마당을 지나 걸어서 거리로 나섰다.

쏟아지는 비가 그들을 도왔다.

Stojko kaj Mira ne portis sakojn. Tre rapide ili proksimiĝis al la stacio de la subtera trajno, per kiu ili forveturis. Poste ili enbusiĝis. Poste preskaŭ unu kilometron ili piediris kaj tiel ili sukcesis iri al sialanda ambasadorejo.

Stojko kaj Mira eniris ĝin kaj diris al la oficistoj kial ili venis. La ambasadoro tuj sendis sekretan mesaĝon al la Spiona Centralo, de kie oni ordonis al la ambasadoro organizi la veturadon de Stojko kaj Mira al la hejmlando. La ambasadoro, tridekjara viro, brunhara kun nigraj okuloj, tre agema, bone konis la spionan agadon kaj diris al ili:

–Dum kelkaj tagoj vi restos en la ambasadorejo. Poste vi veturos aviadile al najbara lando kaj de tie vi revenos en la patrolandon.

La tagoj, kiujn ili pasigis en la ambasadorejo, ŝajnis al Stojko tre longaj. Oni donis al Mira kaj al Stojko falsajn pasportojn kun novaj nomoj kaj kaŝe ili veturis al alia urbo. De tie per aviadilo ili flugis al najbara lando, kie, sur la flughaveno, atendis ilin oficisto de la ambasadorejo tie. Du tagojn ili restis en tiu ĉi lando, denove ili ricevis pasportojn kaj ekflugis al la patrolando.

Kiam ili revenis neniu devis scii pri ili.

스토이코와 미라는 가방도 없다.

아주 빠르게 지하철역으로 가서 지하철을 타고 떠났다.

나중에 버스를 탔다.

거의 1km쯤 가서 내린 뒤 걸어서 자국 대사관에 도착하는데 성공했다.

스토이코와 미라는 들어가서 직원에게 왜 왔는지 말했다.

대사는 곧 첩보 본부에 비밀 문자를 보냈고, 본부에서는 대사에게 스토이코와 미라가 고국에 갈 수 있도록 준비하라고 지시했다.

30살의 대사는 갈색 머리카락에 매우 행동적이고 첩보활동에 대해 잘 알고 말했다.

"며칠간 대사관 숙소에서 지내세요.

뒤에 비행기로 이웃 나라에 가서 그곳에서 모국으로 돌아갈 겁니다."

대사관 숙소에서 보내는 며칠이 스토이코에게 매우 길게 느껴졌다.

미라와 스토이코는 새 이름의 거짓 여권을 받아 몰래 이웃 도시로 갔다.

거기서 비행기로 이웃 나라로 갔다.

그 공항에서 거기 대사관 직원이 그들을 기다렸다.

이 나라에서 2일을 지낸 뒤 다시 여권을 받아 모국으로 날아갔다. 그들이 돌아올 때 아무도 그들에 대해서 알아서는 안 된다.

Neniu devis scii kiuj ili estas, de kie ili venas kaj kion ili faris eksterlande. Tuj post la alveno oni veturigis ilin al Ora Bordo kaj diris, ke dum iom da tempo ili devas esti en tiu ĉi vilao. Poste oni sciigos kion ili devas fari kaj kiaj estos iliaj novaj taskoj.

Stojko tamen maltrankviliĝis, ke en la Spiona Centralo oni jam eksciis, ke li estis duobla spiono, ke li denuncis Jonason kaj donis multe da sekretaj informoj al la alilanda spiona servo.

Stojko kaj Mira malofte iris el la vilao kaj nur de tempo al tempo ili estis ĉe la mara bordo. Stojko preferis promenadi en la korto de la vilao. Post la renkonto de Martin li tute ne iris sur la straton. Matene Stojko iom promenis en la korto, kie li kutimis sidi sur benko antaŭ florbedo kaj rigardi la florojn: krizantemojn, hortensiojn, daliojn.

Jam estas aŭtuno kaj baldaŭ venos la vintro, meditis Stojko. Tiuj ĉi belaj floroj velkos. Estos prujno kaj ili malaperos kiel ĉio, kio malaperas por eterne. La lastaj flavaj folioj de la arboj falos kaj la nudaj branĉoj similos al skeletoj.

Neĝo kovros ĉion kaj ĉi tie ekestos blanka silento. Nur de malproksime alflugos la bruo de la ondoj. Vintre la maro furiozos. Sur ĝi kuŝos pezaj grizkoloraj nuboj.

아무도 그들이 누군지, 어디서 왔는지, 외국에서 무엇을 했는지 알아서는 안 된다.

곧 도착한 뒤 '황금해안'으로 보내 얼마동안 이 빌라에서 머물라고 말했다.

나중에 무엇을 해야 할지, 새로운 임무가 어떤 것인지 알려줄 것이다.

그러나 첩보 본부에서 그가 이중간첩으로 요나스를 고발하고 다른 나라 스파이 단체에게 비밀정보를 많이 준 것을 이미 알고 있어서 스토이코는 불안했다.

스토이코와 미라는 가끔 빌라에서 나와 때때로 바닷가에 갔다.

스토이코는 빌라 마당에서 산책하기를 더 좋아했다. 마르틴을 만난 뒤에는 전혀 길에 나가지 않았다. 아침에 스토이코는 마당에서 조금 산책하고 화단앞 의자 위에 앉아있는 습관이 있다. 국화, 수국, 달리아 꽃을 쳐다보았다. 벌써 가을이다. 곧 겨울이 올 것이다.

스토이코는 생각했다. 이 아름다운 꽃은 시들 것이다.

서리가 내리고 영원히 사라지는 모든 것처럼 사라질 것이다. 가을의 마지막 누런 잎이 떨어지고 앙상한 가지는 작은 뼈와 같다.

눈이 모든 것을 덮어 하얗고 고요할 것이다. 멀리서 파도 소리가 날아올 것이다.

겨울 바다는 노하여 펄펄 뛸 것이다. 그 위로 무거운 회색 구름이 누울 것이다.

Ĉio estos griza.

Ora Bordo dormos. En la hoteloj estos neniu. Sur la ĉefa aleo ne videblos homoj. Sur la dezerta plaĝo promenados nur la laroj, la solaj dommastroj de Ora Bordo.

Stojko maltrankvile atendis informon de la Spiona Centralo. Li opiniis, ke oni venos per aŭto kaj veturigos lin kaj Miran ien. Poste oni donos al ili novajn taskojn aŭ oni sendos ilin al iu lando. Stojko estis preta tuj iri tien, kien oni ordonos.

Ja, lia vivo delonge ne estis lia. Aliaj direktis lian vivon. Post la fino de la Spiona Altlernejo Stojko sciis, ke li ne plu planos sian vivon. Nun aliaj decidis lian sorton. Stojko tamen neniam vidis ilin kaj li ne sciis kiuj ili estas. De distanco ili direktis liajn agojn. Ili zorge observis la mondan politikon, la politikajn eventojn kaj ili decidis kien kiun sendi. Stojko ĉiam pretis ekveturi, malgraŭ ke li bone sciis, ke tie, kien li iros, atendos lin surprizoj kaj malfacilaĵoj.

Mira kaj Stojko tagmanĝis kaj Mira demandis lin:

-Ŝajnas al mi, ke de kelkaj tagoj vi estas maltrankvila. Kial?

-Jam preskaŭ monaton ni estas ĉi tie – ekparolis Stojko,

모든 것이 회색이다. '황금해안'은 잠들 것이다. 호텔에는 아무도 없다. 주요 오솔길 위에도 사람이 없다. 사막 같은 모래사장 위에 오직 갈매기와 '황금해안'의 외로운 건물주만 산책할 것이다.

스토이코는 불안하게 첩보 본부의 명령을 기다리고 있다.

차로 와서 스토이코와 미라를 어딘가로 데려갈 것이라고 생각했다.

그 뒤 새 업무를 주거나 어느 나라로 보낼 것이다.

스토이코는 명령하는 어디든 갈 준비가 되어 있다.

정말 스토이코의 삶은 오래 전부터 자신의 것이 아니다. 다른 것이 삶을 인도한다.

첩보 고등교육원을 마친 뒤 스토이코는 더 이상 자신의 인생을 살 수 없다는 걸 알았다.

지금 다른 누군가가 자신의 운명을 결정한다. 그러나 스토이코는 그들을 결코 본 적이 없고 그들이 누군지도 모른다. 멀리서 스토이코의 행동을 가리킨다. 조심스럽게 세계 정치, 정치적 사건을 살피고 어디로 누구를 보낼지 결정한다. 스토이코는 가는 곳이 놀랍고 어렵다는 것을 잘 알지라도 항상 출발할 준비가 되어있다. 미라와 스토이코는 점심을 먹었다. 미라가 물었다.

"며칠 전부터 불안해 보여요. 왜 그래요?"

"이미 거의 한 달 여기서 있어요." 스토이코가 말하기 시작했다.

- sed neniu el la Centralo telefonas, nek informas nin pri kio okazos kaj tio maltrankviligas min.

-Ili nepre telefonos aŭ ili venos per aŭto kaj veturigos nin ien - provis trankviligi lin Mira.

Hodiaŭ Mira kuiris bongustan terpomsupon. Ŝi estis bonega kuiristino. Ĉie, kie ili estis en la mondo, Mira kuiris bongustajn manĝaĵojn. Hodiaŭ por tagmanĝo ŝi kuiris supon kaj farĉbuletojn, kies apetitveka odoro plenigis la manĝejon. Estis salato el tomatoj kaj kukumoj. Por deserto - vinberoj.

Stojko alrigardis Miran. Ĉiam, kiam li rigardis ŝin, li demandis sin ĉu en la mondo estas alia virino kun tiaj belaj sukcenkoloraj okuloj. Mira havis neordinarajn okulojn. Ŝi mem estis neordinara edzino. Mira helpis Stojkon, ŝi bone komprenis lin, liajn danĝerajn okupojn kaj ŝi entute dediĉis sian vivon al Stojko. Fojfoje Stojko riproĉis sin, ke li riskas ŝian vivon. "Mi ne devis edziĝi. Ŝia vivo same estas ege streĉa." - meditis Stojko.

Dum la jaroj Mira neniam plendis, neniam diris ke ŝi timas. Ili kune agis kaj ŝi estis lia plej bona helpantino. Stojko ne diris al Mira, ke li fariĝis duobla spiono, ke li denuncis Jonason. Li ne deziris maltrankviligi ŝin.

"그러나 본부에서 아무도 전화를 안해요. 무슨 일이 일어날지 알려 주지 않아요. 그래서 불안해요."

"반드시 전화하고 차를 보내 어딘가로 보낼 거예요." 미라가 안정시키려고 말했다.

오늘 미라는 맛있는 감자국을 요리했다.

미라는 능숙한 요리사다.

세계 어디에 있든지 맛있는 먹을 것을 요리했다. 오늘 점심으로 국을 요리했고 고기 속 작은 덩어리의 식욕을 깨우는 향기가 식당을 가득 채웠다.

토마토와 오이의 생채요리다.

후식은 포도다. 스토이코는 미라를 쳐다보았다. 볼 때마다 항상 저렇게 아름다운 호박색 눈을 가진 여자가 세상에 있는가 의문이 든다. 미라는 특별한 눈을 가졌다.

어려운 직업을 잘 이해하고 모든 삶을 스토이코에게 바쳤다.

종종 스토이코는 미라의 인생을 위험하게 만들었다고 자신을 책망했다.

"나는 결혼하지 말았어야 했는데, 미라의 인생은 나처럼 무거운 긴장감이 넘쳐." 스토이코는 오래도록 생각했다.

수년간 미라는 결코 불평하거나 두렵다고 결코 말하지 않았다.

같이 행동하면서 미라는 가장 좋은 동료였다. 스토이코는 미라에게 이중간첩이 되었다고, 요나스를 고발했다고 말하지 않았다. 불안하게 하고 싶지 않았다.

Pli bone estas se Mira ne scias tion. Kiam ili devis forkuri kaj kaŝi sin en la ambasadorejo, Stojko diris al Mira, ke verŝajne oni denuncis lin.

–Ĉi tie, en la vilao, la enuo jam turmentas min – diris Stojko.

–Estu trankvila – alrigardis lin Mira. – Oni baldaŭ venos. "Eble en la Spiona Centralo oni jam eksciis, ke mi estas duobla spiono " meditis maltrankvile Stojko. Bedaŭinde al neniu li povis klarigi kial li konsentis esti duobla spiono. Ne pro mono li akceptis tion. Li tute ne havis alian eblecon. Li aŭ devis akcepti la proponon, aŭ eniri la fremdlandan malliberejon. Stojko manĝis silente kaj malrapide. Kvardekjara li estis forta kun korpo de atleto. Ja, li regule sportis, naĝis. Li havis fortajn ŝultrojn kaj brakmuskolojn. Lia frunto estis alta, lia hararo – blonda kaj liaj okuloj – bluaj kiel la maro. Mira ne nur amis lin, sed ŝi fieris pri li. Al ŝi plaĉis, ke Stojko estas kuraĝa kaj li plenumas riskajn taskojn. Mira bone sciis, ke ne ĉiuj povas plenumi tiajn taskojn. Necesis talento, sperto, kuraĝo.

–La manĝaĵo estas tre bongusta – diris Stojko.

Li deziris iel danki al Mira pro ŝia sindediĉo kaj preteco helpi lin, esti ĉiam ĉe li, apogi lin.

미라가 모르는 게 더 좋을 것이다. 도망가 대사관에서 숨었을 때 미라에게 누가 나를 고발한 것 같다고 말했다. "여기 빌라에서 하루하루 지내기가 너무 지루해서 힘들어요." 스토이코가 말했다.

"침착하세요." 미라가 쳐다 보았다. "곧 올 거예요."

'아마 첩보 본부에서 내가 이중간첩임을 이미 알았을 것이다.' 불안해하며 스토이코는 생각했다.

안타깝지만 누구에게도 이중간첩이 되는 것에 왜 동의했는지 설명할 수 없다. 돈 때문은 아니지만 그것을 수락했다. 실제 다른 선택지가 없었다. 제안을 받아들이거나 외국 감옥에 들어가야만 했다.

스토이코는 조용히, 천천히 식사했다. 40살의 스토이코는 운동한 사람같이 건강한 몸이다.

규칙적으로 운동하고 수영을 한다. 강한 어깨와 팔 근육을 가지고 있다. 이마는 높고, 머리카락은 금발이고, 눈은 바다처럼 파랗다.

미라는 스토이코를 사랑할 뿐만 아니라 자랑스러워한다. 스토이코가 용기있고 어려운 업무를 수행하는 것이 마음에 든다. 모두가 그런 업무를 수행할 수 있는 것이 아님을 미라는 잘 안다. 재능, 경험, 용기가 필요하다.

"음식이 정말 맛있어요." 스토이코가 말했다.

스토이코는 어떻게든지 미라에게 헌신하는 마음, 도와줄 준비성, 항상 같이 있고 자신을 의지하는 마음에 감사하고 싶다.

-Dankon – diris Mira. – Ĉi tie mi ne havas alian okupon. Mi devas nur kuiri. Ĉu vi deziras, ke post la tagmanĝo ni iru al la maro promenadi? La vetero estas tre bela. Ni rigardos la maron. La rigardado de la ondoj trankviligas.

-Mi preferas resti ĉi tie – diris Stojko. – Se vi deziras, iru. Mi provos iom dormi. Post tagmanĝo estas agrable dormi.

-Bone. Mi iros promenadi – diris Mira.

Stojko ekstaris kaj iris al la dua etaĝo de la vilao.

"감사해요." 미라가 말했다. "여기서 나는 다른 일이 없어요. 나는 요리만 해야해요.

점심 뒤 바다로 같이 산책할까요? 날씨가 너무 좋아요. 바다를 바라보아요. 파도를 보면 마음이 잔잔해져요."

"여기 그대로 있고 싶어요." 스토이코가 말했다.

"원하면 가세요. 나는 조금 자고 싶어요. 점심 뒤에는 자는 것이 즐거워요."

"좋아요. 산책하러 갈게요." 미라가 말했다.

스토이코는 일어나 빌라 2층으로 올라갔다.

12.

Nun en la restoracio de la hotelo "Diana" estis nur maljunuloj. Nina alrigardis Martin, kiu manĝis sola ĉe la tablo kaj ŝi diris al si: "Li vagas tien-reen, kontempladas la maron kaj verŝajne li verkas. Ĉu tia estas la vivo de verkistoj? Ili sidas en ĉambro ĉe skribotablo kaj dum horoj ili verkas. Kiel ili eltenas tion?"

Nina eĉhoron ne povis sidi senmova. Por ŝi la verkado estis tute nekomprenebla. Martin diris al ŝi, ke literaturo helpas la homojn pli bone ekkoni sin mem kaj la mondon. Ankaŭ tion Nina ne komprenis. Kiel eblas ekkoni sin mem, legante librojn, legante pri nekonataj homoj, legante fremdajn pensojn. Ja, la mondon oni povas ekkoni veturante en diversaj landoj. Feliĉe Nina ofte veturis. Ŝia laboro estis ligita al vojaĝado.

Antaŭ ol veni ĉi tien Nina estis en Sud-Afriko, kie kaŝis sin danĝera murdinto, kies nomo estis Roko, unu el la plej famaj ŝtelistoj, kiu spertis malŝlosi ĉiuspecan pordon, eniri kaj prirabi loĝejojn.

12장

지금 호텔'다이아나' 식당에는 오직 늙은이들만 있다.
니나는 탁자에 혼자 앉아 먹는 마르틴을 쳐다보고 혼자
말했다.
"이쪽 저쪽으로 다니며 바다를 계속 바라보고 정말로 글
을 쓴다.
작가의 삶은 그런 것인가? 방에 서탁에 앉아 오랫동안
글을 쓴다. 어떻게 그것을 유지할까?"
니나는 1시간도 움직이지 않고 앉아 있을 수 없다.
글쓰기란 전혀 이해할 수 없다.
마르틴은 문학이 자신과 세계를 더 잘 이해하도록 도와
준다고 말했다.
물론 그것을 이해하지 못한다. 책을 읽으며, 모르는 사람
에 관해 읽으며, 낯선 생각을 읽으며, 자기 자신을 어떻
게 알 수 있을까?
정말 여러 나라를 다니면서 세상을 알 수 있을 거야.
행복하게 니나는 자주 다닌다. 여행과 연결된 일이다.
여기 오기 전에 니나는 로코라는 이름의 위험한 살인자
가 숨은 남아프리카에 있었다. 그는 모든 종류의 문을
여는 실력이 있고, 가장 유명한 도둑 중 한 명으로, 주거
지에 들어가 훔쳤다.

Roko eksciis, ke familio, kiu loĝas en unu el la elegantaj ĉefurbaj kvartaloj havas valorajn juvelojn hejme. La edzo posedis juvelvendejon. La domo estis granda, luksa kaj bone sekurigita per speciala instalaĵo kaj kameraoj, sed iun nokton Roko sukcesis eniri ĝin. Li vekis la familianojn de la juvelisto, liajn edzinon kaj filinon. Roko ligis ilin per ŝnuroj kaj li komencis demandi ilin, kie estas la juveloj. La juvelisto asertis, ke en la domo ne estas juveloj, tamen Roko sciis, ke li gardas la juvelojn en la domo. Roko turmentis la filinon. La juvelisto ne eltenis rigardi la turmentojn kaj aŭdi la terurajn kriojn de la filino kaj li diris al Roko kie estas kaŝitaj la juveloj. Roko prenis ilin, sed antaŭ foriri li mortpafis la juveliston kaj liajn edzinon kaj filinon. Dum kelkaj tagoj neniu eksciis, ke la familio de la juvelisto estis mortpafita. Kiam oni eksciis pri la tragedio, la polico komencis serĉi la murdinton. Laŭ la spuroj la policanoj supozis, ke Roko estas la murdinto, sed Roko sukcesis malaperi antaŭ ol la polico trovis lin.

Dum longa tempo la Internacia Polico serĉis lin.

Finfine oni konstatis, ke Roko kaŝas sin en Sud-Afriko. Kun tiu ĉi lando ne ekzistis diplomatiaj rilatoj.

로코는 아름다운 대도시지역 중 한 곳에 사는 가족이 값
비싼 보석을 집에 두고 있음을 알았다.

남편은 보석 판매점을 가지고 있다.

집은 크고 고가의 특별한 장치와 감시카메라가 안전하게
설치되어 있지만, 어느밤 로코는 그 안으로 들어가는데
성공했다. 보석상, 아내, 딸을 깨웠다.

끈으로 묶고 보석이 어디 있는지 물었다.

보석을 방에 두고 지킨다는 것을 알았다.

로코는 딸을 괴롭혔다.

보석상은 딸의 괴롭힘을 보고 고통의 비명을 더 이상 참
지 못하고 보석이 어디 숨겨져 있는지 말했다.

로코는 그것을 가지고 떠나기 전에 보석상, 아내, 딸을
총으로 쏴 죽였다.

며칠 동안 보석상 가족이 총을 맞고 죽은 것을 아무도
몰랐다.

비극에 대해 알았을 때 경찰은 살인자를 찾기 시작했다.

흔적에 따라 로코가 살인자라고 짐작하였으나 경찰이 찾
기 전에 사라지는데 성공했다.

오랜 시간동안 국제경찰은 찾았다.

마침내 로코가 남아프리카에 숨었다고 확신했다.

하지만 이 나라와는 외교관계가 없었다.

Tial speciala skipo devis iri en Sud-Afrikon, kapti Rokon kaj reveturigi lin en la landon.

En la skipo estis Nina. La skipo venis en Cape Town, kie kaŝis sin Roko. Ili komencis observi lin. Ĉiuvespere Roko iris en faman noktan amuzejon. La anoj de la skipo decidis, ke Nina allogu lin.

Nina bone sciis, kiel aspektas Roko. Ŝi vidis lian foton kaj facile ŝi povis rekoni lin. Roko estis alta, tridekjara. Vizaĝe li aspektis pli juna. La rigardo de liaj bluaj okuloj estis saĝa.

Neniu supozis, ke li estas sperta rabisto kaj murdinto. Ĉiuj, kiuj vidis lin opiniis, ke li estas inteligenta junulo.

Nina, vestita elegante, eniris la noktan amuzejon kaj ŝi sidis ĉe la tablo, ĉe kiu sidis Roko. Li supozis, ke Nina estas publikulino. Ŝia beleco blindigis lin.

–Ĉu al vi plaĉas tiu ĉi amuzejo? – demandis ŝin Roko angle.

–Mi unuan fojon estas ĉi tie – respondis Nina.

–Ĉu vi loĝas en Cape Town?

–Ne.

–De kie vi estas? – scivolis Roko.

–De Nederlando – respondis Nina.

–Ĉu?

–Jes. Mi ekskursas. Mi volis vidi Sud-Afrikon.

그러므로 특수반이 남아프리카로 가서 로코를 잡아 자국으로 데리고 와야 했다. 특수반에 니나가 포함되었다.

로코가 숨은 케이프타운에 도착했다. 살피기 시작했다.

밤마다 로코는 유명한 유흥주점에 갔다.

특수반은 니나가 로코를 유인하라고 결정했다.

니나는 로코가 어떻게 생긴지 잘 안다.

사진을 보고 쉽게 알아차릴 수 있다.

로코는 30살에 키가 크다. 얼굴은 더 젊게 보인다.

파란 눈의 눈길은 지혜롭게 보인다.

아무도 로코가 경험 많은 도둑이요 살인자라는 것을 짐작할 수도 없다.

보는 사람마다 지적인 젊은이라고 말한다.

아름답게 차려입고 니나는 유흥주점에 들어가서 로코가 앉은 탁자에 앉았다.

로코는 니나가 창녀라고 짐작했다. 아름다움이 눈을 부시게 했다.

"이 유흥주점이 마음에 드나요?" 로코가 영어로 물었다.

"나는 여기 처음이에요." 니나가 대답했다.

"케이프타운에 사세요?"

"아니요."

"어디 사세요?" 로코는 호기심이 있다.

"네덜란드에 살아요." 니나가 대답했다.

"정말요?"

"예. 수학여행 왔어요. 남아프리카 보기를 원해요."

Roko jam estis iom ebria kaj li esperis, ke li pasigos agrablan nokton kun tiu ĉi belulino. Li havis sperton kun similaj virinoj.

−Mi ŝatus regali vin. Kion vi bonvolos? − demandis li.

−Mi preferas koktelon "Martini" −diris Nina.

Ŝi bonege plenumis la rolon de publikulino.

Roko vokis la kelneron.

−Ĉu plaĉas al vi Cape Town? − demandis li.

−Mi ankoraŭ ne bone trarigardis la urbon − diris Nina.

−Mi povus montri al vi iujn vidindaĵojn − proponis Roko.

−Mi estos tre dankema al vi − ekridetis Nina. − Kaj vi? Ĉu vi loĝas ĉi tie? − demandis ŝi.

−Mi estas polo. Mi naskiĝis en Varsovio, sed de dek jaroj mi estas ĉi tie − respondis li.

−Kion vi laboras?

−Mi estas komercisto.

Kiam fariĝis noktomezo, Roko demandis Nina:

−En kiu hotelo vi estas?

−En la hotelo "Suda Stelo" −respondis ŝ.

−Mi akompanos vin. Nokte Cape Town estas danĝera urbo − diris Roko.

−Tute ne necesas − ekridetis Nina. − Mi veturos per taksio.

로코는 이미 조금 취해서 이 미녀와 함께 유쾌한 밤을 보내기를 희망했다.

비슷한 여자와 경험이 있다.

"당신을 대접하고 싶은데 무엇을 원하나요?" 로코가 물었다.

"칵테일 '마르티니'를 더 좋아해요." 니나가 말했다.

니나는 창녀의 역할을 잘했다. 로코는 종업원을 불렀다.

"케이프타운이 마음에 드나요?" 로코가 물었다.

"아직 도시를 다 둘러 보지 못했어요." 니나가 말했다.

"내가 어느 볼만한 곳을 알려 드릴까요?" 로코가 제안했다.

"너무 고맙지요." 니나가 빙긋 웃었다.

"여기 사시나요?" 니나가 물었다.

"나는 폴란드인이요. 바르샤바에서 태어났고 10년 전부터 여기 살아요." 로코가 대답했다.

"무슨 일 하세요?"

"사업을 해요."

자정이 되자 로코는 니나에게 물었다.

"어느 호텔에 묵나요?"

"호텔 '남쪽 별'에서요." 니나가 대답했다.

"데려다 드릴게요. 밤에 케이프타운은 위험한 도시예요." 로코가 말했다.

"전혀 필요 없어요." 니나가 빙긋 웃었다. "나는 택시로 갈 거예요."

-Estus al mi agrable – insistis li.

-Dankon. Vi estas tre afabla.

Roko vokis la kelneron, pagis kaj li kaj Nina eliris el la

nokta amuzejo.

-Ni iom promenadu – proponis Nina. – La nokto estas belega kaj la hotelo estas proksime.

-Bonega ideo – diris Roko.

Ambaŭ ekiris unu ĉe la alia kaj kiam ili estis ĉe la angulo de la strato, ilin ĉirkaŭis la kolegoj de Nina, kiuj kaptis Rokon kaj enigis lin en aŭton. Tiel Roko estis revenigita en la landon kaj kondamnita pro la teruraj murdoj, kiujn li faris.

"친절을 베풀 기회를 주세요." 로코가 고집부렸다.

"감사합니다. 너무 친절하세요."

로코는 종업원을 불러 값을 치르고 니나와 함께 유흥주점을 나왔다.

"우리 조금 걸을까요?" 니나가 제안했다. "밤은 너무 아름답고 호텔은 가까워요."

"좋은 생각입니다." 로코가 말했다.

둘은 같이 나서서 거리의 구석에 이르자 니나의 동료가 둘러싸 로코를 잡고 차에 태웠다.

그렇게 해서 나라로 돌려보내서 그가 저지른 잔인한 살인에 대한 판결을 받았다.

13.

Martin sidis ĉe la skribotablo en la hotela ĉambro kaj verkis. Kiel li supozis, ĉi tie, en Ora Bordo, lia emo verki vekiĝis. Li havis fortan inspiron kaj la verkado estis glata. Tio ĝojigis lin. La herooj de la romano agis, diskutis, amis, hezitis kaj Martin kvazaŭ ne kreis ilin, sed atente, scivole li observis ilin. Ŝajnis al li, ke li estas muta atestanto al ĉio, kio okazas en la romano. La verkado sorĉis Martinon. Ĉi tie, en Ora Bordo, li venkis la obstaklojn, kiuj estis en la komenco de la romanverkado. Tiam la herooj similis al ombroj, sed nun ili estis vivaj kaj kvazaŭ ili mem agas.

Martin ĉesis verki kaj rigardis al la fenestro. Ekstere jam mallumis. Martin decidis eliri kaj nokte promenadi ĉe la maro. Estis iom malvarme. Li surmetis jakon, estingis la lampon en la ĉambro kaj eliris.

Antaŭ la hotelo estis neniu. Regis silento kaj alflugis nur la monotona lirlo de la ondoj. Nun la maro estis trankvila.

La ondoj kviete plaŭdis. La luno kiel grandega arĝenta pleto pendis super la maro kaj pro ĝia pala lumo ĉio aspektis mistera kaj enigma.

Martin staris senmova sur la bordo.

13장

마르틴은 호텔 방 서탁에 앉았다. 글을 썼다.
짐작한 대로 여기 '황금해안'에서 글을 쓰고자 하는 마음
이 깨어났다. 굳센 영감을 가지고 순조롭게 써내려 갔다.
너무 기뻤다. 장편 소설의 주인공들은 행동하고, 말싸움
하고 사랑하고, 주저하여 마르틴은 마치 그들을 만들지
않은 듯 주의해서 호기심을 가지고 지켜봤다.
소설 속에서 생기는 모든 일에 대해 말 없는 증인처럼
보였다. 글 쓰는 것은 마르틴에게 매력적이다.
여기 '황금해안'에서 소설 쓰면서 초기에 생기는 장애물
을 이겼다. 그때는 주인공들이 그림자를 닮았지만 지금
은 살아 있고 스스로 움직이는 듯 했다.
마르틴은 글쓰기를 멈추고 창을 쳐다보았다.
밖은 이미 어둡다.
나가려고, 밤에 바닷가에서 산책하리라 마음 먹었다.
조금 추웠다. 겉옷을 걸치고 방에 있는 등을 끄고 나갔
다. 호텔 앞에는 아무도 없었다. 조용함이 가득하고 파도
의 단조로운 소리만 날아간다. 지금 바다는 잔잔하다.
파도는 조용하게 철썩거린다. 달은 커다란 검은색 쟁반
처럼 바다 위에 걸려 있다. 희미한 빛 때문에 모든 것이
신비롭고 수수께끼처럼 보인다.
마르틴은 해안 위에서 움직이지 않고 서 있다.

Li decidis vadi en la ondoj kaj deprenis la ŝuojn, la ŝtrumpojn, volvis la pantalonrandojn kaj li ekpaŝis al la ondoj, kiuj tiklis liajn nudajn piedojn. Li iris kvindek metrojn. Sur la plaĝo li rimarkis kuŝseĝon, sur kiu sidis gejunuloj. Ili pasie kisis unu la alian.

"Geamantoj , diris al si Martin. Estas bone esti juna, sidi nokte ĉe la maro kaj revi pri la belega estonteco."

Unu horon Martin iris. Li tre malproksimiĝs de la restadejo. Ie, malantaŭ li, estis la hoteloj kaj iliaj lumoj. La nokto volvis lin, kvazaŭ li estus sur dezerta insulo. "Ĉ mi ne restu ĉi tie, sur la strando, dum la tuta nokto, diris al si Martin.

Matene mi renkontos ĉi tie la sunleviĝon. Mi vidos la momenton, kiam la suno aperas, kiam ĝi elnaĝas el la maro.

Tiam la horizonto fariĝas ruĝa kvazaŭ ĝi ekflamus. La ondoj ekbrilas kaj ekestas la taga lumo. Ĉiu nova tago estas miraklo."

Martin eksidis sur la sablo. Jam kelkajn tagojn li estis ĉi tie, en Ora Bordo. Li venis por daŭrigi la verkadon de la romano. Ĉi tie li deziris forgesi la ĉiutagajn zorgojn, li deziris liberigi sin de la malagrablaj pensoj, kiuj ofte atakis lin kiel rabaj birdoj.

파도 안에 서 보려고 신과 양말을 벗고 바지를 걷어 올렸다. 하얀 발을 어루만지는 파도 속으로 걸어갔다. 50m 갔다.

모래사장 위에서 젊은 남녀가 앉아 있는 눕는 의자를 보았다.

그들은 뜨겁게 뽀뽀하고 있다.

사랑하는 남녀들, 젊어서 밤에 바다에 앉아 아름다운 앞날을 꿈꾸는 것이 좋다.

마르틴은 혼자 말했다. 1시간 동안 마르틴은 걸어갔다. 휴양지에서 너무 멀어졌다.

뒤에 어딘가에는 호텔과 그 불빛이 있다.

밤이 사막의 섬 위에 있는 듯 감쌌다.

밤새도록 해변에서 이렇게 남아 있을 수 없을까 마르틴은 혼잣말했다.

아침에 나는 여기서 해가 뜨는 것을 만날 것이다.

해가 바다에서 솟아오를 때, 나타나는 순간을 볼 것이다.

그때 수평선은 불꽃 태우듯이 빨갛게 될 것이다.

파도는 번쩍이고 낮의 밝음이 생긴다.

모든 새로운 날은 기적이다.

마르틴은 모래 위에 있었다.

벌써 며칠째 이곳 '황금해안'에 있다.

그는 소설 쓰기를 계속 하려고 왔다.

여기서 모든 날의 걱정을 잊기 원하고, 무서운 새처럼 가끔 공격하는 불쾌한 생각에서 자유롭고 싶었다.

Jam dek jarojn Martin vivis sola, tamen li eĉ por momento ne ĉesis pensi pri sia filino, Desislava. Ŝi loĝis malproksime de li, en la malgranda provinca urbo Svila. Kiel ŝi fartas? Kiel ŝi vivas? Martin regule sendis al ŝi monon, tamen tre malofte li vidis ŝin. Nur somere dum du semajnoj ili estis kune. Desislava estis bona lernantino. Martin deziris esti pli proksime al ŝi. Li deziris, ke Desislava konfesu al li siajn pensojn, emociojn. Martin pretis ĉiam helpi ŝin, sed Desislava estis silentema, malmulte ŝi parolis kaj tio maltrankviligis Martinon. Kiam li demandis ion, ŝi kutime respondis nur unuvorte kaj tuj poste eksilentis. Martin provis kompreni ŝin, li provis diveni kion ŝi pensas, sed vane. Martin estis maltrankvila, ke ambaŭ pli kaj pli malproksimiĝas unu de la alia.

Martin bone sciis, ke familia vivo ekzistas dank' al la kompromisoj. Tamen nek li, nek Irina estis inklinaj al kompromisoj. Post la eksedziĝo Martin esperis, ke li konatiĝos kun virino, kiu emus kompreni lin kaj ambaŭ havus komunajn interesojn, sed li ne renkontis tian virinon. Eble tia virino ne ekzistas aŭ eble iam ie li renkontos tian virinon.

Ĉi tie, en Ora Bordo, li renkontis Ninan. Ŝi plaĉis al li.

벌써 10년 간 마르틴은 혼자 살고 있다.

그러나 그는 잠시조차 딸 데시스라바에 대해 생각을 멈추지 않았다.

딸은 멀리 떨어진 작은 지방도시 '스빌라'에 산다.

어떻게 지낼까? 어떻게 살까?

마르틴은 규칙적으로 돈을 보내고 가끔 딸을 본다.

오직 여름 2주 동안 함께 지낸다. 딸은 좋은 학생이다. 더 가까이 하고 싶다.

데시스라바가 생각과 감정을 고백해 주길 원한다.

마르틴은 항상 도와줄 준비를 하지만 딸은 조용한 성격이라 조금만 말해 그것이 마르틴을 불안하게 만든다.

무언가를 물으면 습관적으로 오직 한 단어로 대답하고 곧 조용해진다.

마르틴은 이해하려고 시도하고 무엇을 생각하는지 알아내려고 했다.

그러나 쓸모없다.

마르틴은 둘이 더 서로 멀어질까 불안했다.

마르틴은 가족의 삶은 양보 때문에 있음을 잘 안다.

그러나 자신도 이리나도 양보하려고 하지 않는다.

이혼 뒤에 마르틴은 자신을 이해해주고 공동의 흥미를 가진 여자를 알고 싶었지만 그런 여자를 만나지 못했다.

아마 그런 여자는 없거나 언제 어디서 만나게 될 것이다. 여기 '황금해안'에서 니나를 만났다.

그 여자가 마음에 든다.

Nina estis alloga, sed kiam li konversaciis kun ŝi, li konstatis, ke Nina same ne estas la virino pri kiu li revas. Io enigma estas en ŝi. Kiu ŝi estas? Kial ŝi venas al la Ora Bordo? Iu interna voĉo flustris al Martin, ke malantaŭ la kara rideto de Nina estas io, kion li ne povas kompreni. Martin eĉ komencis dubi ĉu ŝia vera nomo estas Nina. Sed ĉu gravas kio estas ŝia vera nomo?

Baldaŭ li forveturos kaj neniam plu li vidos Ninan. Li forgesos ŝin. Li forgesos la tagojn, kiujn li pasigis ĉi tie.

Estis la dua horo post noktomezo. La vento plifortiĝis.

Martin surmetis la ŝtrumpojn, la ŝuojn, ekstaris kaj ekiris al la hotelo. Li proksimiĝis al la centra aleo de la restadejo. Irante Martin vidis la hotelon "Neptun", en kiu estis nokta amuzejo kaj li eniris ĝin.

En la vasta duonlumigita ejo estis tabakfuma nebulo kaj bruo de multaj voĉoj. Estis scenejo, sur kiu ludis orkestro kaj kantis juna bela kantistino, vestita en tre mallonga arĝentbrila robo. Sub la lumo de la lumĵetiloj ŝiaj nudaj ŝultroj brilis alabastre.

Martin sidis ĉe tablo kaj mendis vodkon kaj tomatan sukon. Li rigardis la kantistinon. Li ne memoris kiam lastfoje li estis en simila danctrinkejo.

니나는 매력적이다.

그러나 대화할 때 자신이 꿈꾸는 여자와 같지 않다고 확신했다.

수수께끼 같은 뭔가가 안에 있다.

그녀는 누구일까? 왜 이 '황금해안'에 왔을까?

어느 내적인 소리가 니나의 사랑스러운 웃음 뒤에 자신이 이해할 수 없는 무언가가 있다고 속삭였다.

마르틴은 본명이 니나인지도 의심하기 시작했다.

그러나 본명이 무엇인지 중요할까?

곧 자신은 떠날 것이고 결코 더 이상 니나를 안 볼 것이다. 잊을 것이다.

여기서 보낸 날들을 잊을 것이다.

자정을 넘어 2시였다. 바람이 더욱 세졌다.

마르틴은 양말과 신을 신고 일어섰다. 호텔로 갔다.

휴양지의 중앙 오솔길로 가까이 같다.

가다가 유흥주점이 있는 호텔'바다왕'을 보고 들어갔다.

넓고 절반의 조명이 있는 곳은 담배 연기구름과 많은 소리의 소음이 있다.

공연장에서는 연주단이 연주하고 매우 짧은 은색 외투를 입은 젊고 아름다운 가수가 노래했다. 조명 불빛 아래 벗은 어깨는 석고처럼 반짝인다. 마르틴은 탁자 위에 앉아 보드카 한 잔과 토마토 주스를 주문했다. 여가수를 쳐다봤다. 이같은 유흥주점에 마지막으로 온 것이 언제인지 기억이 안 난다.

Antaŭe li ofte veturis eksterlanden.

Foje li estis en danctrinkejo en Parizo – aŭ eble estis en Romo, li ne memoris. Martin malrapide trinkis la vodkon kaj li iom hezitis, ĉu li mendu ankoraŭ unu vodkon. Al li proksimiĝis junulino, eble dudekjara, vestita en verda robo same tiel mallonga kiel la robo de la kantistino. Ŝi havis longan hararon kaj okulojn, kiuj similis al fiŝokuloj.

–Sinjoro, ĉu vi estas sola? – afable demandis la junulino.

–Jes – respondis Martin.

–Ĉu vi deziras, ke mi estu kun vi ĉi-nokte?

–Ne, dankon – diris Martin.

La junulino ekridetis kaj foriris. Ŝi havis allogan irmanieron kaj ŝiaj longaj kruroj estis perfektaj. Martin rezignis trinki duan vodkon. Li pagis kaj ekstaris de la tablo por foriri.

Ekstere pluvis. Antaŭ horo sur la ĉielo estis steloj, sed nun – nuboj kaj pluvis. La vento alportis la nubojn. La pluvo ne estis forta, pluvetis. "La aŭuno venis ĉi tien" diris Martin.

Baldaŭ komenciĝos ĉiutage pluvi. Estos nebuloj. Iĝos malvarme. Kiel ĉio, ankaŭ la somero havos finon. Finiĝos la varmetaj tagoj.

전에 가끔 외국으로 여행했다.

한번은 파리, 아니면 로마인지 유흥주점에 있었지만 기억이 안 난다.

천천히 보드카를 마시고 다시 한 잔 더 시킬까 조금 주저했다.

여가수의 옷처럼 비슷하게 짧은 푸른 옷의 스무 살 정도의 아가씨가 가까이 왔다.

긴 머리카락과 생선같은 눈을 가졌다.

"아저씨 혼자세요?" 아가씨가 친절하게 물었다.

"예." 마르틴이 대답했다.

"오늘 밤 같이 있기를 원하나요?"

"아닙니다. 감사합니다." 마르틴이 말했다.

아가씨는 빙긋 웃고 갔다. 매력적인 걷는 태도와 긴 다리는 완벽했다.

마르틴은 두 잔째 보드카 마시기를 그만두었다.

값을 치르고 떠나려고 탁자에서 일어섰다.

밖에는 비가 왔다. 1시간 전 하늘에는 별이 있었지만, 지금은 구름이 있고 비가 온다.

바람이 구름을 데리고 온다. 비는 세차지 않아 보슬비다.

'가을이 여기에도 왔네' 마르틴이 말했다.

날마다 비가 오기 시작할 것이다.

구름이 있고 추워질 것이다.

모든 것처럼 여름 역시 끝날 것이다.

따뜻한 날이 끝날 것이다.

Jam estis tempo, ke Martin forlasu Oran Bordon. La vetero ne plu estos bona por promenadoj kaj Martin decidis forveturi.

Kiam li revenis en la hotelon, tagiĝis kaj li komencis prepari sian valizon por la ekveturo. Li metis en ĝin la

manuskripton de la romano, li prenis la porteblan komputilon, bone li trarigardis la hotelan ĉambron kaj eliris.

벌써 마르틴이 '황금해안'을 떠날 때이다.

날씨는 산책하기에 더 이상 좋지 않아 마르틴은 떠나기로 마음먹었다.

호텔로 돌아왔을 때 날이 밝았고 출발을 위해 여행 가방을 꾸리기 시작했다.

소설 원고를 안에 넣고 휴대용 컴퓨터를 들었다.

호텔 방을 잘 살펴보고 나왔다.

14.

La aŭtobuso veturis supren sur ne tre granda monteto. Baldaŭ ĝi venos en la maran urbon. Martin sidis en ĝi kaj pense adiaŭis la maron. Ĉi-jare ne plu li vidos la maron. Post kelkaj horoj li estos en la ĉefurbo kaj liaj ĉiutagaj zorgoj denove okupos lin. Martin tre kontentis, ke li pasigis kelkajn tagojn en Ora Bordo. Tie li ne nur bone ripozis, sed en la silenta hotela ĉambro li trankvile daŭrigis la verkadon de la romano. En Ora Bordo li havis la bonegan eblecon verki, promenadi, ĝui la agrablan septembran veteron. Martin daŭre pensis pri Nina.

"Ĉu iam mi denove vidos ŝin, demandis sin li. Ja, dum la vivo okazas neatenditaj renkontoj."

Martin deziris dum pli longa tempo memori ŝin, ŝiajn vizaĝon, okulojn, hararon, ŝian irmanieron, similan al irmaniero de kapreolo. Eble iam Nina estos la heroino de iu lia estonta romano.

La aŭtobuso venis en la maran urbon. Martin descendis
kaj ekiris al la stacidomo. En la atendejo de la stacidomo li rigardis la horaron de la vagonaroj.

14장

그렇게 큰 언덕은 아니지만 버스는 언덕 위로 올라갔다.
곧 버스는 바닷가 도시로 왔다.
마르틴은 버스에 앉아 생각하며 바다와 헤어졌다.
올해는 더 이상 바다를 보지 못할 것이다.
몇 시간 뒤에는 대도시에 살며 일상의 걱정 속에 파묻힐
것이다.
마르틴은 '황금해안'에서 며칠 보낸 것이 매우 만족했다.
거기서 잘 쉬었을뿐만 아니라 조용한 호텔 방에서 편안
하게 소설 쓰기를 계속했다.
'황금해안'에서 글을 쓰고, 산책하고, 쾌활한 9월의 날씨
를 즐기고, 아주 좋은 시간을 보냈다.
마르틴은 니나에 대해 계속 생각했다.
언젠가 그녀를 다시 볼까? 혼자 자신에게 물었다.
정말 삶에서 예기치 않은 만남이 있다.
마르틴은 오랜 시간 동안 니나, 니나의 얼굴, 머리카락,
사슴처럼 걷는 발걸음을 생각했다.
아마 언젠가 다음 소설의 여주인공이 될 것이다.
버스가 바닷가 도시에 들어왔다.
마르틴은 버시에서 내려 기차역으로 갔다.
역 대합실에서 기차 시간표를 쳐다보았다.

La vagonaro al la ĉefurbo ekveturos je la unua horo posttagmeze kaj Martin decidis iom promenadi en la urbo. Li iris al la urbocentro. La ĉefstrato gvidis al la teatra konstruaĵo, bela kaj impona. Antaŭ la enirejo de la teatro estis granda afiŝo. Ĉi-vespere oni prezentos "Hamleton". Martin tralegis la nomojn de la aktoroj. Inter ili estis kelkaj famaj homoj, kiuj ofte ludis en diversaj filmoj.

Martin bedaŭris, ke li ne povas resti ĉi-vespere en la urbo por spekti tiun ĉi teatraĵon.

La modernaj luksaj vendejoj sur la ĉefa strato estis preskaŭ malplenaj. Regis trankvilo ne tre kutima por granda urbo. Somere ĉi tie tumultis homoj: turistoj, fremdlandanoj, somerumantoj··· Martin preterpasis la artgalerion, duetaĝn ruĝkoloran konstruaĵon en vasta korto kun fera barilo. De la artgalerio komenciĝis eta strato al la ĉemara parko. Martin ekiris al la parko. Nun la parko aspektis trista. La arboj jam estis nudaj, sen folioj. Flavaj, brunaj folioj kovris la aleojn.

Martin eksidis sur benkon kaj ekrigardis la maron.

Malproksime videblis granda ŝipo. Ĝi verŝajne estis fiŝkaptista ŝipo, kiu atendis eniri la havenon. La mara parko troviĝis sur monteto kaj malsupre estis la strando, vasta kaj senhoma.

도시로 가는 기차가 오후 1시에 출발하기에 마르틴은 이 도시에서 조금 산책하려고 마음 먹었다. 도시 중심가로 갔다. 중앙로는 아름답고 인상적인 극장 건물로 안내했다. 극장 입구에 큰 광고가 있다. 오늘 저녁에 햄릿을 상영할 예정이다.

마르틴은 배우의 이름을 훑어보았다. 그들 가운데 다른 영화에도 자주 나오는 유명한 사람이 몇 명 있다. 마르틴은 이 영화를 볼 수 있도록 이 도시에서 오늘 밤 머물 수 없어 아쉬웠다.

중앙로에 있는 현대적이고 화려한 판매점은 거의 비어 있다. 대도시에는 그렇게 많이 익숙하지 않은 편안함이 가득하다. 여름에 이곳은 사람, 관광객, 외국인, 여름을 보내는 사람으로 엄청 시끄럽다.

마르틴은 2층짜리 빨간색 건물, 철 울타리를 가진 넓은 마당의 미술관을 지나쳐갔다.

미술관에서 매력있는 공원으로 가는 작은 길이 시작한다. 마르틴은 공원으로 갔다. 지금 공원은 슬픈 듯하다. 이미 나무는 나뭇잎도 없이 벌거벗었다.

노랗고, 갈색 나뭇잎이 오솔길을 덮었다. 마르틴은 의자에 앉아 바다를 쳐다보았다.

커다란 배가 멀리 보인다. 그것은 정말로 항구로 돌아오기를 기다리는 낚시배 같다.

바닷가 공원은 언덕 위에 있고 아래에는 넓고 인적이 없는 해변이 있다.

Dekstre de la strando videblis la haveno. Ĝi estis la plej granda haveno en la lando kaj nun tie staris kelkaj transoceanaj ŝipoj.

De kie ili venis kaj kien ili veturos, demandis sin Martin. La maro similis al grandega blua pordo al la vasta mondo.

Martin longe sidis sur la benko, rigardante al la horizonto. Poste li ekiris al la stacidomo. Ĉe la strato, sur kiun li iris, estis arkeologiaj fosaĵoj. Ĉi tie estis la iamaj famaj romiaj banejoj de la dua jarcento post Jesuo Kristo. "Kiom da gentoj kaj popoloj estis ĉi tie dum la jarcentoj?" – meditis Martin.

Jam proksimiĝis la tempo por la ekveturo de la vagonaro. Li iris en la stacidomon, eniris la vagonaron, kaj sidis ĉe la fenestro en kupeo. Post dek minutoj la vagonaro malrapide ekveturis, forlasante la maran urbon.

Martin neniam eksciis, ke lia iama amiko kaj kunstudento Stojko estis spiono, nek ke Nina estis ano de sekreta servo.

Sofio, la 11-an de novembro 2019

해변 오른쪽에는 항구가 보인다.

이 도시에서 가장 큰 항구다.

지금 거기에 대양횡단 배가 몇 채 있다.

어디에서 와서 어디로 갈 것인지 마르틴은 궁금했다.

바다는 넓은 세계로 가는 크고 파란 문과 같다.

마르틴은 수평선을 바라보면서 오랫동안 의자 위에 앉아 있다. 나중에 기차역으로 갔다.

걷는 길에는 고고학적인 발굴현장이 있다. 여기에 예수 그리스도 이후 2세기 언젠가 유명한 로마제국의 목욕탕이 있다. 1세기 동안 얼마나 많은 종족과 사람들이 있었을까? 마르틴은 생각했다. 벌써 기차가 출발할 시간이 가까워졌다. 역으로 가서 기차에 타 창가쪽 장의자에 앉았다. 10분 뒤 기차는 바닷가 도시를 떠나 천천히 출발했다.

마르틴은 언젠가 친구로 같이 공부한 스토이코가 스파이인 것도, 니나가 특수부대원이라는 사실도 결코 알아차리지 못했다.

소피아, 2019년 11월 11일

NE FORGESU MIAN VOĈON

novelo, originale verkita en Esperanto

내 목소리를 잊지 마세요

에스페란토 원작 소설

1.

Pluvetis. La malvarmaj pluvgutoj rosigis la vizaĝon kaj hararon de Veselin. Li iris hejmen. Estis la sepa horo vespere kaj la urbo dezertis. La aŭtuna vento kvazaŭ forpelis la homojn el la stratoj. Veselin trapasis la larĝan straton "Rodopo".

"Baldaŭmi estos hejme, meditis li, en mia eta loĝjo. Mi sidos antaŭ la televidilo sola. Estas vendrede vespere. Oni kutime iras en restoraciojn aŭ la amikaj familioj gastas unu al alia."

Veselin estis laca kaj li ne havis bonhumoron. Antaŭ ol malŝlosi la pordon de la loĝejo li decidis: "Mi ekveturos al la urbo Serda. Se mi estus ĉi tie sola sabate kaj dimanĉe, mi enuus.". Li malfermis la pordon kaj eniris en la malluman loĝejon. En la vestiblo estis vestohokaro, murspegulo kaj vesteja tabuleto. Dekstre estis la pordo al la manĝejo kaj maldekstre – al la dormoĉambro. Veselin eniris la dormoĉambron. Li malfermis la vestoŝrankon, prenis grandan sakon kaj metis en ĝin ĉemizon, piĵamon, ŝtrumpojn. Li estis preta ekveturi.

La telefonaparato staris sur la eta komodo ĉe la lito. Veselin alrigardis ĝin kaj diris:

1장

소리없이 비가 내린다. 차가운 빗방울이 베셀린의 얼굴
과 머리카락에 이슬을 맺히게 했다.
베셀린은 집으로 갔다. 시간은 저녁 7시였다
도시는 황폐했다. 가을바람이 사람들을 거리에서 몰아내
는 듯했다.
베셀린은 넓은 거리 '로도페'를 건넜다.
"곧 집에 도착하겠지." 베셀린은 생각했다.
"아마도 나는 작은 아파트에서 혼자 TV 앞에 앉아 있겠
지."
금요일 밤이다. 화목한 가족들은 보통 식당에 가거나 서
로 시간을 보낸다.
베셀린은 피곤하고 기분이 별로 좋지 않았다.
아파트 문을 열기 전에 결심했다.
"세르다에 가야지.
주말에 여기 혼자 있다면 싫증 나겠지."
문을 열고 어두운 집안으로 들어갔다.
현관에는 옷걸이, 벽 거울, 옷장이 있고, 오른쪽에는 부
엌문, 왼쪽에는 침실 문이 있다.
베셀린은 침실로 들어갔다. 옷장을 열고 큰 가방에 셔츠,
잠옷, 양말을 넣었다. 떠날 준비를 했다.
전화기는 침대 옆의 작은 옷장 위에 놓여 있다.
베셀린은 그것을 보더니 혼잣말했다.

-Mi telefonos al Milena.

En tiu ĉi momento li kvazaŭ vidis ŝiajn kolombkolorajn okulojn, kiuj mole brilis. Veselin levis la telefonaŭskultilon.

-Halo - aŭdis li ŝian teneran voĉon.

-Saluton. Ĉi-vespere mi veturos al Serda kaj mi deziris aŭdi vian voĉon.

-Mi ĝojas - diris Milena. - Mia voĉo veturos kun vi. Kiam vi revenos?

-Dimanĉe.

-Tuj telefonu al mi. Vi stiru atente, ne rapidu, ne forgesu, ke mi atendas vin.

-Ĝis.

-Ĝis dimanĉo.

Veselin remetis la aŭskultilon. Iu malantaŭ lia dorso kvazaŭ denove mallaŭte ekflustris: "Mi atendos vin." Veselin prenis la sakon kaj eliris el la loĝejo.

"밀레나에게 전화해야지."

이 순간 밀레나의 부드럽게 빛나는 비둘기 색깔의 눈이 보이는 것 같았다.

베셀린이 전화를 걸었다.

"여보세요" 여자의 부드러운 목소리가 들렸다.

"여보세요. 오늘 밤 나는 세르다에 가요. 그렇지만 당신의 목소리를 듣고 싶어요."

"기뻐요." 밀레나가 말했다.

"제 목소리가 선생님과 함께 갈 거예요.

언제 돌아올 건가요?"

"일요일에."

"바로 전화하세요. 조심해서 운전하시고 서두르지 마세요. 제가 기다리고 있다는 것을 잊지 마세요."

"잘 있어요."

"잘 다녀오세요."

베셀린이 전화기를 놓았다.

등 뒤에서 누군가 다시 부드럽게 속삭였다.

"기다릴게요."

베셀린은 가방을 들고 아파트를 떠났다.

2.

Daŭre pluvis. La ŝoseo brilis kiel arĝenta rubando. La pluvo iĝis pli forta. Veselin ne stiris rapide. La asfaltita ŝoseo estis glita. Li pensis pri Milena kun kiu li konatiĝis antaŭ du semajnoj. Tiam Veselin kun sia amiko Boris, fotografo de la regiona ĵurnalo "Kuriero" , gastis ĉe Milena. Boris devis doni al Milena kelkajn fotojn.

Milena loĝis en la centro de la urbo, en kvaretaĝa domo. Boris kaj Veselin supreniris al la kvara etaĝo. Boris premis la butonon de la sonorilo kaj post kelkaj sekundoj Milena malfermis la pordon. Ŝi surhavis bluan ĝinzon kaj blankan bluzon. Ŝiaj kolombkoloraj okuloj brilis.

–Bonvolu – diris Milena.

Ili eniris la ĉambron, kie sur eta tablo jam estis glasoj, botelo da viskio, nuksoj, ĉokoladaj bombonoj.

–Tio estas Veselin – diris Boris – mia amiko, pentristo. Ja, mi diris al vi, ke ni ambaŭ venos. De du monatoj li laboras en nia urbo, en la fabriko "Afrodito" .

–Vi estas pentristo – diris Milena. – Mi ĝojas konatiĝi kun vi. "Afrodito" produktas tre belajn inajn vestojn.

2장

여전히 비가 내리고 있다. 찻길은 은색 리본처럼 빛났다.
빗발이 세졌다. 베셀린은 급하게 운전하지 않았다.
아스팔트 도로는 미끄러웠다.
그는 2주 전에 만난 밀레나를 생각했다
베셀린은 지역 신문 '쿠리에르'의 사진기자인 친구 보리
스와 함께 밀레나 집에 손님으로 초대받았었다. 보리스
는 밀레나에게 몇장의 사진을 주어야만 했다.
밀레나는 도시의 중심가, 4층짜리 집에서 살았다.
보리스와 베셀린은 4층으로 올라갔다.
보리스가 초인종을 누르고, 몇 초 뒤에 밀레나는 문을
열었다. 밀레나는 청바지와 흰 블라우스를 입고 있었다.
비둘기 빛 눈이 빛났다.
"어서 오세요." 밀레나가 말했다.
그들은 작은 탁자 위에 이미 잔, 위스키 한 병, 견과류,
초콜릿 사탕이 놓여있는 방으로 들어갔다.
"이분이 베셀린입니다." 보리스가 말했다. "내 친구 화가
입니다. 맞아요, 우리 둘 다 올 거라고 말했지요."
보리스는 두 달 전부터 우리 도시, 공장 '아프로디테'에
서 일했다.
"선생님은 화가시죠." 밀레나가 말했다.
"만나서 반갑습니다."
"'아프로디테'는 매우 아름다운 여성복을 만들어내죠.

Baldaŭ mi devas viziti la vendejon de la fabriko kaj aĉeti iun modernan robon.

-Mi montros al vi la plej novajn kaj elegantajn robojn – diris Veselin. – Vi nur telefonu al mi, kiam vi deziras veni – kaj Veselin donis al ŝi sian vizitkarton.

-Dankon – diris Milena.

De la skribotablo ŝi prenis sian vizitkarton kaj donis ĝin al Veselin.

-Jen miaj telefonnumeroj – diris ŝi.

Ili sidis ĉe la tablo kaj Milena verŝis viskion en la glasojn.

-Okaze de nia renkontiĝo – diris ŝi kaj levis sian glason.

Ili tintigis la glasojn.

-Kion vi pentras? – demandis Milena.

-En la fabriko mi pentras robojn, jupojn, mantelojn, sed mi estas pejzaĝisto, portretisto··· –respondis Veselin.

-Mi ŝatus vidi viajn pentraĵojn – diris Milena. – Eble vi faros ekspozicion en nia urbo? Ĉi tie estas belega artgalerio.

머지않아 저는 공장 판매점을 방문해 현대적인 옷을 사
야 해요."
"가장 새롭고 우아한 옷을 보여 드릴게요."
베셀린이 말했다.
"오고 싶을 때 전화만 하세요."
그리고 베셀린은 밀레나에게 명함을 주었다.
"감사합니다." 밀레나가 말했다.
책상에서 명함을 가져와 베셀린에게 건네주었다
"여기 제 전화번호가 있어요." 밀레나가 말했다.
그들은 탁자에 앉았고 밀레나가 위스키를 잔에 따랐다.
"우리 만남을 위해" 밀레나는 잔을 들어 올리며 말했다.
그들은 잔을 서로 부딪쳤다.
"무엇을 그리시나요?" 밀레나가 물었다.
"공장에서는 드레스, 치마, 외투를 그리지만
나는 풍경화가, 초상화 화가입니다." 베셀린이 대답했다.
"선생님의 그림을 보고 싶어요." 밀레나가 말했다.
"아마도 선생님은 우리 도시에서 전시회를 여시겠죠?
여기에 아름다운 미술관이 있어요."

3.

Malfrue nokte Veselin venis en Serdan. La stratoj de la ĉefurbo dormis. Veselin ne avertis antaŭe Nedan, sian edzinon, ke li revenos. Pasintajn sabaton kaj dimanĉon li ne revenis kaj Neda certe ne atendis lin ĉi-nokte. Veselin sciis, ke kiam ŝi vidos lin, ŝi tuj diros: "Via laboro ne havas finon. Vi promesis ĉiujn sabatojn kaj dimanĉojn reveni, sed pasintajn sabaton kaj dimanĉon vi ne venis. Tiam vi eĉ ne telefonis al mi, ke vi ne venos. Vi ĉiam diras, ke vi havas multe da laboro, ke vi devas labori, ĉar ni bezonas monon. Tamen Vlad, nia filo, jam estas lernanto en la unua klaso kaj mi sola ne povas solvi ĉiujn familiajn problemojn."

Neda estis stranga virino. Ŝi mem insistis, ke Veselin komencu labori en la firmao de sinjoro Hristakis, greko, kiu posedas la fabrikon "Afrodito" en la urbo Belamonto. Ja, Neda vidis en interreto la anoncon, ke la firmao "Afrodito" dungos pentriston. Neda telefonis al la firmao kaj poste ŝi kaj Veselin iris al sinjoro Hristakis. La greko afable renkontis ilin kaj li klarigis al Veselin, ke li bezonas pentriston por la fabriko "Afrodito", kiu estas en urbo Belamonto.

3장

늦은 밤 베셀린이 세르다에 왔다. 대도시의 거리는 자고 있었다. 베셀린은 전에 아내 네다에게 돌아올 것이라고 미리 알리지 않았다.

지난 토요일과 일요일에도 돌아오지 않았기에 네다는 확실히 오늘 밤 그를 기대하지 않았다. 네다가 자신을 보면 즉시 이렇게 말할 것이다.

"당신의 일은 끝이 없어요. 당신은 매주 주말에 돌아온다고 약속했잖아요. 지난 토요일과 일요일에 오지 않았어요. 그때 당신은 오지 않는다고 전화도 안 했죠. 당신은 항상 일이 많고 돈이 필요해서 일해야 한다고 말해요. 그러나 우리 아들 블라드는 이미 1학년 학생이고, 나 혼자서는 모든 가족 문제를 해결할 수 없어요."

네다는 이상한 여자였다.

베셀린에게 벨라몬트 시에 공장 '아프로디테'를 소유하고 있는 그리스인 흐리스타키스의 회사에서 일하기 시작하라고 강요했다.

네다는 인터넷에서 '아프로디테' 회사가 화가를 고용할 것이라는 발표를 보았다.

네다는 회사에 전화했고, 베셀린과 함께 흐리스타키스를 찾아 갔다. 그리스인은 그들을 친절하게 대했고, 벨라몬트 시에 있는 공장 '아프로디테'에서 일할 화가가 필요하다고 베셀린에게 설명했다.

Sinjoro Hristakis petis, ke post kelkaj tagoj Veselin alportu kelkajn siajn pentraĵojn.

Veselin ne estis certa ĉu la pentraĵoj plaĉos al sinjoro Hristakis, sed Neda certis, ke ili nepre plaĉos al li kaj ŝi diris al Veselin:

-Vi estas talenta kaj Hristakis tuj konstatos tion.

Neda estis kuracistino. Ŝia profesio estis malproksime de la arto. Ŝi opiniis, ke esti pentristo ne estas malfacile. Post tri tagoj Veselin iris en la oficejon de Hristakis. Tie atendis lin du konsultantoj de Hristakis, gejunuloj. Veselin montris siajn pentraĵojn. Hristakis sidis ĉe granda skribotablo kaj atente rigardis ilin. Kiam li vidis ĉiujn pentraĵojn li diris:

-Vi estas bona pentristo.

Per siaj nigraj, kiel olivoj okuloj, Hristakis fiksrigardis Veselinon kaj malrapide ekparolis:

-Mi dungos vin. Mia fabriko por inaj vestoj en Belamonto bezonas pentriston kiel vin.

Hristakis diris kia estos la salajro kaj kiam Veselin aŭdis kiom da li perlaboros, li tuj konsentis, malgraŭ ke la urbo Belamonto troviĝas je tricent kilometroj de la ĉefurbo Serda.

흐리스타키스는 며칠 뒤 베셀린에게 그림 중 일부를 가져오라고 부탁했다.

베셀린은 그림이 흐리스타키스 마음에 들 것인지 확신이 들지 않았다.

그러나 아내는 흐리스타키스가 그림을 좋아할 것이라고 믿고 베셀린에게 말했다.

"당신은 재능이 있고 흐리스타키스 사장은 즉시 그것을 깨달을 거예요."

네다는 의사였다. 그녀의 직업은 예술과 멀었다.

네다는 화가가 되는 것이 어렵지 않다고 생각했다.

3일 뒤 베셀린은 흐리스타키스의 사무실에 갔다.

흐리스타키스의 상담원, 두 명의 청년이 베셀린을 기다리고 있었다

베셀린이 그림을 보여주자 흐리스타키스는 큰 책상에 앉아서 뚫어지게 그림을 쳐다보았다.

모든 그림을 보고 나서 말했다.

"선생님은 좋은 화가입니다."

흐리스타키스는 검은 올리브 같은 눈으로 베셀린을 보고 천천히 말했다.

"선생님을 고용하겠습니다. 벨라몬트 시에 있는 여성 의류 공장은 선생님 같은 화가가 필요합니다."

흐리스타키스는 월급이 얼마인지 말하고, 베셀린은 얼마나 벌 수 있는지 들었다. 벨라몬트는 수도인 세르다에서 300km 떨어져 있음에도 즉시 동의했다.

-Tie vi havos senpagan loĝejon, vi uzos ofican aŭton kaj vi povus veni en la ĉefurbon, kiam vi deziras - aldonis Hristakis.

Nun Veselin parkis la aŭton antaŭ la domo. La fenestro en la dormoĉambro de Neda estis malluma. Neda kaj Vlad delonge dormis. Veselin eliris el la aŭto kaj li profunde enspiris la freŝan aeron. Ankoraŭ pluvis, sed jam ne tiel forte.

Malrapide li iris al la dua etaĝo de la domo. Veselin intencis silente malŝlosi la pordon, eniri la loĝejon kaj kuŝi sur la kanapo en la manĝejo por ke li ne veku Nedan kaj Vlad, sed kiam li malfermis la pordon, li vidis Nedan en la vestiblo, starantan antaŭ li. Ŝi estis nudpieda kaj vestita en nokta ĉemizo.

Eble Neda aŭdis la paŝojn de Veselin sur la ŝtuparo. Ŝi vekiĝis kaj ekstaris de la lito por renkonti lin.

-Finfine vi revenis - diris Neda. - Ĉu vi vespermanĝis?

-Jes. Mi vespermanĝis antaŭ la ekveturo - mensogis Veselin.

Neda turnis sin kaj reiris en la dormoĉambron.

"거기에서 무료 숙박이 가능하며 공식 차량을 사용할 것입니다. 원할 때마다 수도에 갈 수 있습니다."

흐리스타키스가 덧붙였다.

지금 베셀린은 집 앞에 주차했다.

네다 침실의 창은 어두웠다.

네다와 블라드는 이미 자고 있었다.

베셀린은 차에서 내려 신선한 공기를 깊이 들이마셨다.

여전히 비는 내리고 있지만 아까보다는 잦아들고 있었다.

천천히 집 2층으로 갔다.

베셀린은 조용히 문을 열고 아파트에 들어가서, 네다와 블라드를 깨우지 않고 식당 소파에 누우려고 생각했다.

문을 열었을 때 현관에서 자기를 향해 서 있는 네다를 보았다.

맨발에 잠옷을 입고 있었다.

아마도 아내는 계단을 오르는 베셀린의 발소리를 들었을 것이다.

아내는 일어나, 맞이하려고 침대에서 나왔다.

"마침내 당신이 돌아왔군요." 아내가 말했다.

"저녁 먹었어요?"

"응. 떠나기 전에 저녁을 먹었어."

베셀린은 거짓말을 했다.

아내는 돌아서서 침실로 갔다.

4.

Sabate kaj dimanĉe Veselin havis multe da laboro hejme. Li devis ripari la biciklon de Vlad, la pordeton de la vestoŝranko, kiu ne tre bone fermiĝis. Li ŝanĝis la lampon en la kuirejo, kiu difektiĝis. Veselin donis monon al Neda, ĉar ŝi diris, ke ŝi ne havas monon por aĉeti novajn ŝuojn al Vlad.

Dum la tuta tempo Veselin pensis pri Milena kaj li ripetis al si mem ŝiajn vortojn: "Ne forgesu, mi atendas vin." Li tamen ne estis certa ĉu ŝi diris tion pro afableco aŭ ŝi vere atendos lian revenon kaj ŝi deziras, ke ili renkontiĝu.

Dimanĉe posttagmeze Veselin preparis sin por ekveturi.

–Ĉu ne estas frue ekveturi? – demandis lin Neda. – Estas la kvara horo posttagmeze. Vi revenos en Belamonto kaj vi enuos tie.

–Morgaŭ en la fabriko venos itala delegacio. Ni montros al ili la novajn vestojn. La italoj mendos grandan kvanton da inaj vestoj – mensogis Veselin.

–Bone, se vi havas laboron, ekveturu – diris Neda, sed ŝi diris tion iom krudvoĉe.

4장

주말에 베셀린은 집에서 할 일이 많았다.
블라드의 자전거와 잘 닫히지 않은 벽장의 작은 문을 고쳐야 했다.
고장 난 부엌의 전구를 바꾸었다.
베셀린은 네다에게 돈을 주었다.
왜냐하면, 블라드에게 새 신발을 사줄 돈이 없다고 아내가 말했기 때문이다.
많은 시간 베셀린은 밀레나에 대해 생각하고 '잊지 말아요, 선생님을 기다리고 있어요.'라는 말을 자신에게 되풀이했다. 그러나 이 말을 예의상으로 말했는지 아니면 정말 귀환을 기다릴 것인지, 둘이 만나기를 원하는건지 확신할 수 없었다.
일요일 오후 베셀린은 출발을 준비했다.
"너무 일찍 떠나는 것 아닌가요?" 아내가 물었다.
"오후 4시예요. 벨라몬트로 돌아가면 당신은 거기에서 지루할 거예요."
"이탈리아 대표단이 내일 공장에 와. 우리는 그들에게 새 옷을 보여줘야 해.
이탈리아 인은 많은 양의 여성복을 주문할 거야."
베셀린이 거짓말을 했다.
"좋아요, 일이 있으면 가야죠." 아내가 말했다.
다소 거친 목소리였다.

Neda havis regeman karakteron. Ŝi estis alta, svelta kun brunkolora hararo kaj malhelaj okuloj kun rigora rigardo. Neda opniis, ke ŝi estas kompetenta pri ĉio kaj ĉiam ĉiujn ŝi pretis konsili. Dum la unuaj tagoj, kiam Veselin kaj Neda geedziĝis, Veselin ne rimarkis tiujn ĉi ŝiajn trajtojn de ŝia karaktero, sed poste la konduto de Neda komencis ĝeni Veselinon. Unue li provis disputi kun ŝi, sed baldaŭ evidentiĝis, ke tio ne eblas.

Neda ne toleris alian opinion kaj ĉiam ŝi diris, ke Veselin eraras, ke li ne rezonas logike kaj li ne komprenas pri kio temas. Veselin konvinkiĝis, ke ne eblas trankvile konversacii kun Neda kaj li rezignis esprimi siajn opniojn pri la problemoj, kiuj rilatas la familian vivon.

네다는 당당한 성격을 가졌다. 키가 크고 날씬했다. 갈색 머리카락에 짙은 눈동자를 가졌다.

아내는 모든 것에 능숙하고 자신은 항상 모든 사람을 위해 조언해줄 준비가 되어 있다고 생각했다.

베셀린과 네다가 결혼한 초기에 베셀린은 아내의 이러한 특징을 알아차리지 못했다.

아내의 행동은 베셀린을 괴롭히기 시작했다.

먼저 토론을 하고자 시도했지만, 이것이 불가능하다는 것이 곧 분명해졌다.

아내는 다른 의견을 용납하지 않았으며, 항상 베셀린이 논리적으로 추론하지 않고 주제가 무엇인지 이해하지 못해 틀렸다고 말했다.

베셀린은 아내와 조용히 대화하는 것이 불가능하다고 믿었다.

아내에게 가족생활과 관련이 있는 문제에 대한 자신의 의사표현을 그만두었다.

5.

Dimanĉon posttagmeze ne pluvis. Estis suno kaj ĝiaj briloj kvazaŭ ludis sur la glata ŝoseo, kiu ankoraŭ estis malseka pro la matena pluvo. Veselin veturis rapide. Li ne havis paciencon alveni en Belamonton kaj ŝajnis al li, ke tutan monaton li ne estis tie. Dum la veturado li kvazaŭ daŭre aŭdis la voĉon de Milena kaj li deziris nepre vidi ŝin ĉi-vespere.

Belamonto estis silenta kaj trankvila. Dimanĉon vespere sur la stratoj preskaŭ ne estis homoj, la vendejoj estis fermitaj, en la urba parko estis neniu kaj flavaj folioj kovris la aleojn. Veselin parkis la aŭton antaŭ la domo, en kiu li loĝis. Li iris en la loĝejon, demetis la jakon kaj tuj telefonis al Milena.

–Saluton – diris ŝi. – Verŝajne vi jam revenis.

–Jes.

–Kiam ni renkontiĝos? – demandis Milena.

–Ĉi-vespere. Ni vespermanĝos.

–Bone.

–Mi atendos vin en restoracio "Olimpo" –diris Veselin.

En tiu ĉi restoracio la manĝaĵo estis tre bongusta kaj Veselin ofte manĝis en ĝi.

5장

일요일 오후에는 비가 내리지 않았다. 비에 젖은 부드러운 길위에서 따뜻한 햇볕이 유영하듯 비추었다. 베셀린은 빠르게 운전했다.

벨라몬트에 한시바삐 도착하기 위해 안달이 나 있었다.

한 달 내내 거기에 없었던 것처럼 보였다.

타고 가는 동안 계속 밀레나의 목소리가 들리는 것처럼 느꼈다. 정말로 오늘 밤 보고 싶었다.

벨라몬트는 조용하고 편안했다.

일요일 저녁 거리는 한산하기 그지없었다.

가게도 문이 닫혀있고 도시공원에는 아무도 없었고 노란 잎들만 오솔길을 덮었다.

베셀린은 자신이 사는 집 앞에 차를 세웠다.

아파트에 들어가 재킷을 벗고 즉시 밀레나에게 전화를 걸었다.

"안녕하세요." 그녀가 대답했다. "돌아왔나 보네요."

"응."

"언제 만날까요?" 밀레나가 물었다.

"오늘 밤. 같이 저녁 먹어요."

"좋아요."

"올림푸스 식당에서 기다릴게요." 베셀린이 말했다.

이 식당 음식은 아주 맛있고, 베셀린은 가끔 여기에서 식사하곤 했다.

Li iris pli frue kaj li sidis ĉe tablo malprokisme de la orkestro. Dum li atendis Milenan, li rigardis la homojn en la restoracio. Estis kelkaj familioj kaj kelkaj gejunuloj. La juna kelnerino kiel ĉevaleto kuris de tablo al tablo. La restoracio "Olimpo" estis eleganta, vasta kaj hela. Sur la muroj videblis multaj fotoj de la monto Olimpo. Verŝajne la posedanto de la restoracio plurfoje estis tie kaj al li plaĉis tiu ĉi monto en Greklando.

Subite Milena aperis ĉe la pordo de la restoracio. Nun ŝi surhavis malhelruĝan robon. Ŝia longa hararo falis kiel ondoj sur ŝiajn ŝultrojn. Ŝiaj ŝuoj kaj ŝia retikulo same estis ruĝaj.

Veselin ekstaris por renkonti ŝin kaj li akompanis ŝin al la tablo.

–Al mi plaĉas tiu ĉi restoracio – diris Milena. – Fojfoje, kiam mi estas laca kaj mi ne havas emon kuiri hejme, mi venas manĝi ĉi tie. Kutime mi manĝas salatojn. Mi tre ŝatas grandajn freŝajn salatojn, en kiuj estas preskaŭ ĉiuj legomoj.

–Kion ni manĝu ĉi-vespere? – demandis Veselin.

–Kompreneble salatojn kaj salatojn – ekridis Milena. Veselin vokis la kelnerinon.

서둘러 들어가서 오케스트라에서 멀리 떨어진 탁자에 앉았다.

밀레나를 기다리면서 식당에 있는 사람들을 둘러보았다.

몇몇 가족과 몇 명 젊은이가 있었다.

젊은 여종업원이 조랑말처럼 탁자 사이를 바삐 오갔다.

식당'올림푸스'는 멋있고 넓고 밝았다.

벽 위에는 올림푸스 산의 많은 사진이 보였다.

아마 식당 주인은 여러 번 거기에 갔고, 그리스의 산을 좋아한 듯했다.

갑자기 밀레나가 식당 문에 나타났다.

밀레나는 진한 빨간색 드레스를 입고 있었다.

긴 머리카락은 파도처럼 어깨에서 출렁거렸다.

신발과 지갑도 모두 빨간색이었다.

베셀린은 밀레나를 맞이하려고 일어나서 탁자로 이끌었다.

"저는 이 식당이 좋아요." 밀레나가 말했다.

"가끔 피곤하고 집에서 요리하고 싶지 않을 때 여기 먹으러 와요. 보통 샐러드를 먹어요. 거의 모든 채소가 들어있는 신선하고 양이 많은 샐러드를 정말로 좋아해요."

"오늘 밤에는 뭘 먹을 겁니까?" 베셀린이 물었다.

"물론 여러 가지 샐러드요." 밀레나가 빙긋 웃었다.

베셀린은 여종업원을 불렀다.

-Mi malofte estas en restoracioj kun geamikoj kaj gekolegoj - diris Milena. - Iliaj klaĉoj tedas min.

-Kion vi faras dum via libera tempo? - demandis Veselin.

-Mi estas hejme kaj mi legas aŭ verkas.

-Tio estas bona. La legado riĉigas nin anime - aldonis Veselin.

-Tamen miaj junaj koleginoj priridas min. Jam de la infaneco mi estas tia, silentema kaj ne tre komunikema. La aliaj infanoj ludis, sed mi staris flanke kaj mi rigardis ilin.

-Ĉu vi naskiĝis en tiu ĉi urbo? - demandis Veselin.

-Mi naskiĝis en la vilaĝo Verda Valo, kiu troviĝas je kvindek kilometroj de Belamonto. Mi studis kaj finis ĵurnalistikon en la ĉefurbo. Poste mi venis ĉi tien kaj nun, kiel vi jam scias, mi estas ĵurnalistino por la ĵurnalo "Kuriero". Ĉi tie, en Belamonto, mi lernis en la gimnazio kaj kiam mi estis gimnazianino mi kunlaboris al "Kuriero".

-Verŝajne vi ĉiam deziris esti ĵurnalistino? - demandis li.

-Jes. Jam de infano. Mi ne scias kial. Miaj gepatroj estas instruistoj. Panjo instruas geografion kaj paĉjo - fizikon.

"친구, 동료들과는 식당에 거의 가지 않아요."
밀레나가 말했다. "저는 그들의 소문이 지겨워요."
"한가한 시간에는 무엇을 하나요?" 베셀린이 물었다.
"저는 집에서 글을 읽거나 씁니다."
"좋아요. 독서는 우리를 감정적으로 풍요롭게 하죠."
베셀린이 덧붙였다.
"하지만 젊은 동료들은 저를 비웃어요.
이미 어릴 때부터 그렇게 조용하고 의사소통이 별로 없
었어요.
다른 아이들이 놀고 있으면 저는 옆에 서서 그들을 보고
있었죠."
"당신은 이 도시에서 태어났나요?" 베셀린이 물었다.
"저는 벨라몬트에서 50Km 떨어진 '녹색 계곡'마을에서
태어났어요.
수도에서 저널리즘을 공부하고 마쳤죠.
그리고 여기 왔고 지금은 아시다시피 '쿠리에로'신문의
기자예요.
여기 벨라몬트 고등학교에서 공부했고, 고등학생 때 '쿠
리에로'와 같이 협력하여 작업했죠."
"언제나 언론인이 되고 싶었나요?" 베셀린이 물었다.
"예. 이미 어렸을 때부터. 이유는 모르겠어요.
제 부모님은 교사예요.
엄마는 지리를 가르치고 아빠는 물리학을 가르쳤어요.

Paĉjo estis direktoro de la lernejo en Verda Valo. Tamen mi ne ŝatis geografion, nek fizikon. Mi ŝatis historion kaj literaturon.

Dum mi lernis en la gimnazio, en Belamonto, mi loĝis en luita loĝejo ĉi tie. Poste, kiam mi studis ĵurnalistikon en Serda, mi same loĝis en luita loĝejo. Evidentiĝis, ke mi ne povas loĝi kun iu alia.

–Vi estas memstara kaj vi preferas la solecon, ĉu ne? – konkludis Veselin.

–Jes. Dum la unua jaro, kiam mi lernis en la gimnazio, mi loĝis kun mia amikino, kiu same estis el Verda Valo, sed poste ni disiĝis. Ni havis diversajn kutimojn. Same okazis en Serda. Mi provis loĝi en studenta loĝejo, sed ne plaĉis al mi tie.

Kiam la gestudentoj amuziĝis, mi legis. Nur kiam mi estas sola, mi bone fartas. Tiam mi povas mediti kaj rezoni trankvile.

–Certe vi tre ŝatas vian laboron?

–Eble tio al vi estas stranga, sed mi laboras eĉ kiam mi ripozas. Jen, ĉe la najbara tablo estas Patrakov, verŝajne vi aŭdis pri li.

–Ne. Mi ne aŭdis pri li – diris Veselin.

–Li estas la plej riĉa persono en Belamonto.

아빠는 '녹색 계곡'마을에 있는 학교의 교장이었죠.
그러나 저는 지리나 물리학을 좋아하지 않았어요.
역사와 문학을 좋아했죠.
벨라몬토 고등학교에서 공부하는 동안 여기 임대 주택에서 살았어요.
나중에 세르다에서 저널리즘을 공부할 때 역시 임대 아파트에 살았죠.
다른 사람과 함께 살 수 없다는 것을 알았어요."
"당신은 독립적이고 고독을 선호하네요. 그렇죠?"
베셀린은 결론지었다.
"예. 제가 고등학교에 다닐 때 첫해에 '녹색 계곡'마을 출신 친구와 함께 살았는데 뒤에 우리는 헤어졌어요.
다양한 습관이 있었죠.
세르다에서도 같은 일이 일어났어요.
학생용 아파트에 살려고 했지만, 그곳이 싫었어요.
학생들이 놀 때 나는 책을 읽었어요. 혼자 있을 때가 좋았죠. 그러면 차분히 명상하고 추론할 수 있죠."
"당신 직업이 정말 마음에 드나요?"
"이상하게 보일지도 모르지만 저는 쉴 때도 일해요.
여기 옆 탁자에는 파트라코브가 있어요.
정말 그 사람에 대해 들었나요?"
"아니요. 나는 그 사람에 대해 들어 본 적이 없어요"하고 베셀린이 말했다.
"그 사람은 벨라몬트에서 가장 부유한 사람이에요.

Li posedas du fabrikojn por mebloj, tamen oni ne scias kia estas lia vera okupo. Oficiale lia ĉefa agado estas la produktado de mebloj, sed tio estas nur preteksto. Mia celo estas ekscii pri kio ĝuste li okupiĝas.

-Kial tio interesas vin? - demandis Veselin.

-Mi estas ĵurnalistino. Tio estas mia laboro. Ni devas scii pli pri la homoj, kiuj estras la urbon kaj niajn impostojn, nian monon. Patrakov estas prezidanto de la urba konsilantaro kaj de li dependas kiel oni uzas la komunuman monon. Vere vi ne voĉdonis pri li, ĉar vi ne estas loĝanto de nia urbo, vi loĝas en Serda, sed vi laboras ĉi tie, en la fabriko "Afrodito".

-Jes, mi laboras ĉi tie kaj mi provizore loĝas ĉi tie, sed la problemoj de la urbo same interesas min.

-La problemoj de la urbo vere devas interesi vin. Laŭ mi Hristakis, la posedanto de la fabriko "Afrodito" same havas suspektindajn negocojn, sed certe li bone pagas vin.

Milena parolis tre emocie kaj ŝajnis al Veselin, ke ŝi pretas solvi ĉiujn problemojn de la urbo.

-Mia salajro estas sufiĉe bona - diris Veselin post eta paŭzo.

-Mi supozis tion, sed vi scias, ke en "Afrodito" laboras kvincent kudristinoj.

두 개의 가구 공장을 갖고 있지만, 직업이 무엇인지는 알려지지 않았죠. 공식적으로 주요 활동은 가구 생산이지만 그것은 구실일 뿐이죠. 제 목표는 그 사람이 정확히 무엇을 하는지 알아내는 거예요."

"왜 그것에 관심이 있나요?" 베셀린이 물었다.

"저는 기자예요. 그게 제 일이죠.

우리는 반드시 도시와 우리 세금과 우리 돈을 관리하는 사람들에 대해 더 많이 알아야 해요. 파트라코브는 시의회 의장이거든요.

그리고 우리 시의 자금이 어떻게 사용되는지, 그 사람에게 달려 있어요. 정말 선생님은 우리 도시의 거주자가 아니므로 투표하지 않았겠죠. 세르다에서 살지만 여기 '아프로디테'공장에서 일하고 있죠."

"응, 여기서 일하고 임시로 여기 살지만 도시 문제도 조금은 관심이 있어요."

"도시의 문제는 정말 흥미로울 거예요.

제가 생각하기에 공장 '아프로디테'의 소유주 흐리스타키스도 마찬가지로 의심스러운 사업을 하지만 확실히 선생님께 급여를 잘 주죠."

밀레나는 매우 감정적으로 말했고 도시의 모든 문제를 해결할 준비가 된 듯 보였다.

"내 월급은 꽤 많아요." 잠시 후 베셀린이 말했다.

"그렇다고 짐작은 했는데, 500명의 재봉사가 '아프로디테'에서 일한다는 걸 잘 아시죠?

Ilia labortago estas naŭ- aŭ dekhora kaj ili ricevas tre malaltajn salajrojn. Multaj el ili eĉ ne havas laborkontrakton kaj tio ne estas laŭleĝa. Ili tute ne estas asekuritaj.

-Ĉu tial vi deziris renkontiĝi kun mi por pridemandi min pri "Afrodito"? -demandis iom ŝerce Veselin.

Ho, - ridetis Milena. - En "Afrodito" vi estas pentristo.

Vi tute ne scias kio okazas en la fabriko. Vi eĉ ne supozas kiaj friponaĵoj estas tie, kiaj neleĝaj financaj operacioj. Tamen se mi devas esti sincera, mi delonge deziris konatiĝi kun vi. Mi ofte vidis vin kun Boris, mia kolego, la fotografo. Mi petis lin, ke li venu kun vi hejmen. Vi scias, ke kiam virino deziras ion - ŝi akiras ĝin. Kiam vi gastis al mi, mi donis al vi miajn telefonnumerojn, sed vi longe ne telefonis al mi. Mi komprenas, vi estas edziĝinta, vi havas filon, vi hezitis telefoni al mi.

-Ja, vi tre bone informiĝis pri mi! - miris Veselin.

-Kial vi surpriziĝas? Mi estas ĵurnalistino. Ĉiu ĵurnalisto devas bone informiĝi kaj ekscii ĉion.

-Ĉu vi certis, ke mi telefonos al vi? - demandis Veselin.

-Mi konfesas ke ne. Tamen mi decidis.

그들의 근무시간은 9시 또는 10시간이며 매우 낮은 임금을 받아요. 그들 중 많은 사람이 고용 계약서도 없어요. 이것은 합법적이지 않아요. 그들은 전혀 보험도 없어요."

"그래서 나랑 만나서 '아프로디테'에 관해 묻고 싶었나요?" 베셀린이 농담으로 물었다.

밀레나가 웃었다. "'아프로디테'에서 선생님은 화가잖아요. 공장에서 무슨 일이 일어나고 있는지 전혀 모르실거예요. 거기에 어떠한 불량분자가 있는지 어떠한 불법 금융 거래가 있는지 전혀 짐작조차 못하시죠. 그러나 솔직히 말해서 오랫동안 선생님을 만나고 싶었어요.

제 동료이자 사진작가인 보리스와 함께 자주 선생님을 보았어요. 제가 보리스에게 '선생님과 함께 집에 와 주세요'하고 부탁했어요. 여자가 뭔가를 원할 때 반드시 그것을 얻는다는 걸 알고 계시겠죠? 선생님이 저의 집에 오셨을때 제 전화번호를 드렸는데 오랫동안 전화를 안 하셨어요. 선생님이 결혼했고, 아들이 있어서, 제게 전화하기를 망설였다고 저는 이해했죠."

"예, 당신은 나에 대해 아주 잘 알고 있네요." 베셀린은 놀랐다.

"왜 놀라세요? 저는 기자예요. 모든 기자는 정보를 잘 알고 모든 것을 알아내야 하거든요."

"내가 전화할 거라고 확신했나요?" 베셀린이 물었다.

"확신하지 않았다고 고백할게요.

그러나 저는 결심했어요.

Se vi ne telefonus al mi, mi telefonos al vi.

-Kaj kio okazis? - alrigardis ŝin Veselin.

-Mi estis prava. Mia interna voĉo diris, ke vi nepre telefonos al mi. Kaj antaŭ du tagoj, antaŭ via ekveturo al Serda, vi telefonis.

-Jes. Tiam mi ege deziris aŭdi vian voĉon. Ne vian internan voĉon, sed vian veran voĉon. Mi ne scias kial, sed via voĉo allogis min.

-Ĉu nur mia voĉo logis vin? - denove ruzete ekridetis Milena.

-Ni trinku pri vi kaj pri viaj voĉoj - interna kaj ekstera - proponis Veselin kaj levis la glason, plenan da blanka vino.

Ili trinkis kaj iom da tempo ili silentis. Post minuto Milena alrigardis lin kaj diris:

-Antaŭ kelkaj tagoj mi starigis al Patrakov kelkajn provokajn demandojn kaj nun li impertinente rigardas min.

-Vi denove laboras. Eĉ ĉi tie, en la restoracio - diris Veselin kaj iom turnis sin.

Patrakov sidis ĉe la najbara tablo. Li surhavis nigran kostumon, blankan ĉemizon kaj ĉerizkoloran kravaton.

선생님이 전화하지 않으면 내가 전화해야지."

"무슨 일로요?" 베셀린은 밀레나를 바라보았다.

"제가 맞았어요. 제 내면의 목소리가 선생님이 전화할 것이라고 말했어요. 그리고 이틀 전, 세르다로 출발하기 전에 선생님이 전화하셨죠."

"응. 그때 정말 당신의 목소리를 듣고 싶었어요. 내면의 목소리가 아니라 당신의 진정한 목소리를. 이유는 모르겠지만 당신의 목소리가 나를 사로잡았어요."

"선생님을 매혹시킨 것은 제 목소리였나요?"

밀레나는 또 놀리듯이 웃었다

"당신과 당신의 목소리를 위해 건배하죠."

베셀린은 제안하고 하얀 포도주로 가득 찬 잔을 들어 올렸다.

그들은 술을 마시고 잠깐 말을 멈추었다.

1분 뒤 밀레나가 베셀린을 보고 말했다.

"며칠 전에 파트라코브에게 할 몇 가지 도발적인 질문을 결정했어요."

지금 베셀린은 밀레나를 어이가 없다는 듯 바라보고 있었다.

"또 일하고 있네요. 여기 식당에서도."라고 베셀린은 말했다. 힐끔 뒤로 돌아보았다.

파트라코브는 이웃 탁자에 앉아 있었다.

검은 정장, 흰색 셔츠, 체리 색 넥타이를 착용하고 있었다.

Lia hararo estis nigra kaj liaj okuloj similis al du metalaj globetoj.

Verŝajne li estis kvardekjara aŭ kvardekdujara. Kontraŭ li sidis junulino, eble dudekjara. Ŝia brila verda robo estis el tre tenera ŝtofo kaj ŝiaj dorso kaj ŝultroj estis nudaj, sed en la restoracio tute ne estis varme. La junulino estis blondharara kun bluaj okuloj kaj ŝminkita vizaĝo.

–Mi nun unuan fojon vidas Patrakovon – diris Veselin.

– Li aspektas inteligenta.

–Vi bone pritaksis lin. Patrakov studis kaj finis ekonomikon. Li bone parolas angle kaj ofte li estas eksterlande.

–Ĉe la najbara tablo estas du junuloj, kiuj atente observas lin – rimarkis Veselin.

–Ili estas liaj gardistoj, kiuj ĉiam akompanas lin – diris Milena. – Mi tamen ne komprenas ĉu tio estas paradeco, snobeco aŭ ĉu Patrakov vere timas ion? Se vi bone vidas, la junuloj trinkas nur mineralan akvon. Patrakov ne permesas al ili trinki alkoholaĵon.

–Certe mi ne fartus bone, se ĉe la najbara tablo sidas viroj, kiuj senĉese atente rigardas min kiel lupoj el arbusto – diris Veselin. – Bone estas, ke neniu gardas kaj rigardas nin.

머리카락은 검고 눈은 두 개의 금속제 작은 공처럼 보였다. 40~42세임에 틀림 없다.

반대편에는 20살 정도의 젊은 여성이 앉아 있다.

여자의 밝은 녹색 드레스는 매우 부드러운 천으로 만들어져 있었으며 식당이 전혀 덥지 않음에도 등과 어깨를 훤히 드러내고 있었다.

그 여자는 파란 눈과 화장한 얼굴에 금발 머리였다.

베셀린은 "지금 처음으로 파트라코브를 봤어요."라고 말했다. "똑똑해 보이네요."

"잘 평가하셨어요.

파트라코브는 대학에서 경제학을 공부하고 마쳤죠.

영어를 잘하고 종종 해외에 나가요."

"옆 탁자에 주의 깊게 살피고 있는 두 명의 젊은이가 있어요." 베셀린이 알아차린 것을 얘기했다.

"그들은 항상 함께하는 수행원이에요."라고 밀레나가 말했다.

"그게 보여주기인지 신사인체하는 건지, 파트라코브는 정말로 무언가를 두려워하는지 저는 알지 못해요. 자세히 보면 젊은이들은 탄산수만 마셔요. 파트라코브는 그들이 술을 마시도록 허락하지 않아요."

"끊임없이 나를 덤불 속의 늑대처럼 바라보는 남자들이 이웃 탁자에 앉아있으면 확실히 괜찮지 않겠죠." 베셀린이 말했다.

"아무도 우리를 보거나 쳐다보지 않는 것이 좋아요."

-Ĉu vi opnias, ke neniu rigardas nin? - demandis Milena. - Al mi ŝajnas, ke ĉiam iuj rigardas min. Iuj scias ĉion, kion mi faras kaj mi ne povas kaŝi min.

-Mi neniam deziris kaŝi min - diris Veselin.

-Vi estas edziĝinta, vi havas filon. Ĉu vi ne maltrankviliĝas, ke via edzino eksciĝos, ke ĉi-vespere vi vespermanĝis kun juna ĵurnalistino? La mondo estas malgranda. Eble ŝi ne eksciĝos tuj, sed post iom da tempo iu flustros al ŝi pri via aventuro.

-Mi ne maltrankviliĝas. Mi povas vespermanĝi kun ĉiu, ĉu kun ĵurnalistino, ĉu kun amiko.

Estis la naŭa horo. La teleroj kaj la glasoj jam estis malplenaj. Veselin vokis la kelnerinon kaj li pagis. Kiam ili eliris el la restoracio pluvis.

-Eble vi jam rimarkis, ke en Belamonto ofte pluvas? - diris Milena.

-Ne estas pli bona vetero ol la pluva vetero - ekridetis Veselin.

-Vi pravas. Kiam pluvas, mi rememoras miajn bonajn kaj belajn travivaĵojn. Vendredon vespere pluvis. Mi pensis pri vi kaj vi telefonis al mi. Milena ĉirkaŭprenis Veselinon kaj kisis lin.

"아무도 우리를 보고 있지 않다고 생각하세요?" 밀레나가 물었다.

"항상 누군가가 나를 보는 것 같아요. 어떤 사람들은 내가 하는 모든 것을 알고 있어요. 나를 숨길 수 없어요."

"나는 결코 숨기고 싶지 않아요." 베셀린이 말했다.

"선생님은 결혼했고 아들이 있어요. 아내분이 오늘 밤 젊은 기자와 저녁을 먹었다는 것을 알게 될까 봐 걱정되지 않나요? 세상은 좁아요.

당장 알아내지 못할지도 모르지만 잠시 후 누군가 선생님의 모험에 대해 아내분에게 속삭일 거예요."

"난 걱정 안 해요. 나는 모든 기자나 친구와 함께 저녁을 먹을 수 있어요."

9시였다. 접시와 유리잔이 비었다.

베셀린은 여종업원을 불러 돈을 치렀다.

그들이 식당에서 나올 때 비가 내렸다.

"아마 선생님은 벨라몬트에 비가 자주 오는 것을 알아채셨겠죠?"

밀레나가 말했다.

"우천보다 더 좋은 날씨는 없어요." 베셀린이 웃었다.

"맞아요. 비가 오면 좋은 추억이 떠올라요.

금요일 저녁에 비가 내렸죠. 저는 선생님을 생각했어요.

그리고 제게 전화하셨죠." 밀레나는 베셀린의 어깨에 팔을 두른 채 키스했다.

6.

Estis tagmezo. La tagmanĝa paŭzo en la fabriko.
Veselin iris en la bufedon kaj aĉetis sandviĉon por
tagmanĝi.

Lia poŝtelefono eksonoris.

-Saluton - diris Milena. - Mi deziras vidi vin. Mi estas
trista, se unu tagon mi ne vidas vin. De mateno ĝis
vespero mi intervjuas, verkas artikolojn. En mia kapo
svarmas vortoj. Eble pasintvespere en la restoracio mi
tre multe parolis. Tio estas profesia kutimo. Venu
ĉi-vespere al mi. Mi kuiros bongustan vespermanĝon.

-Dankon pro la invito - diris Veselin.

Je la sepa horo vespere Milena jam atendis lin. Ŝi
surhavis oranĝkoloran robon. Kiam ŝi aŭdis la sonoron
de la sonorilo, ŝi tuj rapide iris al la pordo kaj
malfermis ĝin. Veselin staris antaŭ ŝi kun granda
florbukedo kaj botelo da ruĝa vino.

-Bonvolu - diris Milena.

-Bonan vesperon.

Veselin demetis sian jakon kaj kroĉis ĝin al la
vesthokaro.

-Ekstere denove pluvas - diris li. - En Belamonto la
pluvo senĉese persekutas min.

6장

정오였다. 공장의 점심시간이다.
베셸린은 간이 식당에 가서 점심으로 샌드위치를 샀다.
휴대전화기가 울렸다.
"안녕하세요." 밀레나가 말했다.
"보고 싶어요. 저는 하루라도 선생님을 보지 못하면 슬퍼져요.
아침부터 저녁까지 인터뷰하고, 기사를 썼어요.
내 머릿속에 말이 모이네요.
아마도 어젯밤 식당에서 얘기를 너무 많이 했어요.
그건 직업적인 습관이죠. 오늘 밤 제게 오세요.
맛있게 저녁을 요리 할 거예요."
"초대해 주어 감사해요." 베셸린이 말했다.
저녁 7시에 밀레나는 이미 기다리고 있었다.
밀레나는 주황색 드레스를 입었다.
초인종 소리를 듣자 즉시 문으로 달려가 문을 열었다.
베셸린은 큰 꽃다발과 적포도주 한 병을 들고 밀레나 앞에 섰다.
"어서 오세요." 밀레나가 말했다.
"안녕하세요."
베셸린은 겉옷을 벗고 그것을 옷걸이에 걸었다.
"비가 또 내리고 있어요." 베셸린이 말했다.
"벨라몬트에서는 비가 계속해서 나를 괴롭게 하네요."

-Gravas, ke en mia domo ne pluvas – ekridetis Milena. – Mi proponas, ke ni vespermanĝu en la kuirejo. Tie estas pli oportune al mi, ĉar mi ne devas porti la telerojn en la manĝoĉambron.

-Vi estas la dommastrino kaj kion vi diras, tio okazos. Ĉie mi bone fartas kaj ĉie mi povas bone manĝi.

-Atentu. Ĉiam vi diru la veron. Mi tuj komprenus, kiam vi mensogus al mi.

-Nun mi ne mensogis. Mi ĉie fartas bone – ripetis Veselin.

-Jes. Vi ne povas mensogi – diris Milena kaj ŝi tenere kisis lin. – Vi similas al granda senkulpa knabo.

-Ĉu mi ankoraŭ ne plenkreskis? – demandis ŝerce Veselin.

-Pli bone restu knabo. Mi ekamis viajn knabajn bluajn okulojn. Via rigardo estas kiel la rigardo de infano, kiu miras kaj admiras. Mi rimarkis tion, kiam vi gastis al mi kun Boris.

Tiam vi rigardis min admire kaj mi tre malfacile retenis mian ridon. Diru per kio mi impresis vin?

-Per kio? Nun mi ne memoras.

"중요한 건 우리 집에 비가 내리지 않는다는 거예요."
밀레나가 미소를 지었다.

"부엌에서 저녁을 먹어요. 그게 편하거든요. 왜냐하면, 접시를 방으로 가지고 다닐 필요가 없기 때문이죠."

"당신이 주인이니 좋을 대로 해요. 나는 어디서든 잘 지내고, 어디서든 잘 먹을 수 있어요."

"조심하세요. 항상 진실을 말하세요. 선생님의 말이 진실인지 저는 바로 알아차리는 걸요."

"거짓말 안 했어요. 나는 어디든 괜찮아요." 베셀린은 되풀이했다.

"예. 맞아요. 늘 진실을 말하시죠." 밀레나가 말하고 부드럽게 키스했다.

"선생님은 순진한 어린아이처럼 보여요."

"아직 다 자라지 않았나요?" 장난치듯 베셀린이 물었다.

"어린아이로 남는 것이 더 좋아요. 저는 선생님의 어린아이 같은 눈을 사랑하게 되었어요.

선생님의 시선은 놀라워하며 흥미롭게 신기한 물건을 보는 어린아이 같아요. 보리스와 함께 제게 손님으로 왔을 때 알아차렸어요.

그때 선생님은 저를 감탄스럽게 바라보았고 저는 웃음을 참기 매우 힘들었어요.

제가 감동을 준 것이 무엇인가요?"

"무엇이오? 무슨 말인지 모르겠군요."

-Ne provu ruzeti! Mi diris. Mi komprenas tuj, kiam iu mensogas. Nun vi provas eskapi, sed malsukcese.

-Mi konfesas. Mi ne povas eskapi kaj mi ne deziras eskapi. Impresis min via impeto. Vi estas energia, facilmova kvazaŭ vi havus flugilojn. Vi parolis emocie, verve. Ĝis tiam mi ne vidis junulinon kiel vin. Viaj kolombkoloraj okuloj kun molaj briloj same impresis min. Mi eĉ konfesos, ke tiam nokte mi sonĝis vin kaj viajn okulojn.

-Vi estas pentristo kaj la koloroj impresas vin. Ĉu io alia impresis vin? – ekridetis Milena.

-Tiam vi surhavis ĝinzon kaj blankan bluzon, sed poste ĉiam vi surhavas robon.

-Ĉar mi deziris esti serioza virino kaj ne bubino.

-Vi estas serioza virino – diris Veselin – sendepende ĉu vi surhavas ĝinzon aŭ robon.

Veselin ĉirkaŭbrakis, levis ŝin kaj portis ŝin en la dormoĉambron.

-Mi opiniis, ke ni unue vespermanĝos – flustris Milena.

-La vespermanĝo ne forkuros.

Veselin metis Milenan sur la liton. Ŝi pli forte ĉirkaŭbrakis lin.

"속임수를 쓰지 마세요! 제가 말했죠. 누군가가 거짓말을 하면 저는 곧 알아차려요.
이제 빠져 나가려해도 소용없어요."
"고백할게요. 난 빠져나간다는 걸 포기하기로 하죠. 나는 당신의 자극에 감동했어요. 당신은 날개가 있는 것처럼 활기차고 재빠르고, 감정적으로 생기넘치게 말했어요. 그 때까지 나는 당신 같은 여자를 본 적이 없어요.
부드러운 빛을 가진 당신의 비둘기색 눈동자가 나를 감동하게 했어요. 고백할게요. 그날 밤에도 나는 당신과 당신의 눈을 꿈꿨어요."
"선생님은 화가시니까 색상에 대해 민감하시군요.
또 다른 무언가가 감동하게 했나요?" 밀레나가 웃었다.
"그때 청바지와 흰 블라우스를 입었는데 나중에 당신은 항상 드레스를 입었어요."
"나는 장난꾸러기 여자가 아닌 진지한 여자가 되고 싶었기 때문이죠."
베셀린이 말했다. "당신은 진지한 여성이에요. 청바지나 드레스를 입는 것과 상관없이."
베셀린은 밀레나를 안고 들어 올려 침실로 데려갔다.
"저는 먼저 저녁을 먹어야 한다고 생각했어요." 밀레나가 속삭였다.
"저녁은 아무 때나 먹을 수 있어요."
베셀린은 밀레나를 침대에 눕혔다.
밀레나가 더 세게 베셀린을 안았다.

Li ekflaris ŝian parfumon, kiu odoris je hiacintoj. Li kisis ŝin. Ŝiaj lipoj varmis, ŝiaj mamoj tremis kaj ŝi profunde spiris.

Ŝia mola hararo karesis lian frunton.

-Longe mi atendis vian aperon – flustris Milena.

Ŝi fermis la okulojn. Ŝia korpo fleksiĝis kiel juna poplo, kies branĉoj kvazaŭ ĝemus pro forta vento. Iliaj korpoj ardis kaj ili soife kisis unu la alian.

베셀린은 밀레나의 히아신스 향수 냄새를 맡았다.
키스했다. 입술은 따뜻했고 가슴은 떨렸다.
밀레나는 심호흡을 했다.
부드러운 머리카락이 베셀린의 이마를 어루만졌다.
"나는 선생님이 나타나기를 오랫동안 기다려 왔어요."
밀레나가 속삭였다.
눈을 감았다. 나뭇가지가 강한 바람에 한숨을 쉬는 듯한
어린 포플러처럼 몸을 굽혔다.
그들의 몸은 불타고 있었다
그리고 그들은 서로 갈망하듯 키스를 했다.

7.

En la ĉambro de Veselin estis agrable varme. Nun, posttagmeze, la lastaj sunradioj de la subiranta suno karesis la fenestran vitron. La sunbriloj lumigis la pentraĵon, kiu estis sur la pentrostablo.

–Estas nova pejzaĝo, ĉu ne? – diris Milena.

–Jes. Nun mi pli ofte pentras – alrigardis ŝin Veselin. – De kiam mi konas vin, mi havas pli fortan emon pentri. Post la fino de la labortago mi revenas hejmen kaj mi pentras. Hieraŭ mi estis en la malnova urba kvartalo kaj tie mi komencis pentri tiun ĉi malnovan domon. Nun mi finpentras ĝin. Vi certe perceptas ĝian atmosferon. Mi pentras kaj mi sentas elanon. Vi estas ĵurnalistino. Vi laboras per la vortoj kaj vi povus pli bone vortesprimi tiun ĉi mian senton. Kiam mi komencas pentri, mi kvazaŭ aŭdis miraklan melodion. Mi deziras diri al vi, ke kiam mi unuan fojon telefonis al vi, mi kvazaŭ aŭdus tian melodion.

Tiam min subite obsedis la deziro ekveturi. Mi ekveturis, sed kvazaŭ mi pli kaj pli proksimiĝis al vi. Ŝajnis al mi, ke tiam en la pluva vespero ni veturis ambaŭ, vi kaj mi.

7장

베셀린의 방은 기분 좋게 따뜻했다.
늦은 오후 석양의 마지막 광선이 창 유리를 어루만진다.
햇살이 이젤 위에 있던 그림을 비쳤다
"새로운 풍경이네요. 그렇지요?" 밀레나가 말했다.
"응. 이제 더 자주 그려요." 베셀린은 밀레나를 보았다.
"당신을 만난 이후로 그림을 더 많이 그리게 되었어요.
근무가 끝난 뒤 집에 와서 그림을 그려요.
어제 나는 구 시가지에 가 그곳에서 이 오래된 집을 그리기 시작했어요.
이제 끝내야죠. 당신은 확실히 분위기를 아네요.
나는 그림을 그리면서 생의 약동을 느껴요.
당신은 기자지요. 당신은 말로 일하니 느낌을 말로 더 잘 표현할 수 있어요.
그림을 그리기 시작하면 기적과 같은 음악소리를 듣는 것 같아요.
나는 당신에게 말하고 싶어요.
처음으로 전화를 했을 때 그런 멜로디를 들은 듯했죠.
그러다 갑자기 떠나고 싶은 충동에 사로잡혔어요.
출발했지만 당신에게 점점 가까워지는 듯했어요.
비 오는 저녁에 우리는 당신과 나 둘 다 출발한 것처럼 보였죠."

–Jes. Kiam vi telefonis, mi diris al vi "mi atendos vin" .

Poste mi riproĉis min pro tiuj ĉi vortoj. Mi demandis min: kion vi opinius pri mi. En la restoracio mi diris al vi, ke mi estas soleca. Mi preferas la solecon, sed mi ne povas precize diri kial vi allogis min. Ne ĉiam ni povas klarigi kial iu homo allogas nin kaj alia – ne. Mi provis respondi al tiu ĉi demando. Eble via belaspekto. Vi estas alta, forta kaj samtempe en viaj bluaj okuloj, bluaj kiel montaraj lagoj, estas io kiel en la okuloj de infanoj. Viaj okuloj estas klaraj, sinceraj. Eble kiam mi unuan fojon vidis vin, viaj okuloj allogis min, via sincera infana rigardo. Poste mi vidis viajn pentraĵojn kaj mi ekŝatis ilin. En ili mi vidis la saman sincerecon, kiun eligas viaj okuloj. Mi konstatis, ke vi rigardas la mondon per la okuloj de infano. Vi vidas la mondon bela kaj hela. Tiel ni vidis la mondon, kiam ni estis infanoj. Bedaŭrinde ni, la aliaj plenkreskuloj, jam ne vidas nur la belecon de la mondo, sed same ĝian malbelon. Ni perdis nian infanan sincerecon, sed vi – ne. Vi estas granda infano. Ni plenkreskis kaj ni iĝis pli malriĉaj spirite, sed vi havas riĉan, bonan animon. Tial mi ekamis vin. Mi deziras esti kun vi.

"예. 선생님이 전화했을 때 '기다릴게요'라고 말했어요. 그런 다음 저는 이 말에 대해 제 자신을 꾸짖었어요. 저는 선생님이 저에 대해 어떻게 생각할지 궁금했어요. 식당에서 저는 외롭다고 말했죠.

저는 고독을 선호하지만, 선생님은 저를 끌어당겼어요. 그 이유는 정확히 말할 수 없어요.

누군가가 우리에게 왜 매력적인지, 다른 사람은 왜 그렇지 않은지 항상 설명할 수는 없어요.

이 질문에 답하려고 했지요. 아마도 선생님의 아름다운 모습. 키가 크고 힘세며 동시에 눈은 산 호수처럼 푸르고 어린이의 눈처럼 무언가가 있어요.

선생님의 눈은 깨끗하고 정직해요. 아마도 제가 처음 보았을 때 순수한 어린 아이의 눈빛이 저를 끌어당겼다고 믿어요. 그런 다음 선생님의 그림을 보고 그것들을 좋아하기 시작했어요. 그것들에서 선생님의 눈이 내뿜는 것과 똑같은 진실성을 보았죠. 아이의 눈으로 세상을 바라본다는 것을 깨달았어요. 세상을 아름답고 밝게 봐요. 우리가 아이였을 때 그렇게 세상을 보았죠. 불행히도 다른 성인들은 이제는 세상의 아름다움뿐만 아니라 추함도 보지 못해요. 우리는 우리의 어린애 같은 진실함을 잃었지만, 선생님은 아니에요. 선생님은 큰 아이예요.

크면서 우리는 영적으로 더 가난해졌지만, 선생님은 부유한 좋은 영혼을 가졌어요. 그래서 제가 선생님과 사랑에 빠졌죠. 함께 있고 싶어요.

Mi deziras, ke ni estu amikoj. Mi bezonas vian sincerecon. Mi bezonas vian varmon kaj homecon.

–Vi estas fraŭlino, junulino. Mi estas dek jarojn pli aĝa ol vi. Mi estas edziĝinta. Ĉu tio ne ĝenas vin? – demandis Veselin.

–Bedaŭrinde tre malfrue mi renkontis vin, sed mi dankas al la sorto, ke mi tamen renkontis vin. Mi scias, ke la tempo, kiam ni estos kune, estos neforgesebla. Nia amikeco estos kiel mallonga rakonto, enhavanta emocion kaj amon. La mallongaj rakontoj estas kiel fulmoj. Ili ekbrilas por momento sur la firmamento kaj lumigas niajn animojn. Ilia lumo helpas nin pli bone vidi nin mem. La familia vivo similas al romano, longa kun multaj epizodoj kaj streĉitaj momentoj. Al mi pli plaĉas la mallongaj rakontoj. Oni tralegas ilin. Ili skuas nin.

Longe ni memoras ilin kaj meditas pri ilia enhavo.

–Plaĉas al mi, ke vi komparas la amon al la mallongaj rakontoj – diris Veselin.

–Viaj pejzaĝoj same similas al mallongaj rakontoj. Mi rigardas tiun ĉi vian pentraĵon kaj mi konstatis, ke plurfoje mi estis en la malnova urba kvartalo, sed nun kvazaŭ la unuan fojon mi vidas tiun ĉi malnovan domon, kiun vi pentris.

우리가 친구가 되기를 원해요. 저는 선생님의 진실이 필요해요. 따뜻함과 인간성이 필요해요."

"당신은 젊은 여자이고, 아가씨예요. 나는 당신보다 10살이나 더 많아요. 또한 결혼도 했어요. 그것이 당신을 괴롭히지 않나요?" 베셀린이 물었다.

"안타깝게도 아주 늦게 만났는데, 어쨌든 만나서 다행이에요.

저는 우리가 함께하는 시간을 잊을 수 없을 거예요.

우리의 우정은 감정과 사랑을 담은 단편 소설과 같아요.

짧은 이야기는 번개와 같이 잠깐 하늘에서 깜박일 것이고 우리 영혼을 비추겠죠.

그 빛은 우리 자신을 더 잘 볼 수 있도록 도움을 주거든요.

가족생활은 많은 에피소드와 긴장된 순간으로 긴 소설과 같아요.

저는 단편 소설을 더 좋아해요. 그것들을 읽어요.

그것들은 우리를 흔들어요.

오랫동안 우리는 그것을 기억하고 그 내용을 묵상해요."

"당신이 사랑을 짧은 이야기에 비교하는 것이 좋네요." 베셀린이 말했다.

"선생님의 풍경은 단편 소설과 같아요.

저는 선생님이 그린 이 그림을 보고 그동안 여러 번 구시가지에 갔었지만, 지금은 처음 이 오래된 집을 보는 것처럼 느껴져요.

Nun mi vidas la malnovan kvartalon, la malnovajn domojn tra viaj okuloj. Jen tiu ĉi arbo, tiu ĉi domo, tiu ĉi fenestro. Ili estas tie eble de jarcento, sed ĝis nun mi ne vidis ilin tiel bone. Mi kvazaŭ ne rimarkis ilin. Kio igis vin pentri ĝuste tiun ĉi malnovan domon? Ja, preskaŭ ĉiuj domoj tie similas unu al alia.

–Mi ne scias. Nun mi rigardas la pejzaĝon kaj ŝajnas al mi, ke en tiu ĉi domo estas io mistera, io enigma. Ĉu nun loĝas iu en ĝi aŭ ne? Se iu loĝas en ĝi, certe li aŭ ŝi estas tre maljunaj. Kiam mi pentris la domon, mi pensis pri la homoj, kiuj iam loĝis en ĝi. Nekredeble multaj homoj loĝis tie. Dum la jaroj tie naskiĝis kaj mortis homoj. Ĉu eble ili lasis iom da spirito en tiu ĉi domo? Kaj jen la domo ankoraŭ estas. La malnovaj domoj gardas la spiriton de la homoj, kiuj loĝis en ili.

–Certe.

–Mi deziras, ke la spirito estu en miaj pentraĵoj. En ĉiu pentraĵo devas esti spirito. Se ne estas – la pentraĵo mortas.

–En ĉio estas spirito – diris Milena – en la domoj, en la arboj, en la fenestroj. Mi jam bone konas viajn pentraĵojn, sed tre malmulte mi scias pri vi, pri via vivo.

저는 구시가지 오래된 집을 선생님의 눈으로 봐요.
여기 이 나무, 이 집, 이 창문이 있어요. 그들은 거기에
100년 전에도 있었겠지만, 여태까지 그렇게 잘 보지 못
했죠. 그것들을 알아차리지 못한 것 같아요.
무엇이 이 오래된 집을 그리게 했나요?
실제로 거의 모든 집이 서로 닮았죠."
"모르겠어요. 지금 나는 이 풍경화를 보고 이 집에 뭔가
신비롭고 수수께끼의 무언가가 있는 것으로 보여요.
그 안에 누군가 살고 있을까 아닐까?
누군가가 그 안에 살고 있다면 분명히 그 사람은 매우
늙었겠지요.
집을 그릴 때 한때 살았던 사람들을 생각해요.
엄청나게 많은 사람이 그곳에 살았죠.
수십 년 동안 사람들이 그곳에서 태어나고 죽었죠.
혹시 그들은 이 집에 어떤 정신을 남겼을까?
또한 여기에 여전히 집은 남아 있어요. 오래된 집은 그
안에 살았던 사람들의 정신을 지키고 있어요."
"맞아요."
"내 그림에 그 정신이 있기를 바랄 뿐이죠.
모든 그림은 정신이 있어야 해요. 그렇지 않으면 죽은
그림이죠."
"모든 것에는 영이 있어요." 밀레나가 말했다. "집 안에,
나무에, 창문에. 지금 선생님의 그림을 잘 알고 있지만,
선생님에 대해, 특히 삶에 대해 거의 알지 못해요."

-Kion mi diru pri mi – ekridetis Veselin

– Mia vivo estas tre ordinara. Mi naskiĝis en vilaĝo, proksime al Serda. Miaj gepatroj estas vilaĝanoj. Mia patro bredis bovinojn kaj mia patrino zorgis pri la domo. Mi lernis en la baza lernejo en la vilaĝo. Foje nia instruistino diris al ni pentri poton. Ŝi metis argilan poton sur la tablon antaŭ ni kaj ŝi komencis pentri la poton sur la nigran tabulon. Bedaŭrinde ŝi ne povis pentri.

Kiam ŝi finis sian pentraĵon, mi nevole voĉe diris: "Ĉu tiel aspektas poto?" La instruistino estis juna, tre bela kaj ŝi ofendiĝis. Ŝi diris, ke mi iru al la nigra tabulo kaj mi pentru la poton. Mi iris kaj mi pentris ĝin sur la nigran tabulon. La instruistino rigardis mian pentraĵon kaj ŝi ne kredis, ke mi pentris ĝin. Kiam mi estis en la sesa klaso, la instruisto pri pentrado estis viro. Li vidis, ke mi bone pentras kaj li venis en nian domon. La instruisto diris al mia patro, ke mi havas talenton kaj mi devas lerni en la gimnazio pri la pentroarto.

Mia patro ne tre konsentis, ĉar laŭ li la pentristoj ne salajras bone, sed la instruisto sukcesis konvinki lin kaj mi komencis lerni en la gimnazio pri la pentroarto.

"나에 대해 뭐라고 말할까?" 베셀린이 조그맣게 웃었다.
"내 삶은 매우 평범해요. 나는 세르다 근처의 마을에서 태어났어요. 우리 부모님은 시골 사람들이죠.
아버지는 소를 기르고 엄마는 집을 돌보셨어요.
나는 마을 초등학교에서 공부했죠.
때때로 여자 선생님은 우리에게 항아리를 그리라고 하셨어요. 선생님은 우리 앞에 있는 탁자 위에 항아리를 놓았고 선생님도 칠판에 항아리를 그리기 시작했어요.
불행히도 선생님은 그림을 잘 못 그렸어요.
그림을 완성했을 때 나는 무의식적으로 큰 소리로 말했어요. '항아리를 닮았나요?' 선생님은 젊고 아주 예뻤지만, 기분이 상했죠.
선생님은 내게 나와서 칠판에 항아리를 그리라고 말하셨어요. 나는 가서 칠판에 그것을 그렸죠.
선생님이 제 그림을 보시고는 믿을 수 없다는 표정을 지으셨죠.
제가 6학년이었을 때 미술 선생님은 남자였어요.
선생님은 내가 그림을 잘 그리는 것을 보고 우리 집에 오셨죠.
선생님은 아버지에게 내가 재능을 가지고 있으니 고등학교에 가서 그림을 배워야 한다고 말했어요.
아버지는 화가가 돈을 벌지 못하기 때문에 전혀 동의하지 않았죠. 하지만 선생님이 고등학교에서 그림을 배우도록 아버지를 설득하는 데 성공했어요.

Kiam mi finis la gimnazion, mi ekstudis en Belarta Akademio.

–Kiel vi konatiĝis kun via edzino? – demandis Milena.

–Mi estis malsana kaj mi estis en malsanulejo. Tie, Neda, mia edzino, estis juna kuracistino. Ŝi multe zorgis pri mia resaniĝo. Kiam mi resaniĝis, mi iris en la malsanulejon por danki ŝin. Mi invitis ŝin al vespermanĝo. Ŝi akceptis mian inviton kaj poste ni komencis ofte renkontiĝi.

–Kial vi venis labori en Belamonto?

–Tion mi same ŝuldas al Neda. En Serda mi estis instruisto pri pentroarto, sed mia salajro ne estis alta. Foje Neda legis en interreto, ke la firmao "Afrodito" dungos pentriston.

Mi kaj Neda iris al Hristakis. Al li plaĉis miaj pentraĵoj kaj li dungis min. Li diris, ke mia salajro en Belamonto estos alta. Mi konsentis, malgraŭ ke Belamonto estas je tricent kilometroj de Serda.

Veselin iom silentis kaj poste li ekparolis:

–Hodiaŭ mi tralegis vian artikolon en ĵurnalo "Kuriero" . Ĝia titolo estas: "Kie estas la mono?" .
Vi skribas, ke en Belamonto antaŭ ses monatoj estis granda inundo. La ŝtato donis multe da mono por kompensi la domaĝojn, sed la mono malaperis.

고등학교를 마치고 미술 아카데미에서 공부했죠."

"아내는 어떻게 만났나요?" 밀레나가 물었다.

"나는 아파서 병원에 입원했어요.
그곳에서 아내 네다는 젊은 의사였죠.
내 건강회복에 많은 관심을 가졌어요.
다 낫자 나는 감사하러 병원에 갔죠.
나는 네다를 저녁에 초대했어요. 네다는 내 초대를 받아
들였죠. 그 뒤 자주 만나기 시작했어요."

"왜 벨라몬트에 일하러 오셨나요?"

"아내 덕분이죠.
나는 세르다에서 그림 선생이었는데 월급이 많지 않았어
요. 한번은 네다가 인터넷에서 '아프로디테'라는 회사가
화가를 고용한다는 광고를 봤어요.
네다와 나는 그 회사 사장인 흐리스타키스에게 갔지요.
흐리스타키스는 내 그림을 좋아해서 나를 고용했어요.
벨라몬트에서 월급을 많이 줄거라고 말했어요.
나는 벨라몬트가 세르다에서 300km 떨어져 있음에도
동의했죠."

베셀린은 잠시 침묵하고 나서 말하기 시작했다.

"오늘자 신문 '쿠리에로'에서 당신의 기사를 읽었어요.
제목은 '돈은 어디에 있습니까?'였죠.
당신은 6개월 전 벨라몬트에 큰 홍수가 있었다고 썼어
요. 나라에서 피해를 보상하기 위해 많은 돈을 줬지만,
돈은 사라졌어요.

Vi supozas, ke iu ŝtelis ĝin. Vi mencias ankaŭ aliajn krimagojn kaj vi aludas pri kelkaj konataj personoj. Tio estas seriozaj akuzoj. Ĉu vi havas pruvojn?

-Se mi ne havus, mi ne estus aperiginta la artikolon. Mi verkis pri la inundo, sed mi scias kaj mi havas pruvojn pri pli grandaj krimoj. Baldaŭ mi verkos artikolojn pri ili.

-Ĉu vi ne timas?

-Se mi timus, mi ne estus ĵurnalistino – diris firme Milena.

-Vi estas tenera, fragila. Vi entreprenas danĝeran agadon.

-Kiam ni estis en restoracio "Olimpo" mi menciis al vi pri mia interna voĉo. Ĝi neniam trompas min. Kiam mia interna voĉo diras ion al mi, mi devas plenumi tion. Se mi ne plenumas ĝin, mia interna voĉo ne lasas min trankvila. Mi verkos kaj mi aperigos ĉion, kion mi eksciis pri la krimagoj de kelkaj elstaraj personoj. Se mi ne aperigus ĝin, mi ne estus trankvila! Milena turnis sin kaj denove rigardis la pentraĵon.

Antaŭ ŝi sur la tablo estis glaso da vino. Milena trinkis du glutojn. Veselin ĉirkaŭbrakis ŝin.

-Vi estas vera batalanto – diris li. – Vi estas mia kara soldato!

당신은 누군가가 훔쳤다고 생각하며, 다른 범죄행위도 언급하더군요. 당신은 몇몇 유명한 사람들을 언급했어요. 그건 심각한 고발인데, 증거가 있나요?"

"그렇지 않았다면 기사를 내지 않았을 거예요.
저는 홍수에 관해 썼지만 큰 범죄에 대해 알고 더 많은 증거가 있어요. 곧 그들에 관한 기사를 쓸 거예요."

"두렵지 않나요?"

"두려웠다면 언론인이 안되었겠죠." 밀레나는 단호하게 말했다

"당신은 가냘프고 연약해요. 당신에게 너무 위험한 일을 하고 있어요."

"'올림푸스'식당에 있을 때 제 내면의 목소리에 대해 언급했죠. 그것은 결코 저를 속이지 않아요.
내면의 목소리가 제게 뭔가를 말하면 그것을 해야 해요.
제가 하지 않으면 내면의 목소리가 가만히 내버려 두지 않거든요.
저는 글을 쓰고 몇몇 저명한 사람들의 범죄에 대해 알고 있는 모든 것을 기사로 낼 거예요.
제가 그것을 내지 않으면 마음이 편치 않아요."

밀레나는 돌아서서 그림을 다시 보았다.

밀레나 앞에는 포도주 한 잔이 놓여 있다. 밀레나는 두 모금을 마셨다. 베셀린은 밀레나를 소중하게 끌어안았다.

"당신은 진정한 전사군요." 베셀린은 말했다.

"당신은 나의 사랑하는 군인이요."

–Jes – diris Milena. – Mi ŝatas batali kaj mi estos batalanto. Jam de la infaneco mi estis batalanto. Mi ne diris al vi, sed tio nun ne gravas. Mi estis edziniĝinta. Tutan jaron mi estis edzino. Mi edziniĝis kiam mi finis la universitaton. Mia edzo estis inĝeniero, sed okazis, ke ni ne povis vivi kune. Li deziris, ke mi estu dommastrino. Mi zorgu pri la domo, mi kuiru, purigu la domon. Mi eksedziniĝis. De tempo al tempo hazarde sur la stratoj mi vidas lin.

La suno delonge malaperis. Estiĝis mallumo en la ĉambro. La malvarma novembra vento frapetis sur la fenestran vitron.

–Restu ĉi tie ĉi nokton – diris Veselin.

–Mi ne alportis mian dentbroson – ekridetis Milena.

–Mi havas tute novan dentbroson. Mi donos ĝin al vi.

–Vi estas tre ruza. Denove vi sukcesis konvinki min tranokti en via loĝejo.

Post la noktomezo Veselin vekiĝis. Milena dormis ĉe li kiel eta knabino. Eble ŝi sonĝis ion belan, ĉar sonĝe ŝi ridetis.

Veselin scivolis scii kion ŝi sonĝas. Harartufo estis sur ŝia glata frunto. Veselin deziris kisi ŝin, sed li timis, ke li vekos ŝin. Nur mane li karesis la dormkovrilon, kiu kovris ŝin.

"맞아요." 밀레나가 말했다.

"저는 싸우는 것을 좋아해서 아마 전투사가 될 거예요. 어렸을 때부터 전사(戰士)였거든요.

전에 말하지 않았지만, 지금은 중요하지 않아요.

저는 한번 결혼했어요. 일 년 내내 주부로 지냈죠. 대학을 마치고 결혼했어요. 남편은 엔지니어였는데 함께 살 수 없는 일이 생겼어요. 남편은 제가 주부로 있기를 원했죠. 저보고 집을 돌보고 요리하고 청소하라고 했지요. 그래서 이혼했어요. 때때로 우연히 거리에서 그 사람을 만나기도 해요."

해는 사라진 지 오래되었다. 방에 어둠이 깃들었다.

찬 11월 바람이 창 유리를 두드렸다.

"오늘 밤 여기서 자요." 베셀린이 말했다.

"저는 제 칫솔을 가져오지 않았어요." 밀레나가 웃었다.

"새 칫솔이 있는데 내가 줄게요."

"선생님은 매우 치밀하군요. 다시 한번 제가 아파트에서 밤을 지내도록 설득에 성공하셨네요."

자정 이후 베셀린이 깨어났다.

밀레나는 어린 여자아이처럼 쌔근거리며 자고 있었다. 자면서 웃고 있는 것을 보니 아마도 아름다운 것을 꿈꾸고 있을 것이다. 베셀린은 밀레나가 꿈꾸는 것이 무엇인지 궁금했다. 한 뭉치의 머리카락이 부드러운 이마 위에 올려져 있다. 베셀린은 키스하고 싶었지만 깨울까 봐 두려웠다. 손으로 덮고 있는 담요를 어루만졌다.

8.

Veselin trapasis la senhoman hospitalan koridoron kaj
eniris en la ĉambron, numeron ok. Milena kuŝis sur la
lito ĉe la fenestro. Kiam ŝi vidis lin, ŝi ekridetis.
Veselin proksimiĝis al ŝi kaj ekstaris ĉe la lito.

-Saluton – diris li. – Kiel vi fartas?

-Jam pli bone – respondis Milena. – La doktoro diris,
ke post kelkaj tagoj mi iros hejmen.

-Evidente via malsano estis tre serioza.

-Pneŭmonito. Bone, ke ĝustatempe oni komencis
kuraci min. Mi malsaniĝis, kiam mi oficvojaĝis al la
urbo Siniger. Tiam estis tre malvarme.

-Mi portas al vi fruktosukon kaj oranĝojn – diris
Veselin kaj donis al Milena la saketon.

-Dankon. Mi ankoraŭ ne havas apetiton.

Milena rigardis al la fenestro. Ekstere ĉe la fenestro
estis tilio. Neĝo kovris ĝiajn branĉojn.

-Kia bela vintro! – flustris Milena. – Ĉu vi ŝatas pentri
la vintron?

-Mi havas kelkajn vintrajn pejzaĝojn el Serda.

-Tamen el Belamonto vi ankoraŭ ne havas.

-Ankoraŭ ne.

8장

베셀린은 텅 빈 병원 복도를 통과해 8번 병실로 들어갔다. 밀레나는 창문 옆 침대에 누워 있었다.
밀레나는 베셀린을 보자 빙긋 웃음을 지었다.
베셀린이 가까이 다가가 침대 옆에 섰다.
"안녕." 베셀린이 말했다. "어때요?"
"아주 좋아요." 밀레나가 대답했다.
"며칠 뒤에는 집에 갈 거라고 의사가 말했어요."
"분명히 당신의 병은 매우 심각해요."
"폐렴인데 제시간에 치유를 시작한 것이 좋아요.
저는 시니게르 마을에 출장을 갔을 때 아팠어요.
그때는 매우 추웠지요."
"과일 주스와 오렌지를 가져다 줄게요." 베셀린이 말하고 밀레나에게 작은 가방을 주었다.
"감사해요. 저는 여전히 식욕이 없어요."
밀레나는 창밖을 내다보았다.
창문 밖에는 린든 나무가 있다.
눈이 가지를 덮었다.
"얼마나 아름다운 겨울인가!" 밀레나가 속삭였다.
"겨울 그림 그리기를 좋아하세요?"
"나는 세르다의 겨울 풍경화를 몇 개 가지고 있어요."
"하지만 아직 벨라몬트의 것은 없지요?"
"아직 없어요."

-Kiam mi resaniĝos – diris Milena – ni ambaŭ promenados ĉe la bordo de Danubo. Tie la vintra pejzaĝo estas tre bela. La rivero aspektas arĝenta. La arbustojn sur la riverbordo kovras neĝo kaj ili kvazaŭ estas faritaj el sukero.

Tie regas silento kiel en sorĉita blanka mondo.

-Ni nepre promenadu tie – diris Veselin.

-Mi ege ŝatas promenadi ĉe la Danubo. Tie survoje al la vilaĝo Dulo troviĝas eta restoracio. Ĝia nomo estas "Danuba Renkontiĝo". Fojfoje mi iras tien. Mi bone konas la posedanton de la restoracio. Li kuiras tre bongustan fiŝsupon.

-Mi ege ŝatas fiŝsupon. Baldaŭ ni nepre iru tien – diris Veselin.

-Mi havas peton al vi – alrigardis lin Milena. – Mia poŝtkesto hejme certe jam estas plena je leteroj kaj ĵurnaloj. Bonvolu preni la ŝlosilojn de la poŝtkesto kaj de mia loĝejo. Iru. Malfermu la poŝtkeston, prenu la leterojn kaj la ĵurnalojn kaj lasu ilin en mia loĝejo.

-Bone. Morgaŭ mi iros – promesis Veselin.

-Dankon. Mi dankas, ke vi venis ĉi tien.

-Ne dankinde.

-En la hospitalo nokte mi ne povas dormi.

"제가 나으면" 밀레나가 말했다.

"우리 둘이 다뉴브강둑을 따라 걸어요.

겨울 풍경이 매우 아름다워요. 강은 은색으로 보여요.

강둑 위 수풀은 눈으로 덮여 있고 마치 설탕으로 된 것 같아요. 매혹적인 하얀 세상처럼 무척 조용해요."

베셀린은 "우리는 그곳을 꼭 산책해야죠."하고 말했다.

"다뉴브를 걷는 걸 정말 좋아해요.

'둘로'마을로 가는 길에 작은 식당이 있어요.

이름은 '다뉴브의 만남'이죠.

때때로 저는 거기에 가요. 주인을 잘 알아요

식당에서 아주 맛있는 생선 수프를 요리해요."

"생선국 정말 좋죠. 우리는 꼭 거기에 갑시다."

베셀린이 말했다.

"선생님께 부탁드릴 게 있어요." 밀레나가 베셀린을 쳐다보았다.

"제 집에 있는 우편함은 이미 편지와 신문으로 가득 차 있을 거예요.

우편함과 아파트의 열쇠를 가져가세요.

우편함을 열고 편지와 신문을 빼서 제 아파트에 놓아주세요."

"좋아요. 내일 가지요," 베셀린이 약속했다.

"감사해요. 와 주셔서 감사해요."

"별말씀을."

"밤에 병원에서 잠을 잘 수가 없어요.

Tiam, kiam en la ĉambro estas mallumo kaj silento, mi pensas pri vi. Mi demandas min: "Kion vi faras? Ĉu vi spektas televizion aŭ vi legas, aŭ eble vi pentras?'

–Dum la lastaj tagoj mi ne pentris. En "Afrodito" estas multe da laboro. Nun oni kudras belajn robojn por eksporto.

–Ho, mi ŝatus havi tian robon.

–Vi nepre havos.

En la ĉambron eniris juna flegistino, kiu diris, ke la vizitantoj devas jam foriri. Veselin klinis sin kaj kisis Milenan.

Ŝia frunto estis pala kaj la rigardo de ŝiaj kolombkoloraj okuloj estis trista.

–Telefonu al mi, kiam vi rajtas reiri hejmen. Mi venos kaj akompanos vin – diris Veselin.

–Dankon. Mi telefonos, sed same vi pli ofte telefonu al mi. Ja, vi ne devas forgesi mian voĉon.

–Ĉu vian internan aŭ vian eksteran voĉon – ridetis Veselin.

–Plaĉas al mi, kiam vi ŝercas – diris Milena.

La sekvan tagon Veselin iris en la loĝejon de Milena. Li prenis la leterojn kaj la ĵurnalojn el la poŝtkesto kaj iris al la kvara etaĝo, kie estis la loĝejo. Li malŝlosis la pordon kaj eniris.

방에 어둠과 침묵이 있을 때 선생님을 생각해요.
혼자 생각하지요.
무엇을 하실까? TV를 보거나 책을 읽거나 그림을 그리
고 있을까?"
"지난 며칠 동안 그림을 그리지 않았어요.
'아프로디테'에서 일이 아주 많았어요.
지금 아름다운 드레스를 수출하려고 다듬고 있어요."
"오, 그런 드레스를 갖고 싶어요."
"꼭 가질 거예요."
한 젊은 간호사가 방에 들어와서
방문자는 이제 나가야 한다고 말했다.
베셀린은 고개를 숙이고 밀레나에게 키스했다.
이마는 하얗고 비둘기색 눈은 슬퍼 보였다.
"퇴원하게 되면 전화 주세요. 내가 올게요.
그리고 당신과 함께 집에 가지요." 베셀린이 말했다.
"감사해요. 제가 전화할게요,
하지만 선생님이 제게 더 자주 전화하세요.
사실, 제 목소리를 잊지 말아야 하거든요."
"당신의 내면의 목소리 아니면 외부의 목소리?"
베셀린이 웃었다.
"농담하시니 좋아요." 밀레나가 말했다.
다음날 베셀린은 밀레나의 아파트로 갔다.
우편함에서 편지와 신문을 가지고 방이 있는 4층으로 갔
다. 문을 열고 들어갔다.

Ĉi tie la fenestroj delonge ne estis malfermitaj kaj Veselin malfermis la pordon al la balkono. Li ekstaris sur la balkono. De ĉi tie videblis la centro de la urbo: la ĉefa placo kun la granda granita skulptaĵo de patrino kun infano, la horloĝa turo, la konstruaĵo de la teatro. Veselin rememoris, ke ĉi-vepere en la teatro oni prezentos la komedion "La gastejestrino" de Carlo Goldoni. "Mi spektu ĝn hodiaŭ diris al si mem Veselin, aŭ pli bone estus, se ni ambaŭ, Milena kaj mi spektu ĝin."

La telefono en la ĉmbro eksonoris. Veselin ne levis la aŭskultilon. La telefono daŭre sonoris. Eble estas io grava.

Veselin eniris la ĉambron kaj levis la aŭskultilon.

–Milena – aŭdiĝis vira voĉo.

–Ŝi ne estas hejme – diris Veselin.

–Ĉu ŝi estas ekster la urbo. Jam kelkfoje mi telefonas.

–Ŝi estas malsana.

–Dankon. Mi telefonos, kiam ŝi resaniĝis.

Veselin demandis sin: "Kiu estis tiu ĉi viro?" Lia voĉo sonis iom strange. Estis voĉo de juna viro. Certe li ne estis la patro de Milena. Se estus ŝia patro, li dirus sian nomon. Aŭ eble estis ŝia eksedzo? Ĉu de tempo al tempo li ne telefonas al Milena?

오랫동안 여기서 창문은 사용하지 않았기에 베셸린은 난간 문을 열었다.

난간 위에 섰다.

여기에서 도시의 중심가, 아이와 엄마의 대형 화강암 조각품이 있는 주요 광장, 시계탑, 극장 건물을 볼 수 있다.

베셸린은 오늘 밤 극장에서 카를로 골 도니의 코미디 '여주인' 공연을 한다는 것을 기억했다.

'오늘 볼까?' 베셸린이 혼자 말했다.

아니면 밀레나와 나, 우리 둘이 본다면 더 좋겠지.

방에서 전화가 울렸다. 베셸린은 수화기를 들지 않았다.

전화가 계속 울렸다. 무언가 중요한 일이 있을 수도 있다. 베셸린은 방에 들어가 수화기를 집어 들었다.

"밀레나?"라는 남자 목소리가 들렸다.

"집에 없습니다." 베셸린이 말했다.

"도시 바깥에 있나요? 나는 몇 번 전화했어요."

"밀레나가 아픕니다."

"감사합니다. 회복되면 전화할게요."

베셸린은 궁금했다. '이 사람은 누구일까?'

목소리가 좀 이상하게 들렸다. 청년의 목소리였다.

확실히 밀레나의 아버지는 아니었다.

아버지라면 자기 이름을 말할 것이다.

아니면 전남편이었을까?

전남편이 때때로 밀레나에게 전화하지 않았을까?

Ja, Milena menciis, ke iam-iam ŝi vidas lin en la urbo. De kvar monatoj Veselin konis Milenan, sed li tre malmulte sciis pri ŝi. Milena nur diris al li, ke ŝi naskiĝis en la vilaĝo Verda Valo, ke ŝiaj gepatroj estas instruistoj, ke ŝi lernis en la gimnazio en Belamonto, poste ŝi studis en la universitato en la ĉefurbo, ŝi revenis ĉi tien kaj nun ŝi estas ĵurnalistino de ĵurnalo "Kuriero". Nur tion Veselin sciis pri Milena. Ĉu ŝi havas geamikojn? Kiel ŝi vivis antaŭe? Veselin ne vidis ŝiajn fotojn. Li ne konis ŝiajn gepatrojn. Milena tre malofte iris en la vilaĝon, kie ili loĝas. Nun tentis lin la deziro malfermi iun tirkeston kaj vidi kio estas en ĝi, sed li rezignis. Ne estas bone trarigardi aliies aĵojn.

Veselin atente fermis la balkonan pordon. Poste li eliris el la loĝejo kaj li ŝlosis la loĝejan pordon.

밀레나는 때때로 도시에서 그 남자를 본다고 언급했다.
베셀린은 4개월 동안 밀레나를 알고 지냈지만 밀레나는 자신에 대해 거의 말하지 않았다.

'녹색 계곡'이라는 마을에서 태어났고 부모는 교사이고 벨라몬트 고등학교에서 공부했다. 나중에 수도에 있는 대학에서 공부했고 여기로 돌아와 지금은 신문 '쿠리에로'의 기자라고 밀레나는 말했다. 그게 베셀린이 밀레나에 대해 알고 있는 전부다.

친구들이 있나? 전에 어떻게 살았나? 베셀린은 사진도 보지 못했다. 부모도 몰랐다.

밀레나는 아주 드물게 고향에 갔다.

이제 베셀린은 어떤 서랍을 열고 안에 무엇이 있는지 보고 싶은 욕구의 유혹을 받았다.

하지만 그만두었다.

다른 사람의 물건을 보는 것이 좋지 않다.

베셀린은 난간 문을 조심스럽게 닫았다.

그런 다음 아파트에서 나왔다.

아파트 문을 잠갔다.

9.

La poŝtelefono de Veselin sonoris. Telefonis al li Milena.

–Saluton. Mi jam estas sana kaj hodiaŭ mi forlasos la hospitalon. Ĉu vi povus veni kaj akompani min hejmen?

–Jes. Mi tuj venos – diris li.

La fabriko "Afrodito" estis ekster la urbo. Veselin telefone vokis taksion. Post dek minutoj la taksio venis kaj veturigis lin al la hospitalo. Milena atendis lin en la enirejo de la hospitalo. De la hospitalo per la taksio ili veturis al la loĝejo de Milena.

Kiam ili eniris en la loĝejon, Milena tuj eksidis en fotelon kaj diris:

–Finfine denove hejme. Denove ni estas kune. Ŝajnis al mi, ke mi freneziĝos en la hospitalo. Tie ne eblis verki, ne eblis promenadi…Koŝaro. Mi vidas, ke vi prenis la leterojn kaj la ĵurnalojn el la poŝtkesto. Mi ne havas paciencon tralegi ilin. Mi ne sciis, ke la senfarado estas tiel turmenta.

Ŝi ekstaris de la fotelo kaj iris al la tablo, kie estis la leteroj kaj la ĵurnaloj. Milena komencis trarigardi ilin.

9장

베셀린의 휴대전화가 울렸다. 밀레나가 전화했다.
"여보세요. 이미 건강해져 오늘은 병원을 나갈 거예요.
와서 집으로 데려다 주시겠어요?"
"응. 내가 바로 갈게." 라고 베셀린이 말했다.
'아프로디테'공장은 도시 외곽에 있다.
베셀린은 전화로 택시를 불렀다.
10분 뒤 택시가 와서 타고 병원으로 갔다.
밀레나는 병원 입구에서 기다리고 있었다.
택시를 타고 병원에서 밀레나의 아파트까지 갔다.
그들이 아파트에 들어갔을 때 밀레나는 즉시 안락의자에
앉아 말했다.
"마침내 다시 집으로 왔네요.
다시 우리는 함께예요.
병원에서 미치는 줄 알았어요.
거기에서 쓸 수도 걸을 수도 없었죠.
악몽이에요. 저는 선생님이 편지와 신문을 사서함에서
가져온 것을 보았어요.
나는 그것을 읽을 참을성이 없어요.
게으름이 너무 고통스럽다는 것을 몰랐어요."
안락의자에서 일어나 편지와 신문이 있는 탁자로 갔다.
밀레나는 그것들을 살펴보기 시작했다.

Subite ŝi levis kapon kaj fiksrigardis la librobretaron, kiu estis kontraŭ ŝi. Kelkajn sekundojn Milena staris senmova.

–Eble, kiam vi estis ĉi tie, vi trarigardis miajn libron? – demandis ŝi Veselin.

Li ne komprenis ŝin.

–Kiajn librojn?

–La librojn, kiuj estas sur la bretaro – klarigis Milena.

–Ne – miris li. Mi ne rigardis ilin kaj mi eĉ ne tuŝis ilin. Kial vi opinias, ke mi rigardis ilin?

–Tiu ĉi statueto – kaj Milena montris etan porcelanan statueton, verŝajne ĉinan knabinon kun granda blua ĉapelo, – ĉiam staras antaŭ la libro "Fratoj Karamazovi" de Dostojevskij, sed nun ĝi estas tre flanke de tiu ĉi libro. Nur mi povas rimarki tion. Iu certe elprenis la librojn el la bretaro kaj poste li atente denove ordigis ilin, sed li ne metis la statueton ĉe la libro "Fratoj Karamazovi".

–Ĉu vi estas certa? – demandis Veselin.

Kompreneble! Kiam mi estas ĉi tie, mi ofte rigardas tiun ĉi statueton kaj ĝi ĉiam staras tie, ĉe la libro "Fratoj Karamazovi".

–Ĉu vi mem hazarde ne metis ĝin iom pli flanken kaj poste vi forgesis?

갑자기 밀레나는 고개를 들고 반대편에 있는 책장을 바라보았다.

밀레나는 몇 초 동안 움직이지 않고 서 있었다.

"여기 있을 때 혹시 제 책을 훑어보셨나요?"

베셀린에게 물었다.

베셀린은 밀레나가 무슨 말 하는지 몰랐다.

"무슨 책?"

"선반에 있는 책들이요."라고 밀레나가 설명했다.

"아니." 베셀린이 놀랐다.

"나는 그것들을 보지 않았고 만지지도 않았어요.
내가 왜 봤다고 생각하나요?"

"이 조각상이요." 밀레나는 작은 도자기, 파란색깔 큰 모자를 쓴 중국인 소녀 조각상을 보여주었다.

"항상 도스토예프스키의 '카라마조프의 형제들'이라는 책 앞에 서 있거든요. 하지만 지금은 이 책의 측면 가까이에 있어요. 저만 알아차릴 수 있어요. 누군가가 책을 선반에서 꺼낸 다음 조심스럽게 다시 정리했지만 '카라마조프의 형제들' 책 옆에 조각상을 올려놓지 않았어요."

"확실해요?" 베셀린이 물었다.

"물론이에요. 여기 있을 때 이 조각상을 자주 봐요.
항상 '카라마조프의 형제들' 옆에 서 있어요."

"우연히 그것을 조금 더 멀리 옆으로 둔 뒤 잊은 건 아닐까요?"

-Povas esti, tamen mi havas la senton, ke iu estis ĉi tie – diris Milena maltrankvile.

-Mi estis ĉi-tie. Certe neniu alia – diris Veselin.

-Krom vi, estis iu alia. Tion mi sentas. Mi ne povas diri kiel, sed mi estas preskaŭ certa. Tamen, ni forgesu – ekridetis ŝi. – Gravas, ke mi denove estas hejme.

Veselin proksimiĝis al ŝi. Li ĉirkaŭbrakis ŝin kaj soife ili kisis unu la alian. Veselin rigardis al la balkono kaj subite li surpriziĝis. La balkona pordo estis iom malfermita, tamen li bone memoris, ke kiam li estis ĉi tie, antaŭ du tagoj, li fermis ĝin. Li restis senmova rigardante la malfermitan pordon, sed li ne diris tion al Milena. Li ne deziris maltrankviligi ŝin.

-Ni devas festi mian revenon de la hospitalo – diris Milena. – Mi aĉetos vinon kaj ion por manĝi.

-Vi restu en la loĝejo. Mi iros aĉeti – diris Veselin.

Li prenis sakon kaj rapide eliris. Irante li kvazaŭ ankoraŭ vidis la malfermitan balkonan pordon. Kio estas tio? Kiu estis en la loĝejo de Milena kaj kial, demandis sin Veselin.

"그럴지도 모르지만, 누군가 여기 있는 것 같은 느낌이 들어요."

밀레나는 걱정스럽게 말했다.

"내가 여기 있었어요. 확실히 다른 사람은 없었죠." 베셀린이 말했다.

"선생님 말고 다른 누군가가 있었어요. 그것은 제 느낌이죠. 어떻게 말할 수 없어요. 하지만 꽤 확신해요. 그러나 잊어버려요." 밀레나는 웃었다.

"제가 다시 집에 있는 것이 중요하죠."

베셀린이 밀레나에게 다가갔다. 밀레나를 안고 사랑에 목마른 그들은 서로 키스했다.

베셀린은 난간을 보고 갑자기 놀랐다.

난간 문이 조금 열려 있었다.

하지만 이틀 전 여기에 있었을 때 문을 닫은 것을 확실히 기억했다. 열린 문을 쳐다보며 몸이 굳어졌지만 밀레나에게 그것을 말하지 않았다.

불안하게 하고 싶지 않았다.

"우리는 병원에서 돌아온 것을 축하해야죠."하고 밀레나가 말했다. "포도주와 먹을 거를 사올게요."

"아파트에 있어요. 내가 사올게요."라고 베셀린이 말했다.

가방을 들고 서둘러 나갔다. 가면서 마치 여전히 열린 난간 문을 본 듯했다. 무슨 일이지? 밀레나의 아파트에 누가 있었고 그 이유가 베셀린은 궁금했다.

Certe ne estis ŝtelisto, ĉar nenio estis ŝtelita. Tiu, kiu estis en la loĝejo de Milena, verŝajne intence lasis etajn spurojn, por ke Milena komprenu, ke iu estis en la loĝejo. Pri la statueto Veselin ne estis tre certa, sed la balkona pordo sendube estis malfermita. En la loĝejo de Milena ne estis valoraĵoj. Estis televidilo, komputilo. Ĉu oni ne serĉis ion en la komputilo de Milena? Antaŭ la malsaniĝo Milena laboris kaj kolektis pruvojn pri la korupto en kelkaj firmaoj. Ŝi verkis tre kritikajn artikolojn pri la krimagoj de konataj personoj.

La vendejo troviĝis proksime. Nun en ĝi ne estis homoj kaj la juna vendistino solvis krucenigmon. Veselin aĉetis botelon da ruĝa vino, kolbason, fromaĝon, citronojn. Li rapidis reveni. Ja, Milena ne devis esti sola dum longa tempo.

Kiam Veselin eniris en la loĝejon, Milena jam estis ŝanĝinta vestaĵojn. Ŝi surhavis ĝinzon kaj dikan brunan puloveron. Tiel vestita ŝi aspektis kiel dekokjara knabino.

-Mi preparos la tagmanĝon – diris Milena, – dum vi tralegos la hodiaŭan ĵurnalon.

-En ĝi certe ne estas via artikolo kaj tial ĝi ne interesas min – diris Veselin.

-Baldaŭ vi tralegos tre interesajn artikolojn de mi.

확실히 도둑이 아니었다. 도둑맞은 것이 아무것도 없기 때문이다. 밀레나의 아파트에 있던 사람은, 밀레나가 누군가가 아파트에 있었다는 것을 알도록 아마도 일부러 작은 흔적을 남겼을 것이다. 조각상에 대해 베셀린은 확신하지는 않았지만 난간 문은 확실히 열려 있었다. 밀레나의 아파트에는 귀중품이 없었다.

텔레비전, 컴퓨터만 있다.

컴퓨터에서 무언가를 찾지 못했나?

아프기 전에 밀레나는 일하면서 일부 기업의 부패 증거를 모았다. 밀레나는 유명한 사람의 범죄에 관한 기사를 매우 비판적으로 썼다.

가게가 근처에 있었다. 지금 가게 안에 손님은 없었다.

젊은 판매원은 십자말풀이를 하고 있다.

베셀린은 적포도주 한 병, 소시지, 치즈, 레몬을 샀다.

사실 밀레나는 오랫동안 혼자 있을 필요가 없다.

베셀린이 아파트에 들어갔을 때 밀레나는 이미 옷을 갈아입었다.

청바지와 두꺼운 갈색 스웨터를 입었다.

이렇게 옷을 입으니 열여덟 살 소녀처럼 보였다.

"점심을 준비할게요." 밀레나가 말했다.

"당신이 오늘의 신문을 읽을 동안."

"확실히 당신의 기사가 아니므로 흥미롭지 않아요."

베셀린이 말했다.

"곧 저의 매우 흥미로운 기사를 읽을 거예요.

Ili estos kiel bomboj, kiuj subite eksplodos. Mi jam havas tre gravajn dokumentojn pri la krimagoj de konataj personoj, kiuj okupas gravajn administraciajn postenojn en la urbo.

-Ĉu vi havas gravajn dokumentojn? Nekredeble!

-Jes. Baldaŭ la tuta urbo ekscios pri la friponaĵoj de iuj personoj. Tiuj ĉi miaj artikoloj estos precizaj pafoj al la celoj.

-Atentu, ke oni ne pafu vin.

-Ho, mi ne timas. Multfoje oni provis pafi min, – diris firme Milena – sed mi ankoraŭ vivas.

-Ĉu vi daŭre okupiĝas pri Patrakov? – demandis Veselin.

-Jes. Lia krimagado tamen estas ligita al la krimagadoj de kelkaj aliaj personoj. Evidentiĝis, ke estas kelkaj uloj, kiuj lerte kaŝis sin. Tamen mi trovis ilin kaj baldaŭ mi priskribos iliajn fiagojn.

La tagmanĝo estis preta: boligita kolbaso kaj frititaj terpomoj. Veselin malfermis la botelon de vino kaj li plenigis la glasojn.

-Je via sano – diris li – kaj atentu. Gardu vin. Viaj artikoloj certe kolerigos iun.

-Mi estos kontentigita, kiam dank' al miaj artikoloj oni kondamnos la friponojn kaj malliberigos ilin.

그것들은 갑자기 폭발하는 폭탄과 같을 거예요. 저는 도시에서 중요한 행정직을 맡은 유명한 사람의 범죄에 관한 중요한 문서를 이미 많이 가지고 있어요."

"중요한 서류가 있나요? 놀랄 만한!"

"예. 곧 도시 전체가 일부 사람들의 사기에 대해 알게 되겠죠. 제 기사는 목표물에 대한 정확한 샷이 될 겁니다."

"총에 맞지 않도록 조심하세요."

"오, 두렵지 않아요. 여러 번 저를 쏘려고 했지요."

굳세게 밀레나가 말했다.

"하지만 난 아직 살아있어요."

"아직도 파트라코브 건에 대해 바쁜가요?" 베셀린이 물었다.

"예. 그러나 그 사람의 범죄 활동은 치밀하게 뒤에 숨은 몇몇 다른 사람들의 범죄 활동과 관련이 있어요.

몇 명의 남자가 있는 것은 분명해요.그러나 저는 그들을 찾았고 곧 그들의 악에 관해 기사를 쓸 거예요."

점심이 준비되었다. 삶은 소시지와 튀긴 감자들이다.

베셀린은 포도주 한 병을 열어 잔에 채웠다.

"당신의 건강을 위해." 베셀린이 말했다. "주의를 기울이세요. 조심하세요.

당신 기사는 확실히 누군가를 화나게 할 거예요."

"제 기사 덕분에 불순분자를 재판하고 그들을 투옥할 때 저는 만족해요.

La urbanoj de Belamonto deziras justecon kaj oni devas vidi la friponojn en la malliberejo.

-Vi vere estas tre kuraĝa.

-Vi ne scias, sed multaj urbanoj skribas al mi leterojn kaj ili petas min, ke dum la venontaj balotoj por urbestro en Belamonto, mi kandidatiĝu pri la posteno de urbestro.

-Ĉu vi estas ano de iu partio? – demandis Veselin.

-Ne. Sed se mi decidos kandidatiĝi por urbestro, oni fondos civitanan asocion, kiu subtenos min por fariĝi urbestro de Belamonto.

-Tio jam estas tre serioza plano! – miris Veselin. Li ne deziris kredi, ke tiu ĉi fragila tenera junulino havas tiajn kuraĝajn ambiciojn.

-Tamen tio eble okazos post tri jaroj – ekridetis Milena.

– Nun pli gravas, ke mi jam estas sana, ke mi estas hejme kaj mi denove laboros. Mi ne havas paciencon denove esti en la redaktejo de la ĵurnalo.

-Mi estas pentristo kaj mi ne konas la laboron de la ĵurnalistoj. Kiel vi trovas la faktojn, la pruvojn? Vi diris, ke vi havas gravajn dokumentojn pri la krimagado de iuj personoj.

Kiel vi akiris tiujn ĉi dokumentojn? – demandis Veselin.

벨라몬트의 시민들은 정의를 원하고 악당은 감옥에 보내
야 해요."
"당신은 정말 용감해요."
"모르겠지만 많은 시민들이 제게 편지를 써요.
그리고 그들은 다음 벨라몬토 시장 선거에서 저보고 시
장에 출마하라고 요청해요."
"당신은 어느 당의 당원입니까?" 베셀린이 물었다.
"아니요. 하지만 제가 시장에 출마하기로 하면 벨라몬토
시장이 될 수 있도록 도와줄 시민 협회를 세울 거예요."
"벌써 아주 진지한 계획이네요." 베셀린은 놀랐다.
이 연약하고 부드러운 젊은 여성이 용감한 야망을 품었
다고 믿고 싶지 않았다.
"하지만 3년 뒤의 일이예요." 밀레나가 미소를 지었다.
"이제 더 중요한 것은 제가 이미 건강하고 집에 있고
다시 신문 편집실에서 일할 것 생각하니 안달이 났네
요."
"나는 화가라 기자의 일을 잘 몰라요.
사실과 증거를 어떻게 찾나요?
당신은 일부 사람들의 범죄에 대한 중요한 문서가 있다
고 말했어요.
이 문서를 어떻게 얻었나요?" 베셀린이 물었다.

– Ĉu estas homoj, kiuj informas vin? Ĉu tiuj homoj venas al vi aŭ vi mem trovas ilin?

La kolombkoloraj okuloj de Milena iĝis pli helaj kaj en ili Veselin vidis la konatajn ruzajn briletojn.

–Mi ne respondos al viaj demandoj, ĉar tio estas ĵurnalista sekreto – diris ŝi.

Kompreneble Milena diris tion ŝerce, tamen Veselin bone komprenis, ke ŝi ne diros tion al li. Milena levis sian glason da vino kaj trinkis.

–La doktoro diris, ke ĉiutage mi devas trinki glason da ruĝa vino – diris Milena. – Mi decidis plenumi tion. Estos agrable, kiam mi estas iom ebriiĝinta.

Evidente Milena deziris eviti la konversacion pri la tiklaj artikoloj, pri la balotoj kaj la kandidatiĝo pri urbestro.

Veselin manĝis silente kaj deziris diri al ŝi, ke la manĝaĵo estas tre bongusta. Milena denove ekparolis. Ŝi vidis, ke Veselin eksilentis.

–Ĉu vi ofendiĝis? – demandis ŝi. – Pardonu min, sed al neniu mi diras kiel mi trovas la faktojn kaj la pruvojn pri miaj artikoloj. Vi mem komprenas, ke mi kontaktas plurajn homojn, kiuj informas min kaj mi devas gardi ilin. Mi petas vin, ne ofendiĝu.

–Mi ne ofendiĝas – diris Veselin.

"당신에게 알리는 사람들이 있나요? 그 사람들이 당신에게 오나요. 아니면 직접 찾나요?"

밀레나의 비둘기색 눈이 더 밝아졌다. 베셀린은 그 속에서 익숙하고 번뜩이는 반짝임을 보았다.

"저는 선생님 질문에 대답하지 않을 거예요.

왜냐하면, 그것은 기자의 비밀이거든요." 라고 밀레나는 말했다. 물론 밀레나는 농담으로 말했지만 베셀린은 말하지 않으리라는 것을 잘 이해했다.

밀레나는 포도주 한 잔을 마셨다.

"의사가 매일 적포도주 한 잔을 마셔야 한다고 했어요."

밀레나가 말했다.

"그래서 그렇게 하기로 했어요. 저는 조금 취했을 때 기분이 좋거든요."

분명히 밀레나는 선거와 시장 후보같이 다루기 힘든 주제에 대한 대화를 피하고 싶었다.

베셀린은 조용히 식사한 뒤 음식이 아주 맛있다고 말하고 싶었다. 밀레나는 베셀린이 조용하다고 느꼈다.

"화났나요?" 밀레나가 물었다.

"용서해 주세요, 하지만 사실과 증거를 찾는 방법을 누구에게도 말하지 않아요.

저는 정보를 알려주는 여러 사람과 접촉하고 있고, 또한 그들을 보호해야 한다는 것을 이해하시길 바라거든요.

당신이 화를 내지 말기를 원해요."

"기분 나쁘지 않아요." 베셀린이 말했다.

- Vi estas ĵurnalistino kaj vi scias kiel vi devas agi kaj labori.

-Dankon, ke vi komprenas min. Miaj gepatroj bedaŭrinde ne komprenas min aŭ pli ĝuste ili ne deziras kompreni min. Panjo opinias, ke mi kaŝas ĉion pri mi, ke mi nenion diras al ŝi. Ŝi deziras scii pri kio mi laboras, kun kiu mi vivas, kun kiu mi dormas. Ŝi ofte diras, ke patrino kaj filino devas esti la plej bonaj amikinoj. Ili konfesu ĉion unu al la alia.

Mia patrino koleras al mi. Ŝi deziras, ke mi tuj telefonu al ŝi, kiam en la ĵurnalo aperas mia artikolo. Ŝi opinias, ke mi kaŝas de ŝi miajn artikolojn. Tial mi malofte vizitas miajn gepatrojn, ĉar ni konstante disputas.

-La gepatroj amas siajn gefilojn kaj ili fieras pri ili. Certe via patrino tre fieras, ke vi estas fama ĵurnalistino kaj ŝi deziras scii ĉion pri vi – diris Veselin.

-Eble, sed tio ĝenas min. Mi rajtas havi propran vivon. Ja, mi delonge plenkreskis.

Subite la telefono eksonoris. Milena iris en alian ĉambron. Post sekundoj ŝi revenis.

-Ĉu viaj kolegoj jam eksciis, ke vi estas hejme? – demandis Veselin.

"당신은 기자잖아요. 어떻게 행동하고 일하는지 알고 있어요."

"이해해주셔서 감사해요. 제 부모님은 안타깝게도 이해하지 못하거나 더 정확히 말하면 이해하려고 하지 않으세요. 엄마는 제가 많은 것을 숨기고 있고 아무 말도 하지 않는다고 생각해요. 제가 무엇을 하고 있는지, 누구와 살고 누구와 자고 있는지 알고 싶어 해요.

종종 엄마와 딸은 가장 친한 친구여야 한다고 말하시죠. 모든 것을 서로 고백해야 한다고 생각하세요.

엄마는 제게 화가 났어요.

제 기사가 신문에 나오면 즉시 전화하기를 원해요.

제가 제 기사를 숨긴다고 생각해요.

그래서 우리가 끝임없이 다투기 때문에 부모님을 거의 방문하지 않아요."

"부모는 자녀를 사랑하고 자랑스럽게 생각해요. 확실히 당신의 어머니는 당신이 유명한 기자인 것을 자랑스러워하고 당신에 대한 모든 것을 알고 싶어 합니다."라고 베셀린이 말했다.

"아마도 신경이 쓰이네요. 저는 제 삶을 가질 권리가 있어요. 예, 저는 오래전에 다 컸어요."

갑자기 전화기가 울렸다. 밀레나는 다른 방으로 갔다.

얼마 뒤 그녀는 돌아왔다.

"동료들은 당신이 집에 있다는 것을 이미 알고 있나요?" 베셀린이 물었다.

-Strange. Neniu parolis.

-Mi forgesis diri al vi, ke pasintsemajne, kiam mi venis ĉi tien por alporti la leterojn kaj la ĵurnalojn iu viro serĉis vin telefone. Mi demandis lin kiu li estas, sed li diris, ke li ŝatus paroli kun vi. Eble estis iu el viaj informantoj.

-Miaj informantoj eble tre interesas vin, ĉu ne? – ekridetis Milena. – Tamen kun ili mi ne parolas telefone. Estu trankvila, mi ne havas alian amanton. Mi diris al vi – mia interna voĉo elektis vin. Nur vi estas mia amato kaj mia amanto.

Ili denove tintigis la glasojn. Ekstere neĝis. Estis agrable rigardi la silentan urbon sub la mola blanka neĝkovrilo.

De la loĝeja fenestro videblis la alta horloĝa turo sur la ĉefplaco, la blanka neĝa kupolo de la preĝejo "Sankta Dipatrino" kaj la tegmento de la teatro.

Ni nepre devas spekti la komedion "La gastejestrino" , diris al si mem Veselin. Baldaŭ mi aĉetos biletojn por la teatraĵo.

La telefono denove eksonoris. Milena iris en alian ĉambron kaj kiam ŝi revenis, ŝi diris:

-Denove neniu parolis. Eble iu kontrolas ĉu mi jam estas hejme. Nun Milena aspektis iom maltrankvila.

"이상해요. 아무 말도 안해요."

"지난주에 내가 편지와 신문을 가져오려고 여기에 왔을 때 어떤 남자가 전화로 당신을 찾았다고 말하는 것을 잊었네요. 나는 누구냐고 물었지만, 당신하고 말하고 싶다고 말했어요."

"제 정보원이 선생님께 큰 관심을 가질 수 있지 않을까요?" 밀레나가 웃었다. "하지만 전화로는 안 해요."

"진정해요, 저는 다른 애인이 없어요. 제가 말했지요. 내면의 목소리가 선생님을 선택했어요. 오직 선생님만이 제 사랑이자 제 연인이에요."

그들은 다시 잔을 부딪쳤다.

밖에서 눈이 내렸다. 부드러운 하얀 눈이 덮인 고요한 도시를 바라보는 것은 기분좋다. 아파트 창문에서 주요한 광장, 교회당 '성모'의 흰 눈 덮인 둥근 천장과 극장의 지붕, 높은 시계탑을 볼 수 있다.

'우리는 코미디 '안주인'공연을 꼭 봐야 해요.'

베셸린이 자신에게 말했다.

곧 연극 표를 사야지.

전화가 다시 울렸다. 밀레나는 다른 방으로 갔다.

돌아왔을 때 말했다.

"누군지 다시 말하지 않아요. 아마 누군가 제가 이미 집에 있는지 확인하는 듯해요."

이제 밀레나는 조금 걱정스러워 보였다

10.

Post la teatra spektaklo Veselin kaj Milena iris al la
domo de Milena. La strataj lampoj ĵetis palan
citronkoloran lumon kaj la neĝo similis al lakta
kremaĵo. Blovis malvarma vento. Iliaj vizaĝoj estis
ruĝaj.

-La komedio tre plaĉis al mi - diris Milena. - Neniam
mi ridis tiel multe.

-Mi deziris surprizi vin. Tial mi aĉetis biletojn por tiu
ĉi komedio - diris Veselin.

-Vi sukcesis bone surprizi min. Pro la ĉiutaga laboro
mi forgesas, ke ekzistas teatro, koncertoj. Pli ofte mi
vizitas ekspoziciojn, ĉar la pentraĵojn oni povas
trarigardi tage. La teatraj spektakloj kaj la koncertoj
komenciĝas vespere. Kiam vi faros ekspozicion kun
viaj pentraĵoj en Belamonto?

-Printempe mi pentros ankoraŭ kelkajn pejzaĝojn el la
urbo kaj poste mi prezentos ilin en ekspozicio - diris
Veselin.

-Estos la ekspozicio de la konata ĉefurba pentristo
Veselin Kanazirev - ekridetis Milena. - Vi fariĝos fama
en Belamonto.

-Ĉi tie vi estas fama - alrigardis ŝin Veselin.

10장

극장 공연을 본 뒤 둘은 밀레나의 집에 갔다.
가로등은 옅은 레몬색을 띠고 눈은 우유 크림과 비슷했
다. 찬 바람이 불었다.
그들의 얼굴은 빨갛다.
"저는 코미디를 아주 좋아해요." 밀레나가 말했다.
"저는 너무 많이 웃었어요."
"놀라게 하고 싶었죠. 그래서 이 코미디 연극 표를 샀어
요." 베셀린이 말했다.
"저를 잘 놀라게 하시네요.
날마다 일 때문에 극장, 콘서트가 있다는 것을 잊었어요.
전시회를 더 자주 방문하지요.
그림을 온종일 볼 수 있으니까요.
연극 공연과 콘서트는 저녁에만 시작하잖아요.
언제 벨라몬토에서 그림 전시회를 할 겁니까?"
"봄에 도시의 더 많은 풍경을 그릴 거요.
 그리고 나는 그것들을 전시회에서 발표할게요." 베셀린
이 말했다.
"아주 유명한 화가 베셀린 카나지레브의 전시가 될 거예
요." 밀레나가 미소지었다.
"선생님은 벨라몬토에서 유명해질 거예요."
"당신은 여기에서 유명하잖아요." 베셀린이 밀레나를 바
라보며 말했다.

-Ĉivespere en la teatro multaj homoj salutis vin. Post la apero de viaj lastaj artikoloj oni parolas pri vi kaj pri via kuraĝo.

-Iu devas esti kuraĝa. La homoj flustras unu al alia, sed neniu kuraĝas voĉe diri kio okazas en la urbo.

Veselin kaj Milena supreniris al la kvara etaĝo kaj eniris en la loĝejon. Kiam Milena ŝlosis la pordon de interne la ŝlosilo rompiĝis kaj la duono el ĝi restis en la seruro.

-Ĝi rompiĝis – preskaŭ ekkriis Milena. – nun ni estas malliberigitaj en la loĝejo.

Veselin rigardis la seruron. Eblis fari nenion.

-Ne maltrankviliĝu – diris li. – Morgaŭ mi vidos kiel ni povus eliri.

Liaj vortoj iom trankviligis Milenan.

-Mi esperas, ke morgaŭ vi sukcesos ripari la seruron – diris ŝi. – Mi havas konjakon. Ni trinku iomete por varmigi nin.

Milena prenis el la servico-ŝranko botelon da konjako, du glasojn kaj ŝi verŝis iom da konjako en la glasojn.

-Baldaŭ estos Kristnasko – diris Milena, rigardante la sukcenkoloran konjakon en la glasoj. – Vi estos kun viaj edzino kaj filo en Serda, sed mi estos sola ĉi tie.

"오늘 저녁에 극장에서 많은 사람이 당신에게 인사했어요. 당신의 최신 기사가 나간 뒤 당신과 당신의 용기에 관해 이야기하더군요."

"누군가는 과감해야 해요. 사람들은 서로에게 속삭이지만 아무도 도시에서 무슨 일이 일어나고 있는지 감히 큰 소리로 말하지 않아요."

베셀린과 밀레나는 4층으로 올라갔고 방에 들어갔다. 밀레나가 안쪽에서 문을 잠글 때 열쇠가 부러져 절반이 자물쇠에 남아 있었다.

"깨졌어요." 밀레나가 외쳤다.

"이제 우리는 방에 갇혔네요."

베셀린은 자물쇠를 바라보았다. 아무것도 할 수 없었다.

"걱정하지 말아요." 베셀린이 말했다.

"내일 어떻게 나갈 수 있는지 볼게요."

베셀린의 말은 밀레나를 조금 진정시켰다.

"내일 자물쇠를 고칠 수 있기를 원해요."

밀레나가 말했다.

"브랜디가 있어요. 몸을 따뜻하게 하려 조금 마시죠."

밀레나는 찬장에서 브랜디 한 병과 잔을 두개 꺼내서 브랜디를 잔에 부었다.

"곧 크리스마스네요." 밀레나가 잔에 있는 호박색 브랜디를 바라보며 말했다.

"선생님은 세르다의 아내와 아들과 함께할 것이고 여기에서 저는 혼자 있겠네요."

-Estas ankoraŭ frue pensi pri tio – diris Veselin.

-Jes, sed la festoj proksimiĝas kaj tio turmentas min.

-Ĉu vi ne festos kun viaj gepatroj?

-Eble, sed kiam mi estas kun ili, mi ne fartas bone.

-Vi scias, ke mi estas edziĝinta kaj mi havas filon.

-Mi ne riproĉas vin. Mi nur diras, ke mi ne ŝatas la festojn.

-Vi estas sincera – diris Veselin.

-Ĉu mi mensogu? – alrigardis lin iom triste Milena.

-Fojfoje estus pli bone mensogi. La vero doloras. Kial ni devas dolorigi unu la alian?

-Ne estas etaj mensogoj. Kiam vi pentras, vi estas sincera. Oni ĉiam devas esti sincera. Ne gravas ĉu oni pentras aŭ amas. Oni ĉiam devas esti sincera – ripetis Milena iom malgaje.

Veselin vidis, ke la konversacio ekfariĝis malĝoja kaj li ĉesigis ĝin.

-Morgaŭ mi vekiĝos pli frue kaj mi provos ripari la seruron kaj malfermi la pordon – diris li.

-Ne estos facile. Mi pli volonte restos ĉi tie ŝlosita kun vi – diris Milena.

-Mi ne kredas tion – ridis Veselin. – Vi ne povas pasigi eĉ unu tagon sen laboro. Via laboremo estas granda. Mi tamen volonte restus kuŝanta en la lito.

"이에 대해 생각하기에는 너무 이르지 않나요."라고 베셀린은 말했다.

"예, 하지만 휴일이 다가오니까 괴롭네요."

"부모님과 함께 축하하지 않나요?"

"아마도 함께 있으면 잘 지내지 못해요."

"내가 결혼했고 아들이 있다는 거 알잖아요."

"저는 선생님을 탓하지 않아요. 단지 축제를 좋아하지 않는다고 말하는 거예요."

"당신은 늘 진실해요." 베셀린이 말했다.

"제가 거짓말을 할까요?" 밀레나는 애처롭게 바라보았다. "때로는 거짓말하는 것이 더 나을 거요. 진실은 아프거든요. 왜 우리는 서로를 해쳐야 하죠?"

"작은 거짓말은 없어요. 그림을 그릴 때 진지해요. 항상 진실해야 하거든요."

"그림을 그리든 사랑을 하든 상관없이, 항상 정직해야 해요." 밀레나는 조금 슬프게 되풀이했다.

베셀린은 대화가 슬퍼지는 것을 보고 말을 멈추었다.

"내일 아침 일찍 일어나 자물쇠를 고치고 문을 열도록 해볼게요." 베셀린이 말했다.

"쉽지 않을 거예요. 차라리 여기에 함께 갇혀 있겠어요." 밀레나가 말했다.

"나는 그렇게 생각하지 않아요." 베셀린이 웃었다.

"당신은 일없이 하루도 지낼 수 없잖아요. 당신 노력은 훌륭해요. 그래도 나는 기꺼이 침대에 누워 있을 거요."

Milena rigardis lin mire.

-Ĉu? Vi ĝis nun ne diris al mi, ke vi tiel multe ŝatas dormi.

Milena proksimiĝis al li kaj kare kisis lin.

En la malluma kaj silenta ĉambro aŭdiĝis la anhela spirado de Milena. Ŝi fleksiĝis pasie. La luna lumo, kiu penetris tra la fenestro lumigis ŝian belegan nudan korpon.

Veselin admiris ŝiajn malmolajn mamojn, similajn al du maturaj aromaj pomoj. Ŝia kolo estis tenera kaj glata, ŝiaj femuroj - kvazaŭ ĉizitaj el marmoro. Sur la frunto de Milena brilis ŝvitgutoj kiel etaj perlamotoj.

Ili ekdormis unu ĉe la alia. Matene, kiam la pala vintra suno aperis, Veselin vekiĝis. Li tuj iris en la banejon, banis sin, poste li iris en la kuirejon kaj kuiris kafon. La agrabla tikla aromo de la varma kafo senteblis en la tuta loĝejo. Veselin verŝis kafon en du glasetojn kaj li portis ilin en la dormĉambron. Veselin metis la glasetojn sur la tableton ĉe la lito. Li sciis, ke la kafaromo vekos Milenan. Post nur kelkaj sekundoj ŝi malfermis okulojn. Nun Milena similis al eta senkulpa knabino, kiu vekiĝis post belega miranda sonĝo. Ŝi dolĉe oscedis.

-Bonan matenon. La kafo atendas vin - diris Veselin.

밀레나는 놀라며 베셀린을 바라보았다.

"그래요? 지금까지 그렇게 저를 좋아한다고 말하지 않았어요." 밀레나는 다가가 사랑스럽게 키스했다. 어둡고 조용한 방에 밀레나의 헐떡이는 호흡 소리가 났다.

열정적으로 몸을 숙였다. 창문을 통해 스며들어온 달빛이 아름다운 알몸을 비췄다.

베셀린은 잘 익어 향기로운 사과를 닮은 두 개의 단단한 젖가슴에 감탄했다. 목은 부드럽고 매끄러웠다.

허벅지는 마치 대리석으로 조각한 것 같고 이마에는 땀방울이 작은 진주처럼 빛났다.

그들은 서로 옆에서 잠들었다.

아침에 창백한 겨울의 해가 나타나 베셀린이 깨어났다.

곧장 욕실로 가서 목욕하고 그런 다음 부엌으로 가서 커피를 탔다.

따뜻한 커피의 향기가 아파트 전체에 쫙 퍼졌다.

베셀린은 커피를 두 잔 따라 침실로 가져 왔다.

침대 옆 작은 탁자에 잔을 놓았다.

커피 향이 밀레나를 깨우리라는 것을 알고 있었다.

얼마 지나 밀레나는 눈을 떴다. 밀레나는 마치 아름답고 멋진 꿈을 꾸고 깨어난 청순한 어린 여자아이처럼 보였다. 달콤하게 하품했다.

"안녕. 커피가 당신을 기다리고 있어요."

베셀린이 말했다.

-Bonan matenon - ridetis kare Milena.

-Ĉu vi bone dormis?

-Antaŭ la vekiĝo mi sonĝis interesan sonĝon - diris Milena.

Do, mi tion supozis, meditis Veselin.

-Ni ambaŭ estis en la restoracio "Danuba Renkontiĝ" ĉe la bordo de Danubo. Ja, mi jam menciis al vi pri tiu ĉi eta kaj agrabla restoracio, survoje al vilaĝo Dulo.

-Jes.

-En la restoracio estis neniu alia, nur ni. Ni tagmanĝis bongustan fiŝsupon. Estis printempo aŭ en la komenco de la somero. Poste ni eliris el la restoracio man-en-mane kaj ni eniris la etan akacian arbaron. Ni iris unu ĉe la alia, sed subite mi vidis, ke vi ne estas ĉe mi. Mi komencis serĉi vin. Mi kuris en la arbaro. Mi stumblis, falis, ekstaris kaj denove kuris. Mi rigardis al la branĉoj de la arboj kaj mi teruriĝis. Sur ili ne estis folioj, sed grandaj fiŝoj, ĉu siluroj aŭ ezokoj. Mi daŭre kuris. La fiŝoj frapis mian kapon. Nenie mi trovis vin. Vi malaperis kaj mi estis sola en la arbaro kun la teruraj fiŝoj.

-Vi havas tre riĉan fantazion. Certe la fantazio de la ĵurnalistoj estas kiel maro.

"안녕하세요." 밀레나가 사랑스럽게 웃었다.

"잘 잤어요?"

"깨기 전에 저는 흥미로운 꿈을 꾸었어요." 밀레나가 말했다.

그럴거라고 짐작했다고 베셀린은 깊은 생각에 잠겼다.

"우리 둘 다 다뉴브강둑의 식당 '다뉴브의 만남'에 있었어요. '둘로'마을로 가는 길에 제가 이미 선생님께 이 작고 친절한 식당을 언급했죠."

"응."

"식당에는 우리만 있었어요. 우리는 맛있는 생선 수프 점심을 먹었어요. 봄이나 초여름이었죠. 그런 다음 우리는 손을 잡고 식당을 떠나 작은 아카시아 숲에 들어갔어요. 서로 붙어서 갔는데 갑자기 선생님이 없어진 것을 알아차렸어요. 저는 선생님을 찾기 시작했어요.

숲속에서 달렸죠. 저는 비틀거리고 넘어지고 일어나 다시 달렸어요. 나뭇가지를 보고 겁이 났어요.

거기에 잎이 하나도 없었어요.

메기인지 민물 꼬치고기인지 큰 물고기가 있었어요.

계속 달렸죠.

물고기가 머리를 쳤어요. 어디에서도 선생님을 찾지 못했어요. 어디에도 보이지 않았어요. 저는 끔찍한 물고기와 함께 숲속에 홀로 있었어요."

"당신은 매우 풍부한 상상력을 가지고 있네요.
확실히 기자의 환상은 바다와 같아요."

-Tio ne estas fantazio, sed sonĝo – diris Milena iom ofendite.

-Bonega sonĝo – ridetis Veselin. – Tamen kio estas sonĝoj? Bildoj, epizodoj, kiujn nia konscio iel strange kunmetas kaj poste ekestas io tute sensenca kaj stulta.

-Vi ne pravas. La sonĝoj estas alia mondo, same reala kiel la mondo, en kiu ni vivas, tamen ni ne povas kompreni la mondon de la sonĝoj, ni ne povas deĉifri ĝin.

-Ne pensu pri via stulta sonĝo, sed trinku la kafon. Mi devas malfermi la pordon kaj ekiri al la fabriko.

Post dek minutoj Milena estis vestita.

-Ĉu vi havas iajn ilojn: martelon, ŝraŭbilon, tenajlon – demandis Veselin.

-Ne. Mi ne havas.

-Estos tre komplika – diris Veselin. – Verŝajne ni restos ĉi tie por ĉiam.

-Ni devas danki al la sorto. Ni estos feliĉaj – ridis Milena.

-Vi telefonu al seruristo – proponis Veselin.

-Mi havas pli bonan ideon – diris Milena. – Tra la balkono mi iros en la najbaran loĝejon. Mia najbaro, oĉjo Stojan, estas ŝoforo de aŭtobuso.

"그것은 환상이 아니라 꿈이죠."라고 밀레나가 조금 불쾌한 듯 말했다.

"대단한 꿈이죠."라고 베셀린이 웃었다.

"그러면 꿈이 무엇이죠?

우리 의식이 왠지 이상하게 이미지, 에피소드를 합치면 뒤에 완전히 무의미하고 어리석은 일이 발생해요."

"선생님 말은 맞지 않아요. 꿈은 우리가 사는 세상처럼 현실이고 똑같이 다른 세상이거든요. 그러나 우리는 꿈의 세계를 이해할 수도, 해독할 수도 없어요."

"황당한 꿈을 생각하지 말고 커피를 마셔요.

나는 문을 열고 공장으로 가야 해요."

10분 뒤 밀레나는 옷을 입었다.

"망치, 드라이버, 펜치 등 도구가 있나요?"

베셀린이 물었다.

"아니요. 저는 없어요."

베셀린은 "매우 복잡할 것"이라고 말했다.

"우리는 아마 여기 영원히 머물 거 같네요."

"행운에 감사하죠. 우리는 행복할 거예요." 밀레나는 웃었다.

베셀린은 "자물쇠 수리공을 불러주세요."하고 제안했다.

"더 좋은 생각이 있어요."라고 밀레나가 말했다.

"난간을 거쳐서 이웃 아파트로 갈게요.

이웃 스토얀 아저씨는 버스 운전사거든요.

Li certe havas plurajn ilojn kaj li sukcesos malfermi la pordon de ekstere.

-Bone, sed estu tre atentema kaj ne forgesu, ke vi loĝas sur la kvara etaĝo.

-Ne zorgu.

Tra la balkono Milena tre lerte eniris en la najbaran loĝejon. Post nelonge de ekstere aŭdiĝis frapoj. Oĉjo Stojan sukcesis malfermi la pordon. Milena revenis kaj diris:

-Ĉio estas en ordo. La pordo estas malfermita. Nun mi telefonos al seruristo por ke li venu ripari la seruron.

-Mi devas ekiri al la fabriko – diris Veselin. – Ĝis revido. Vespere ni denove estos kune.

아저씨는 확실히 몇 가지 도구를 가지고 있고 외부에서 문을 여는 데 성공할 거예요."

"좋아요, 하지만 아주 많이 조심하고 당신이 4층에 살고 있다는 것을 잊지 마세요."

"걱정하지 마세요."

난간을 통해 밀레나는 아주 능숙하게 이웃 아파트에 들어갔다.

얼마 지나지 않아 외부에서 문 두드리는 소리가 들렸다. 스토얀 아저씨가 문을 열었다.

밀레나가 돌아와서 말했다.

"다 괜찮아요. 문이 열렸어요. 이제 저는 자물쇠 수리공에게 자물쇠를 고치라고 전화할게요."

"나는 공장에 가야 해요." 베셀린이 말했다.

"안녕. 저녁에 우리는 다시 함께 만나요."

11.

Tutan semajnon Milena kaj Veselin ne renkontiĝis.

Veselin havis multe da laboro en "Afrodito" kaj Milena ofte veturis. Pri la laboro de Milena Veselin eksciis de ŝiaj artikoloj, kiuj aperis en ĵurnalo "Kuriero". Milena evitis verki en la ĉeesto de Veselin. Se li neatendite venis en ŝian loĝejon, ŝi tuj ĉesis labori kaj ŝi malŝaltis la komputilon.

Milena ne ŝatis, kiam Veselin telefonis al ŝi en la redaktejo. Nur foje ŝi konatigis lin kun sia kolegino. Kutime Veselin kaj Milena ne renkontiĝis en kafejoj aŭ en restoracioj. La sola escepto estis kiam Veselin invitis Milenan al la restoracio "Olimpo".

Foje Veselin iris sur la ĉefa strato de la urbo kaj subite li vidis Milenan kaj alian virinon. Milena haltis kaj diris al la virino:

–Elen, Mi ŝatus konatigi vin kun la pentristo Veselin Kanazirev. Li loĝas en Serda, sed nun laboras en nia urbo.

Elen scivole rigardis Veselinon. Milena ne diris al Elen de kie ŝi konas Veselinon. Veselin same alrigardis Elenon. Ŝi estis simpatia virino, eble samaĝa kiel Milena.

11장

밀레나와 베셸린은 일주일 내내 만나지 않았다.

베셸린은 '아프로디테'에서 많은 작업을 했다. 밀레나는 가끔 차로 나갔다. 밀레나의 일에 대하여 신문 '쿠리에로'에 실린 기사를 보고 알았다. 밀레나는 베셸린이 옆에 있을 때 글 쓰는 것을 피했다. 갑자기 베셸린이 아파트에 오면 즉시 일을 멈추고 컴퓨터를 껐다. 밀레나는 베셸린이 편집실에 전화를 걸면 그다지 좋아하지 않았다.

밀레나는 베셸린을 여자 동료에게 한 번밖에 소개하지 않았다.

보통 베셸린과 밀레나는 찻집이나 식당에서 만나지 않았다. 예외가 있다면 베셸린이 밀레나를 식당 '올림푸스'에 초대할 때뿐이다.

한번은 베셸린이 도시의 중심가에 갔다가 갑자기 밀레나와 여자 동료를 보았다. 밀레나는 발을 멈추고 여자에게 말했다. "엘렌, 화가 베셸린 카나지레브를 소개할게요. 이 분은 세르다에 살고 있지만, 지금은 우리 도시에서 일하고 있어요."

엘렌은 베셸린을 흥미롭게 바라보았다.

밀레나는 베셸린을 어디에서 아는지 엘렌에게 말하지 않았다. 베셸린도 엘렌을 바라보았다.

여자는 마음이 따뜻한 여성이었는데 아마 밀레나와 같은 나이였을 것이다.

Elen havis longan kaŝtankoloran hararon, bluajn okulojn kun petolema rigardo. Veselin tamen ne eksciis ĉu Elen estas ĵurnalistino aŭ nur konatino de Milena. Ĉi-vespere Veselin estis hejme kaj li pentris. Li devis finpentri la pejzaĝon de la malnova urba kvartalo. Ekstere neĝis, estis malvarme kaj la vintra vento siblis. La sonorilo ĉe la pordo sonoris. Veselin tuj komprenis, ke sonoras Milena.

Nur ŝi kutimis tiel haste premi la sonorilon. Tamen estis jam malfrue vespere kaj Veselin miris kial Milena venas tiel malfrue. Li ekiris al la pordo. Estis Milena.

−Bonvolu − diris Veselin.

Milena eniris. Ŝi demetis siajn blankajn mantelon, ĉapelon kaj ŝalon. Veselin vidis, ke Milena estis maltrankvila kaj streĉita.

−Kio okazis? − demandis li.

−Ĉu mi povus dum kelkaj tagoj loĝi ĉi tie? − demandis Milena.

Tiu ĉi demando ege mirigis Veselinon. Milena ne tre ofte tranoktis en la loĝejo de Veselin. Ŝi ĉiam diris, ke ŝi preferas dormi en sia lito.

−Kio okazis? − denove demandis Veselin pli insiste.

−Mi diros al vi − ekflustris Milena.

Nun Veselin rimarkis, ke ŝi portas grandan sakon.

엘렌은 긴 갈색 머리, 파란 눈, 장난기 많은 눈빛을 가졌다. 그러나 베셀린은 엘렌이 기자인지 밀레나의 지인인지 알지 못했다.

오늘 밤 베셀린은 집에서 그림을 그리고 있다.

구시가지의 풍경화를 끝내야 했다.

눈이 내려 춥고 겨울바람이 쉬쉬하는 소리를 냈다.

문 옆 초인종이 울렸다.

베셀린은 밀레나가 온 것을 즉시 알아차렸다.

밀레나는 너무 급하게 종을 누르곤 했다.

그러나 이미 늦은 저녁시간이라 베셀린은 밀레나가 왜 이렇게 늦었는지 궁금했다.

문으로 갔다. 밀레나였다.

"어서 오세요." 베셀린이 말했다.

밀레나가 들어왔다. 하얀 외투, 모자와 목도리를 벗었다.

베셀린은 밀레나가 불안해하고 긴장하는 것을 보았다.

"무슨 일이죠?" 베셀린이 물었다.

"여기에서 며칠 살 수 있을까요?" 밀레나가 물었다.

이 질문은 베셀린을 매우 놀라게 했다.

밀레나는 베셀린의 아파트에서 자주 지내지 않았다.

밀레나는 항상 자기 침대에서 자고 싶다고 말했다.

"어떻게 된 거예요?" 베셀린은 더 끈질기게 물었다.

"말할게요." 밀레나가 속삭였다.

이제 베셀린은 그녀가 큰 가방을 들고 있다는 것을 알아차렸다.

Ili eniris la dormoĉambron. Milena sidis sur la liton kaj iom ŝi kuntiriĝis. Eble ŝi trankviliĝis.

-Mi ne deziris ĝeni vin, sed la misteraj telefonalvokoj ne ĉesas.

-Kion vi diras?

-Vi memoras, ke kiam mi revenis el la hospitalo, la telefono hejme sonoris, sed neniu parolis.

-Jes.

-Jam tutan semajnon telefonas al mi diversaj viroj, kiuj ordonas, ke mi ne plu verku artikolojn pri la koruptoj. Ili minacis min.

-Ĉu?

-Mi ne levas la telefonaŭskultilon, sed la telefono ne ĉesas sonori. Mi restos ĉe vi dum kelkaj tagoj, por ke mi ne aŭdu la teruran sonoron de mia hejma telefono.

-Ĉu vi telefonis al la polico? – demandis Veselin.

-Ne. Mi deziris unue diri al vi.

-Morgaŭ ni nepre telefonu al la polico – diris Veselin.

-Jes.

-Ĉu vi supozas kiu aŭ kiuj telefonas kaj minacas vin?

-Jes. Mi supozas, sed mi ne povas pruvi tion.

Milena rigardis la pejzaĝon de Veselin kaj kvazaŭ al si mem ŝi diris:

-Mi sciis, ke tio okazos.

그들은 침실에 들어갔다.

밀레나는 침대에 앉아 있었고 조금 움츠러들었지만 아마도 안정을 찾은 듯 했다.

"폐를 끼치고 싶지 않지만 이상한 전화가 계속 와요."

"뭐라고요?"

"제가 병원에서 돌아왔을 때 집에서 전화가 울렸지만 아무도 말하지 않는다고 한 것을 기억하시죠."

"응."

"일주일 내내 부패에 관한 기사 작성을 중단하라고 압박하는 여러 남자들이 저에게 전화했어요. 나를 위협해요."

"그래서요?"

"전화는 받지 않지만 전화벨 소리가 멈추지 않아요. 집 전화의 끔찍한 벨 소리를 듣지 않으려고 며칠 동안 당신과 함께 있을게요."

"경찰에 전화했나요?" 베셀린이 물었다.

"아니요. 먼저 말씀드리고 싶었어요."

"내일 경찰에 신고해야해요." 베셀린이 말했다.

"예."

"누가 전화하고 위협하고 있다고 생각하나요?"

"예. 추측은 하지만 증명할 수는 없어요."

밀레나는 베셀린의 풍경화를 보며 마치 자신에게 말하듯 중얼거렸다.

"그럴 줄 알았어요."

–Jes. Vi verkis artikolojn pri friponoj. Nun, kion vi faros?

–Mi daŭrigos verki pri ili. Mi estas ĵurnalistino. Mi devas verki!

–Ĉu vi bone pripensis?

–Jes. Mi ne povas kaŝi min tutan vivon. Mi havas nur du eblecojn: aŭ esti ĵurnalistino, aŭ ne esti. La dua ebleco ne plaĉas al mi. Mi deziras esti ĵurnalistino.

Milena denove alrigardis la pejzaĝon.

–Ja, vi estas pentristo kaj vi same ne povas esti io alia, ĉu ne? Ni mem elektis tiujn ĉi profesiojn kaj ni devas esti fidelaj al ili.

–Vi pravas. Mi estas pentristo kaj dum la tuta vivo mi estos pentristo – diris Veselin.

–Oni riparis la seruron de la pordo en mia loĝejo – diris Milena. – Estas nova ŝlosilo. Bonvolu preni ĝin. Dum mi estas ĉe vi, denove iru hejmen kaj alportu al mi la leterojn kaj la ĵurnalojn. Eniru en la loĝejon kaj vidu ĉu iu estis en ĝi.

–Bone.

–Nun mi certas, ke dum mi estis en la hospitalo, iu estis en mia loĝejo. Mi ne kredis, sed nun mi scias. Oni serĉis gravajn dokumentojn, kiuj feliĉe ne estis en mia loĝejo.

"맞아요. 불순분자에 관한 기사를 작성했죠. 이제 당신은 무엇을 할래요?"

"계속 글을 쓸 거예요. 저는 기자거든요. 저는 계속 써야 해요."

"당신은 충분히 생각했나요?"

"예. 제 인생을 숨길 수는 없어요. 2개 가능성밖에 없어요. 기자가 될 수도 있고 아닐 수도 있죠. 두 번째 가능성을 저는 좋아하지 않아요. 기자가 되고 싶어요."

밀레나는 다시 풍경화를 바라보았다.

"그렇죠, 선생님은 화가이고 다른 사람도 될 수 없어요. 그렇지 않나요? 우리는 이러한 직업을 직접 선택했으며 그 일에 충실해야죠."

"당신이 옳아요. 나는 화가이고 내 모든 삶은 계속 화가 겠지요."라고 베셀린은 말했다.

"제 아파트의 문 자물쇠를 수리했어요."

밀레나가 말했다.

"새 열쇠예요. 받아주세요. 제가 선생님 집에 있는 동안 다시 집에 가서 편지와 신문을 가져다주세요. 아파트에 들어가서 누군가가 있었는지 확인하시구요."

"좋아요."

"이제 병원에 있는 동안 누군가가 제 아파트에 있었다고 확신해요. 믿지 못했지만 이제 알아요. 그들은 중요한 문서를 찾고 있지만 다행스럽게도 제 아파트에 없죠."

Veselin rigardis ŝin. Milena estis malalta, maldika, sed forta. Ŝi havis energion, impeton. Ŝi ne timis kaj nenio povis timigi ŝin. Nun ŝi pripensis kiel agi estonte.

-Mi deziras helpi vin – diris Veselin.

-Nenion vi povas fari – ekridetis Milena. – Mi jam estis en simila situacio kaj jen, mi ankoraŭ estas viva.

Ŝi elprenis libron el la sako, kiun ŝi portis, ŝi eksidis sur la liton kaj komencis legi.

-Vi daŭrigu la pentradon – diris Milena. – Mi iom legos.

베셀린은 밀레나를 바라보았다.

밀레나는 키가 작고 말랐지만 강하다.

힘과 기개를 가졌다.

두려워하지 않았고 아무것도 겁을 줄 수 없었다.

이제 밀레나는 앞으로 어떻게 행동할지 생각하고 있었다.

"나는 당신을 돕고 싶어요." 베셀린이 말했다.

"선생님이 할 수 있는 일은 아무것도 없어요." 밀레나가 웃었다.

"저는 이미 여러번 비슷한 상황에서 있었어요.

아직 살아있죠."

그녀는 가지고 온 가방에서 책을 꺼내 침대 위에 앉아 읽기 시작했다.

"계속 그림을 그리세요." 밀레나가 말했다.

"저는 조금 읽을게요."

12.

Hodiaŭ Veselin pli frue revenis el la fabriko.

–Saluton – diris li.

–Saluton.

–Kiel vi pasigis la tagon? – demandis Veselin Milenan.

–Tre bone. Mi estis ĉi tie. Mi legis, spektis televizion⋯ Feliĉ neniu telefonis. Neniu serĉs vin. Mi opiniis, ke se mi estus en via loĝejo, mi ekscius ĉu estas aliaj virinoj, kiuj serĉas vin, sed vi povas esti trankvila. Neniu nekonata virino serĉis vin telefone hodiaŭ.

–Mi ne kredas, ke vi havis paciencon tutan tagon esti hejme – diris Veselin.

–Jes. Vi bone konas min. Mi ne havis paciencon kaj posttagmeze mi iris en la redaktejon. Poste mi iom promenis en la centro de la urbo. La vendejoj jam estas tre belaj. En ili estas kristnaskaj ornamaĵoj. La homoj aĉetas donacojn kaj ĉie estas bela, festa etoso.

–Jes. Kristnasko proksimiĝas – diris Veselin.

–Mi same aĉetis por vi ion – diris Milena.

–Kion?

–Tiun ĉi libron "La vivo de Pikaso". Tamen ĝi ne estas kristanaska donaco por vi. Vi ricevos la kristnaskan donacon dum la festo.

12장

오늘 베셀린은 공장에서 일찍 돌아왔다.
"안녕." 베셀린이 밀레나에게 말했다.
"안녕하세요." 밀레나가 대답했다.
"하루를 어떻게 보냈나요?"
"아주 좋아요. 하루종일 여기 있었어요. 읽고, TV를 보
았죠. 다행히 아무도 전화하지 않았어요. 아무도 선생님
을 찾지 않더라구요. 제가 이 아파트에 있다면 다른 여
자들이 선생님을 찾고 있는지 알아볼 텐데. 하지만 편히
쉴 수 있어요. 오늘 전화로 알 수 없는 여자가 아무도
찾지 않았거든요."
"온종일 집에서 지낼 참을성이 있다고 믿지 않았는데."
"예. 저를 잘 알고 계시네요. 인내심이 없어 오후에 편집
실에 갔어요. 그런 다음 도시의 중심가를 조금 걸었죠.
상점은 이미 매우 아름다워요. 안에는 크리스마스 장식
품이 있어요. 사람들은 선물을 사고 어디에나 아름다운
축제 분위기예요."
"맞아. 크리스마스가 다가오고 있네요."
베셀린이 말했다.
"저도 선생님을 위해 뭔가를 샀어요." 밀레나가 말했다.
"무엇을?"
"이 책 '피카소의 삶'. 그러나 크리스마스 선물은 아니예
요. 잔치 중에 크리스마스 선물을 받게 될 거예요."

-Koran dankon – diris Veselin kaj li kisis ŝin. – Vi same ricevos kristnaskan doncon de mi.

-Kiam vi ekveturos al Serda? – demandis Milena.

-Morgaŭ matene.

-Ĉu morgaŭ?

-Jes. Mi devas esti posttagmeze hejme por helpi pri la festaj preparoj.

-Havi familion ne estas facile – alrigardis lin Milena. – Ĉu vi jam aĉetis donacojn al viaj edzino kaj filo?

-Mi aĉetos ilin en Serda.

-Ne forgesu. Mi atendos vin. Mia voĉo veturos kun vi al Serda.

-Mi scias. Neniam mi forgesos vian voĉon – diris kare Veselin. – Mi rapidos reveni.

-Pardonu min – diris Milena. – Mi ne deziras ĝeni vin per miaj zorgoj. Ĉu hodiaŭ vi estis en mia loĝejo?

-Jes. En via poŝtkesto estis nenio, nek leteroj, nek ĵurnaloj. Mi estis en via loĝejo kaj tie ĉio estis en ordo. Certe neniu estis en ĝi.

-Tio estas bona novaĵo – ekridetis Milena. – Nun ĉiuj pensas pri la festoj kaj oni forgesis min.

-Ĉu hodiaŭ vi iris en la policejon informi pri la misteraj telefonalvokoj? – demandis Veselin.

-Ne. Mi pripensis. Tute ne necesas informi la policon.

"정말 감사해요." 베셀린이 말하고 키스했다.

"당신도 크리스마스 선물을 받을 거요."

"언제 세르다에 가시나요?" 밀레나가 물었다.

"내일 아침에."

"내일요?"

"응. 잔치 준비를 도우려면 오후에는 집에 있어야 해."

"가족을 갖기는 쉽지 않네요." 밀레나가 바라보았다.

"아내와 아들을 위해 이미 선물을 샀나요?"

"세르다에서 살래요."

"잊지 마세요. 저는 선생님을 기다릴 거예요. 제 목소리
는 선생님과 함께 세르다에 갈 거예요."

"알아. 나는 당신의 목소리를 절대 잊지 않을거요."
베셀린이 사랑스러운 눈빛으로 말했다.

"서둘러 돌아올게."

"용서해 주세요." 밀레나가 말했다. "제 걱정으로 귀찮게
하고 싶지 않아요. 오늘 제 아파트에 가셨나요?"

"응. 당신의 우편함에는 편지나 신문 아무것도 없었어요.
아파트에 있었는데 모든 것이 제 자리에 있었어요.
확실히 누구도 온 적이 없었죠."

"좋은 소식이네요." 밀레나가 소리없이 웃었다.

"이제 모두 잔치에 대해 생각하고 저를 잊겠지요."

"오늘 수수께끼 전화를 신고하러 경찰서에 갔나요?"

"아니요. 그것에 대해 생각했어요. 경찰에 전혀 알릴 필
요가 없어요.

La policanoj ne povas helpi min.

-Vi ne pravas. La problemo estas tre serioza.

-Nun mi ne deziras pensi pri tiu ĉi problemo.

Proksimiĝas belaj festoj kaj mi deziras pensi pri io bona kaj gaja. Mi havas proponon – diris Milena.

-Kian proponon? – alrigardis ŝin Veselin.

-Ĉi-vespere ni iru en la restoracion "Danuba Renkontiĝo" . Mi invitas vin. Mi regalos vin tie per bongusta fiŝsupo kaj per tre bona ruĝa vino. Hodiaŭ oni donis al mi la honorarion de miaj artikoloj.

-Kial vi decidis, ke ni iru tien hodiaŭ? – demandis Veselin.

-Morgaŭ vi forveturos. Dum kelkaj tagoj ni ne estos kune. Ni iru hodiaŭ. La restoracio troviĝas ekster la urbo kaj nun, antaŭ la kristnaskaj festoj, en ĝi ne estas multaj homoj. "Danuba Renkontiĝ" ne estis malproksime, nur je dek kilometroj de la urbo. Tie, ĉe la bordo de Danubo, estis tilia arbaro, sed ne akacia kiel foje diris Milena. Sur la neĝa ŝoseo ne videblis aŭtoj. Dum Milena kaj Veselin veturis, en la aŭto sonis agrabla muziko. Ambaŭ silentis. Veselin pensis, ke dum kelkaj tagoj li estos en Serda, malproksime de Milena kaj tio ĉagrenis lin. Veselin ne tre ŝatis la festojn.

경찰은 저를 도울 수 없거든요."

"당신 말이 맞지 않아요. 문제는 매우 심각해요."

"이제 이 문제에 대해 생각하고 싶지 않거든요.
아름다운 명절이 다가오고 있고 좋고 즐거운 일에 대해
생각하고 싶어요. 제안이 있어요." 밀레나가 말했다.

"무슨 제안?" 베셀린은 바라보았다.

"오늘 밤 식당 '다뉴브의 만남'에 가요.
초대할게요. 저는 맛있는 생선 수프와 아주 좋은 적포도
주로 대접하고 싶어요. 오늘 기사에 대한 칭찬이 있었거
든요."

"오늘 거기 가기로 한 이유는 무엇인가요?" 베셀린이 물
었다.

"내일 선생님은 떠나잖아요. 며칠 동안 우리는 함께 하
지 못해요. 오늘 가요. 식당은 도시 외곽에 있으며 지금
크리스마스 잔치를 앞두고 사람이 많지 않아요."

'다뉴브의 만남'은 멀지 않아 도시에서 10㎞ 떨어져 있
다. 다뉴브강둑에 린든 나무숲이 있었다.

밀레나가 말했듯이 아카시아는 아니다.

눈 덮인 길에서 차가 보이지 않았다.

밀레나와 베셀린이 가는 동안 차 안에서 즐거운 음악이
들렸다. 둘 다 조용했다. 베셀린은 며칠 동안 밀레나에서
멀리 떨어져 세르다에 있을 것으로 생각했다.

그것이 베셀린을 화나게 했다.

베셀린은 축제를 별로 좋아하지 않았다.

Li ne ŝatis la streĉitan antaŭfestan tumulton, la vagadon tra la vendejoj, la aĉetadon de donacoj. Neda, lia edzino, tamen tre ŝatis aĉetadi.

Ŝi povis de matene ĝis vespere esti en vendejoj kaj nenie ŝi trovis tion, kion ŝi deziris aĉeti. Neda deziris, ke Veselin ĉiam estu kun ŝi en la vendejoj, sed la bruo kaj la homoj tie lacigis lin. Li tute ne havis paciencon atendi ĉe la vicoj da homoj. Tio nervozigis lin. Same hejme Veselin ne fartis bone. Antaŭ la festoj Neda kutime komencis grandan purigon de la loĝejo kaj Veselin devis partopreni en tiu ĉi purigado. Post la purigo, ŝi komencis kuiri. Por la festoj Neda kuiris plurajn manĝaĵojn: salatojn, supojn, diversajn pladojn, desertojn. Sekvis la festa vespermanĝo, sed ĉiuj jam estis lacaj. La gepatroj de Neda kutime venis frue kaj Veselin devis renkonti ilin kaj esti tre afabla al ili.

La ŝoseo al la restoracio estis glata kiel vitro. La neĝo kovris la kampon kaj la montetojn ĉe la vojo. Milena sidis ĉe Veselin en la aŭto kaj silentis. Ŝi ne demetis la blankan ĉapelon, el kies rando videblis ŝia latunkolora hararo. En la restoracio estis nur kelkaj personoj. En la salono videblis kameno kaj estis varme. Veselin kaj Milena sidis proksime al la kameno.

긴장된 휴일 전 소동, 상점을 돌아다니는 선물 구매를 좋아하지 않았다. 그러나 아내는 쇼핑을 매우 좋아했다. 네다는 아침부터 밤까지 매장에 있을 수 있으며 어디에서도 사고 싶은 것을 찾을 수 없다.

네다는 베셀린이 자기와 함께 항상 매장에 있기를 원했다. 그러나 소음과 사람들이 베셀린을 피곤하게 만들었다. 사람들의 무리에서 기다릴 인내심이 전혀 없었다. 그것이 베셀린을 긴장시켰다.

베셀린은 또한 집에서 잘 지낼 수 없었다.

공휴일을 앞두고 아내는 보통 집안 청소를 시작했고, 베셀린은 여기 참여해야 했다.

정리 후 네다는 요리하기 시작했다. 축하 행사를 위해 몇 가지 음식, 샐러드, 수프, 다양한 요리, 디저트를 요리했다. 축제의 저녁 식사가 이어지고 모두 이미 피곤했다.

네다의 부모는 보통 일찍 왔고 베셀린은 그들을 만나고 매우 친절하게 대해야 한다.

식당으로 가는 길은 유리처럼 부드러웠다.

눈은 도로 옆 들판과 언덕을 덮었다.

밀레나가 베셀린 옆에 앉아 있다.

차 안에서 조용했다. 밀레나는 테두리에 황동색 머리카락이 보이는 흰색 모자를 벗지 않았다

식당에는 사람이 적었다. 거실에서 벽난로가 보였고 따뜻했다. 베셀린과 밀레나는 벽난로에 가깝게 앉았다.

-Ni ĵus alvenis ĉi tien kaj jam mi flaras la bonodoron de la fiŝsupo – diris Milena. – Tamen antaŭ la fiŝsupo mi ŝatus manĝi salaton. Poste ni trinkos ruĝan vinon.

-Mi ne trinkos vinon – diris Veselin – ja mi ŝoforas.

Venis la kelnero kaj Milena mendis la salatojn kaj la fiŝsupojn.

-Mi ŝatas tiun ĉi etan restoracion – diris ŝi. – Kiam vi revenos el Serda, ni pli ofte estu ĉi tie. Ĉi tie estas trankvile kaj agrable. Eble vi pentros la restoracion. Printempe kaj somere la naturo ĉirkaŭ ĝi estas fabela.

-Estas same bele vintre – diris Veselin.

-Printempe ni promenados en la arbaro. Tie, proksime, estas monteto, kies nomo estas Lupa Monteto. De tie tre bone videblas Danubo. Ĉe la bordo de la rivero estas kajo. Tie ofte estas fiŝkaptistoj. Mi konas unu el ili. Li estas oĉjo Vidin. Li havas boaton kaj foje ni promenados boate sur Danubo.

-Bonege! – diris Veselin.

-Somere ni naĝos en Danubo. Estos tre bele. Kiam mi estis gimnazianino mi ofte venis naĝi en Danubo.

-Eble vi naĝis kun iu via amato? – ekridetis Veselin.

-Eble – enigme respondis Milena.

Du horojn ili pasigis en la restoracio kaj kiam ili ekveturis al Belamonto ambaŭ estis en bona humoro.

"방금 왔는데 벌써 생선국 냄새를 맡을 수 있어요."
밀레나가 말했다. "하지만 생선국을 먹기 전에 샐러드 먹기를 좋아해요. 뒤에 우리는 적포도주를 마실 거예요."
"나는 포도주를 마시지 않을 거요." 베셀린이 말했다.
"내가 운전하니까."
웨이터가 와서 밀레나는 샐러드와 생선국을 주문했다.
"저는 이 작은 식당이 좋아요." 밀레나가 말했다.
"선생님이 세르다에서 돌아오면 더 자주 여기에 와요. 여긴 조용하고 쾌적해요. 아마도 선생님은 식당을 그리겠죠. 봄과 여름에 주변의 자연은 훌륭하거든요."
"겨울에도 아름다워요." 베셀린이 말했다.
"봄에는 숲속을 산책해요. 거기, 근처에 이름이 '늑대 언덕'이라고 하는 언덕이 있어요. 거기에서 아주 잘 다뉴브를 볼 수 있죠. 강둑에는 부두가 있구요. 자주 어부가 나타나요. 저는 그들 중 한 명을 알고 있어요. 비딘 아저씨예요. 아저씨는 보트가 있고 때때로 우리는 다뉴브에서 보트를 탔어요."
"너무 좋네요." 베셀린이 말했다.
"여름에는 다뉴브에서 수영해요. 매우 아름다워요. 제가 고등학생이었을 때 다뉴브에 수영하러 자주 왔어요."
"당신이 사랑하는 사람과 수영을 했나요?" 베셀린이 웃었다. "아마도." 밀레나가 수수께끼처럼 대답했다.
그들은 식당에서 2시간을 보냈고 벨라몬트로 출발한 두 사람 모두 기분이 좋았다.

Matene Veselin vekiĝis frue. Li banis sin, razis sin kaj kuiris kafon. Ambaŭ sidis ĉe la tablo por trinki ĝin. Veselin vidis, ke Milena estas malĝoja. Ja, li forveturos. Ŝi devis resti sola en lia loĝejo dum la festoj.

-Kial vi ne iros al viaj gepatroj dum la festoj? - demandis ŝin Veselin.

-Mi ankoraŭ ne decidis ĉu mi iru aŭ ne - respondis Milena.

Veselin sentis konsciencriproĉon. Li ne devis komenci tiun ĉi amon. Ja, li estis dek jarojn pli aĝa ol Milena. Li estis edziĝinta, havis filon. Per tiu ĉi amrilato li riskis detrui sian familian vivon. Veselin tamen ne deziris ĉagreni Milenan. Li fintrinkis la kafon kaj ekstaris.

-Mi devas ekiri - diris li. Li surmetis la mantelon kaj prenis la sakon. Milena staris ĉe li.

-Ne forgesu. Mia voĉo estos kun vi - diris ŝi malĝoje.

-Mi atendos vin.

-Mi same estos kun vi - diris Veselin. En la okuloj de Milena ekbrilis larmoj kiel matena roso.

-Ne stiru rapide. Nun la vojoj estas neĝaj - diris ŝi.

-Pli bone estus, se dum la festoj vi estu ĉe viaj gepatroj.

아침에 베셀린은 일찍 일어났다. 그는 목욕하고, 면도하고 커피를 탔다. 둘 다 탁자에 앉아 마셨다.

베셀린은 밀레나가 슬퍼하는 것을 보았다.

정말, 베셀린은 떠날 것이다.

밀레나는 축제 기간 집에서만 혼자 머물러야 했다

"휴일에 부모님에게 가지 않나요?"

베셀린이 물었다.

"아직 갈지 말지 결정하지 못했어요."라고 대답했다.

베셀린은 양심의 고통을 느꼈다.

이 사랑을 해야만 하는 것은 아니다.

실제로 베셀린은 밀레나 보다 10살 더 많았다.

결혼하고 아들이 있다.

이 연애를 통해 자신의 가족생활이 무너질 위험이 있다.

그러나 베셀린은 밀레나를 화나게 하고 싶지 않았다.

커피를 마시고 일어섰다.

"가야겠어." 베셀린이 말했다.

코트를 입고 가방을 가져갔다. 밀레나는 옆에 서 있었다.

"잊지 마세요. 내 목소리는 선생님과 함께할 거예요." 슬프게 말했다. "나는 선생님을 기다릴게요."

"나도 당신과 함께 할 것이요." 베셀린이 말했다.

밀레나의 눈에는 아침 이슬처럼 눈물이 번쩍였다.

"빨리 운전하지 마세요. 이제 도로는 눈이 많이 내리고 있어요." 하고 말했다.

"공휴일에 부모님과 함께 있으면 더 좋을 텐데."

– denove diris Veselin. – Tie vi estos pli trankvila kaj vi ne estos sola.

–Bone.

Ili kisis unu la alian. Veselin ankoraŭfoje rigardis ŝiajn belajn okulojn. Milena ŝlosis la pordon post li.

베셀린이 다시 말했다.
"거기에서 당신은 더 차분해질 것이고 당신은 혼자가 아 닐 겁니다."
"좋아요."
그들은 서로 키스했다.
베셀린은 다시 아름다운 눈을 바라보았다.
밀레나는 베셀린이 떠난 뒤에 문을 잠갔다.

13.

Veselin estis laca. Kiel ĉiuj Kristnaskaj kaj Novjara festoj ankaŭ tiuj ĉi estis bruaj kaj lacigaj. Enuigaj babiladoj kaj manĝado. Veselin rapidis reveni en Belamonton. Dum la festoj la plej feliĉaj estis Neda kaj Vlad. Neda ricevis multajn donacojn de siaj gepatroj. Veselin donacis al ŝi belan robon, faritan en "Afrodito". La robo estis ĉrizkolora kun ornamaĵj.

Veselin donis al Neda monon kaj kiam ŝi prenis la koverton kun la mono, ŝia vizaĝo ekbrilis.

-Ni jam havas sufiĉe da mono – diris ŝi – kaj ni povas aĉeti novan loĝejon. Nia revo baldaŭ realiĝos.

Veslin donacis al Vlad elektronikan ludilon. Iun posttagmezon Veselin iris el la domo sola kaj li aĉetis donacon por Milena – blankan puloveron. Ja, Milena ŝatis la blankan koloron. Ŝi havis blankan ŝalon, blankan ĉapelon. La vendistino demandis Veselin en kia grandeco estu la pulovero.

Veselin tamen ne povis respondi. Li alrigardis la vendistinon kaj diris:

-Mi opinias, ke ĝi devas esti tiom granda kiel via pulovero.

13장

베셀린은 피곤했다. 모든 크리스마스와 새해처럼
이 파티들도 시끄럽고 피곤했다. 지루한 수다와 먹기다.
베셀린은 벨라몬트로 서둘러 돌아왔다.
휴일 동안 가장 행복한 사람은 네다와 블라드였다.
네다는 부모님에게서 선물을 많이 받았다.
베셀린은 '아프로디테'에서 만든 아름다운 드레스를 주었
다.
드레스는 장식이 있는 체리 색이었다.
베셀린은 네다에게 돈을 주자 돈 봉투를 받을 때 네다의
얼굴이 빛났다.
"우리는 충분한 돈이 있어요. 그리고 우리는 새 주택을
살 수 있어요. 우리의 꿈은 곧 이루어질거예요."
베셀린은 블라드에게 전자 장난감을 주었다.
어느 오후 베셀린은 혼자 집을 나가 밀레나를 위해 흰색
스웨터 선물을 샀다.
실제로 밀레나는 흰색을 좋아했다.
하얀 목도리와 하얀 모자를 가지고 있었다.
한 판매원이 베셀린에게 스웨터의 크기를 물었다.
그러나 베셀린은 대답하지 못했다.
판매원을 보았다. 그리고 말했다.
"아가씨 스웨터와 비슷한 크기 같아요."

La vendistino estis juna, simpatia kaj verŝajne ŝi tuj konjektis, ke la pulovero estas por amatino. Ŝi mem surhavis similan puloveron, sed ruĝan.

-Tiu ĉi certe estos bona - diris ŝi kaj donis al Veselin blankan puloveron.

Veselin kaŝis la puloveron, por ke Neda ne vidu ĝin.

Post la festoj li tuj ekveturis al Belamonto. Kiam la aŭto eliris el Serda, Veselin telefonis al Milena, sed ŝi ne respondis.

Eble ŝia telefono ne funkcias, supozis Veselin. Post iom da tempo li denove telefonis, sed vane. Milena ne respondis.

Kutime ŝia telefono ĉiam funkcias. Ofte Veselin ŝerce diris, ke la poŝtelefonon oni inventis speciale por Milena. Ŝi ne povis ekzisti sen poŝtelefono. Senĉese Milena uzis ĝin kaj ĝi estis tre necesa por ŝia laboro. Dum iom da tempo Veselin stiris la aŭton, rigardante la senfinan neĝan kampon. Antaŭ li la ŝoseo brilis kiel arĝenta rivero. Ankoraŭ dufoje li provis telefoni al Milena, sed ĉiam malsukcese.

Veselin venis en Belamonton tagmeze. Li parkis la aŭton antaŭ la domo kaj tuj li ekkuris al sia loĝejo, sed Milena ne estis tie. La ĉambroj dronis en silento. Veselin atente trarigardis ilin.

판매원은 젊고 친절했고 아마 스웨터가 여자 친구를 위한 것으로 바로 짐작한 듯 했다.

그것과 비슷한 스웨터를 직접 입고 있었지만 빨간색이었다. "이것이 확실히 좋을 것입니다."라고 말했다.

그리고 그것을 베셀린에게 주었다.

베셀린은 스웨터를 숨겨 아내가 보지 못하도록 했다.

축제가 끝난 뒤 즉시 벨라몬트로 출발했다.

차가 세르다에서 벗어나자 베셀린은 밀레나에게 전화했지만 대답하지 않았다.

전화를 안 받을 수도 있다고 베셀린은 추측했다.

잠시 후 다시 전화했지만 소용없었다.

밀레나는 받지 않았다.

보통 멜레나는 전화를 항상 잘 받는다.

가끔 베셀린은 농담으로 '특별히 당신을 위해 휴대전화가 발명되었네요.'라고 말했다.

휴대전화 없이 존재할 수 없다.

계속해서 사용했고 작업에 필수적이다.

얼마 동안 베셀린은 끝없이 눈덮힌 들판을 바라보며 자동차를 운전했다. 그 앞에서 찻길은 은빛 강처럼 빛났다.

두 번 더 전화하려고 했지만 통화되지 않았다.

베셀린은 정오에 벨라몬트에 도착했다.

집 앞에 주차했다.

즉시 아파트로 달려갔지만 밀레나는 거기에 없었다.

방은 조용했다. 세심하게 방안을 살펴보았다.

Eĉ spuro ne estis de Milena. Ĉio estis tiel kiel antaŭ kelkaj tagoj, kiam li ekveturis. Sur la tableto staris la malplena kafglaseto de Milena. Eble ŝi iris ien, sed eĉ noteto ne troveblis de ŝi. Dum iom da tempo Veselin restis en la loĝejo, kiu nun aspektis al li tre granda. Kion fari? Li supozis, ke subite la telefono eksonoros kaj li aŭdos la voĉon de Milena. Li decidis iom atendi kaj li sidis proksime al la hejma telefono. La minutoj pasis terure malrapide. Nun li komprenis kiel forte li amas Milenan. Ŝi estis grava parto el lia vivo.

–Eble mi fariĝis teda al ŝi – diris Veselin. – Ŝi trovis alian viron kaj ambaŭ ekveturis ien festi. Ja, ŝi estas juna, mi – aĝa. Ŝi devas pensi pri edzo, pri familio, pri infanoj··· Mia vivo kaj mia profesio estas tre ordinaraj. Ŝia vivo estas emocia kaj varia. Mi nenion povas promesi al ŝi.

Veselin elprenis el la sako la blankan puloveron, kiun li aĉetis al Milena kaj metis ĝin en la vestoŝrankon. Ĝi plu ne estis bezonata. Dum li veturis, li kvazaŭ vidis kiel li donacos ĝin al Milena, li kvazaŭ vidis ŝian rideton kaj ŝian vizaĝon, lumigitan de ĝojo kaj sunbrilo. Poste li imagis ŝian varman kison. Sed tio estis nur revoj.

Tutan horon Veselin sidis senmova.

밀레나의 흔적은 없었다. 모든 게 며칠 전 출발했을 때와 같았다.

작은 탁자 위에는 밀레나의 빈 커피잔이 있다.

어딘가에 갔을지도 모르지만, 메모조차도 발견되지 않았다. 얼마 동안 베셀린은 이제 아주 휑한 빈 집에 머물렀다. 갑자기 전화가 울리고 밀레나의 음성이 들릴 것이라고 짐작했다.

잠시 기다리기로 했고 집 전화 가까이에 앉았다.

시간이 엄청나게 느리게 지나갔다.

베셀린은 얼마나 많이 밀레나를 사랑하는지 깨달았다.

이제 밀레나는 삶의 중요한 부분이 되어 있었다.

베셀린은 '아마 밀레나도 지루해졌을 거야.'라고 말했다. '다른 남자를 찾았어. 둘이 어딘가로 축하하러 갔어. 맞아, 밀레나는 젊고 나는 늙었지. 밀레나는 남편, 가족, 자녀에 대해 생각해야지. 내 인생과 직업은 매우 평범해. 밀레나의 삶은 감정적이고 다양해. 나는 아무것도 약속할 수 없어.' 베셀린은 가방에서 밀레나에게 주려고 산 하얀 스웨터를 꺼내 벽장에 넣었다. 이제는 필요 없다.

운전하면서 베셀린은 자신이 어떻게 선물을 줄 것인지 눈에 보이듯 했고, 밀레나의 기쁨과 햇살로 비친 미소와 얼굴을 보는 것 같았다.

그런 다음 따뜻한 키스를 상상했다.

그러나 그것은 단지 꿈이었다.

베셀린은 한 시간 동안 움직이지 않고 앉아 있었다.

La telefono ne sonoris. Subite lia poŝtelefono eksonoris kaj lia koro forte ekbatis. Per tremanta mano li prenis la telefonon. Estis granda senreviĝo. Telefonis Neda. Ŝi demandis lin ĉu li bone veturis kaj ĉu li jam estas en Belamonto. Neda diris al li, ke nun ŝi deĵoras en la hospitalo. Veselin provis rapide fini la konversacion kun ŝi. Li daŭrigis atendi telefonalvokon de Milena. En la silenta ĉambro kiel mitralaj pafoj tiktakis la vekhorloĝo.

Veselin ne povis plu atendi. Li ekstaris, vestis sin kaj eliris. Li decidis iri en la loĝejon de Milena. Li nepre devis renkontiĝi kun ŝi. Li ne povis imagi, ke ŝi foriris kaj neniam plu li vidos ŝin. Veselin deziris demandi ŝin kio okazis, kial ŝi subite foriris? Ĉu li estas la kialo, ĉu li ofendis ŝin? La demandoj atakis lin kiel aro da vespoj. Li jam estis nervoza, sed ia voĉo flustris al li: "Kial vi tiom pensas pri ŝi? Lasu ŝin.

Se ŝi decidis foriri de vi, ŝi foriru! Ne bedaŭru!"

Veselin provis silentigi kaj sufokigi tiun ĉi malican voĉon. Li rapide iris sur la strato al la loĝejo de Milena. Li trapasis la senhoman placon kun la horloĝa turo kaj ŝajnis al li, ke li kvazaŭ paŝus en iu stranga kaj sorĉita urbo. La neĝaj arboj similis al timigaj blankaj siluetoj.

전화는 울리지 않았다. 갑자기 휴대전화기가 울리고 심장이 두근거렸다. 떨리는 손으로 전화기를 들었다.

크게 실망했다. 아내가 전화했다.

잘 운전하고 갔는지, 이미 벨라몬트에 있는지 물었다.

지금 병원에서 일한다고 말했다.

베셀린은 통화를 빨리 끝내려고 노력했다.

계속해서 밀레나의 전화를 기다렸다.

조용한 방에서 기관총처럼 알람 시계가 똑딱거린다.

베셀린은 더는 기다릴 수 없었다.

일어나 옷을 입고 나왔다. 밀레나의 아파트로 가기로 했다. 분명히 밀레나를 만나야 한다.

사라진 것과 다시 볼 수 없다는 것을 상상할 수 없다.

베셀린은 무슨 일이 있었는지 왜 갑자기 떠났는지 묻고 싶었다. 무엇이 밀레나를 화나게 한 이유일까?

질문은 말벌처럼 베셀린을 공격했다.

이미 긴장했고 어떤 목소리가 속삭인다.

'왜 밀레나를 그렇게 생각하니? 밀레나가 당신을 떠나기로 했다면, 놓아주세요. 미안해 하지 마세요.'

베셀린은 이 악당의 목소리를 침묵시키고 억압하려 했다.

밀레나의 아파트를 향해 거리를 서둘러 갔다.

시계탑이 있는 텅 빈 광장을 지나갔는데, 마치 이상하고 매혹적인 도시에 발을 들여놓은 것 같았다.

눈덮힌 나무는 무서운 흰색 그림자처럼 보였다.

Subite li rememoris la sonĝon de Milena, kiun ŝi rakontis al li pri la arbaro kun la arĝentaj fiŝoj sur la arboj. Nun tiu ĉi sonĝo ŝajnis al li terura.

Veselin venis al la domo de Milena. Li iris sur la kvaran etaĝon kaj li haltis antaŭ la pordo de la loĝejo. Li stuporiĝis. La pordo estis malfermita. Malrapide, atente Veselin eniris la loĝejon. Li ĉirkaŭrigardis. Ene ĉio estis renversita kaj disĵetita: tirkestoj, libroj, vestoj. Iu serĉis ion ĉi tie. Sur la planko kuŝis roboj kaj subvestoj de Milena. Kelkajn minutojn Veselin staris senmova kvazaŭ fulmo trafis lin. Kion fari? Nur tion li ne supozis. En la loĝejo regis ĥaoso.

Veselin malrapide eliris kaj ekiris al la polico. Li paŝis kvazaŭ ebria. Certe io malbona okazis al Milena, sed kial? "Kie vi estas, kara?" flustris li delire. "Kial vi ne telefonis al mi?"

Neniam li estis tiel frakasita. La supozo, ke al Milena okazis io terura paralizis lin. Lia stomako fariĝis kiel eta pilko. Surdorse li kvazaŭ havis grandan pezan ŝtonon. Veselin daŭre flustris:

"Kie vi estas? Kio okazis?" Milena ĉiam diris, ke ŝia voĉo estos kun li, sed nun ŝia voĉo mankis.

갑자기 나무에 은색 물고기가 달린 숲에 관하여 이야기
해준 밀레나의 꿈이 생각났다.

이제 이 꿈은 끔찍한 것처럼 보였다.

베셀린은 밀레나의 집에 왔다. 4층으로 갔다.

아파트 문 앞에 멈췄다. 쓰러질 뻔했다.

문이 열려 있었다. 천천히 조심스럽게 베셀린은 방으로
들어갔다. 주위를 둘러보았다.

내부에는 모든 것이 엎어져 어지러웠다.

서랍, 책, 옷. 누군가 여기서 뭔가를 찾았다.

밀레나의 드레스와 속옷이 바닥에 흩어져 있다.

몇 분 동안 베셀린은 벼락에 맞은 듯 움직이지 않고 서
있었다. 무엇을 해야 할까? 전혀 짐작하지 못한 일이었
다. 아파트에 큰 소동이 났다. 베셀린은 천천히 나가서
경찰서로 갔다. 취한 것처럼 걸었다.

확실히 밀레나에게 나쁜 일이 일어났지만, 그 이유는 무
엇일까? '어디 있나요? 당신은?' 정신없이 속삭였다.

'왜 나에게 전화하지 않았나요?'

그렇게 부서진 적이 없었다.

밀레나에게 무슨 일이 일어났다는 가정 때문에 끔찍하게
마비되었다. 배는 작은 공처럼 되었다. 등위에 크고 무거
운 돌을 가지고 있는 것 같았다.

베셀린은 계속 속삭였다. '어디야?" 무슨 일이야?'

밀레나는 항상 자기 목소리가 베셀린과 함께 할 것이라
고 말했지만 지금은 그 목소리가 사라졌다.

14.

En la policejo alta iom dika policano demandis Veselin:

-Kio okazis, sinjoro?

-Mi deziras informi pri virino, kiu malaperis.

La policano alrigardis lin suspektinde.

-Kiel malaperis?

-Ŝi ne estas hejme.

-Ĉu vi estas certa?

-Jes. Mi serĉis ŝin, sed oni prirabis ŝian loĝejon kaj ŝi ne estas en la loĝejo. Mi telefonis al ŝi, sed ŝia telefono ne funkcias – klarigis Veselin.

-Kiu vi estas?

-Mi estas ŝia konato.

-Ĉu nur konato kaj ne parenco? – demandis la policano.

-Jes. Nur konato.

-Konato, ĉu ne? – en la voĉo de la policano eksonis ironio. Verŝajne li supozis, ke Veselin estas ne konato, sed amanto.

-Jes – ripetis Veselin pli firme.

-Bonvolu diri vian nomon.

-Mia nomo estas Veselin Kanazirev.

-Kio estas via profesio? – demandis la policano.

14장

경찰서에서 키가 크고 뚱뚱한 경찰관이 베셀린에게 물었
다. "무슨 일이십니까?"
"실종된 여성을 신고하고 싶어요."
경찰관은 의심스럽게 바라보았다.
"어떻게 사라졌습니까?"
"집에 없어요."
"확실합니까?"
"예. 나는 찾고 있었지만 살던 아파트도 도둑맞았어요.
여자가 아파트에 없었어요. 나는 전화했지만, 전화는 꺼
져 있어요."
베셀린은 설명했다.
"누구십니까?"
"아는 사람이요."
"친척이 아닌 아는 사람입니까?" 경찰관이 물었다.
"예. 그냥 아는 사람."
"아는 사람 맞습니까?" 경찰관의 목소리가 비웃는 소리
를 냈다. 확실히 경찰관은 베셀린이 아는 사람이 아니라
연인이라고 생각했다.
"예," 베셀린은 더욱 단호하게 되풀이했다.
"이름을 말해 주십시오."
"내 이름은 베셀린 카나지레브요."
"직업은 무엇입니까?" 경찰관이 물었다.

-Mi estas pentristo en la fabriko "Afrodito" .

-Kial la parencoj de la virino ne venis informi pri ŝia malapero? Verŝajne ŝi havas familion, gepatrojn?

-Ŝi estas eksedziniĝinta. Ŝi ne havas infanojn kaj ŝiaj gepatroj verŝajne ankoraŭ ne scias pri ŝia malapero. Ili loĝas en vilaĝo Verda Valo - klarigis Veselin.

-Kiel nomiĝas la virino?

-Milena Iskreva.

-Kio estas ŝia laboro?

-Ŝi estas ĵurnalistino de la ĵurnalo "Kuriero" .

-Kiel vi eksciis, ke ŝi malaperis? - demandis la policano kaj al Veselin ŝajnis, ke la demandoj jam estas tro multaj.

-Kelkfoje mi provis telefoni al ŝi. Ŝi ne respondis al miaj telefonalvokoj. Tiam mi iris en ŝian loĝejon kaj mi vidis, ke iu prirabis la loĝejon. La pordo estis malfermita kaj en la loĝejo estis ĥaoso. Ŝi ne estis tie.

-Kiam vi vidis ŝin lastfoje?

Antaŭ la Kristnaskaj kaj Novjaraj festoj. Poste mi ekveturis al Serda. Hodiaŭ mi revenis.

-Jes. Mi komprenis - diris gravmiene la policano. -
Nun mi donos al vi paperon kaj skribilon kaj vi devas priskribi ĉion, kion vi diris al mi. Vi detale skribu de kiam vi konas ŝin kaj kiel vi konatiĝis kun ŝi.

"나는 공장 '아프로디테'의 화가요."

"여자의 친척이 실종에 대해 알리러 오지 않은 이유는 무엇입니까? 확실히 가족이 있습니다. 부모님은?"

"이혼했어요. 자녀는 없어요.
부모님은 아직 실종에 대해 모를 것이요.
그들은 녹색 계곡 마을에 살고 계세요."

베셀린은 설명했다.

"여자 이름이 무엇입니까?"

"밀레나 이스크레바요."

"직업은 무엇입니까?"

"지역신문 '쿠리에로'의 기자요."

"사라진 것을 어떻게 알았습니까?" 경찰이 물었다.

베셀린은 질문이 너무 많다고 느꼈다.

"가끔 전화했어요. 내 전화를 받지 않았어요.
아파트에 가서 누군가가 아파트를 뒤진 것을 보았어요.
문이 열려 있었고 방은 어지러웠어요. 여자는 거기에 없었어요."

"마지막으로 본 게 언제입니까?"

"크리스마스와 연말연시 전이요. 그 뒤 나는 세르다로 출발했고, 오늘 나는 돌아왔어요."

"예. 알겠습니다." 경찰관이 심각하게 말했다.

"이제 종이와 펜을 드리겠습니다. 선생님이 제게 말한 모든 것을 써야 합니다. 여자를 언제 어떻게 알게 되었는지 자세하게 적어 주십시오.

Ĉu vi havas ŝian foton?

-Mi ne havas, sed en la redaktejo de la ĵurnalo "Kuriero" , kie ŝi laboras, eble estas ŝia foto.

-Bone. Sidu kaj skribu ĉion detale -ordonis la policano.

Veselin eksidis ĉe tablo en la policejo kaj komencis skribi. Li skribis du paĝojn kaj donis ilin al la policano, kiu komencis atente legi ilin.

-Bone - diris la policano. -Nur diru ankoraŭ vian adreson kaj la numeron de via poŝtelefono.

Veselin donis siajn adreson kaj telefonnumeron.

-Vi scias, ke laŭ la leĝo ni komencos serĉi ŝin dudekkvar horojn post la ricevo de la informo pri la malapero. Poste ni informos vin pri tio kio okazis. Ĝis revido.

Veselin eliris el la policejo. Li estis kvazaŭ batita. Li ĉirkaŭrigardis. La policejo troviĝis en la centro de la urbo. Proksime estis la redaktejo de ĵurnalo "Kuriero" kaj li iris tien.

En la redaktejo estis du virinoj kaj mezaĝa viro.

-Bonan tagon - salutis ilin Veselin. - Mi ŝatus demandi vin ĉu vi scias kie estas Milena?

-Nenion ni scias - respondis la viro. - Lastfoje ni vidis ŝin antaŭ la Kristnaskaj festoj. Ŝi ne venis ĉi tien kaj ne telefonis al ni. Kiu vi estas kaj kial vi serĉas ŝin?

사진은 가지고 있습니까?”

“없지만 일하는 신문 ‘쿠리에로’ 편집실에서 아마 사진은 있을 거요.”

“좋습니다.”

경찰은 앉아서 모든 것을 자세하게 적으라고 명령했다.

베셀린은 경찰서의 탁자에 앉아 쓰기 시작했다.

두 페이지를 작성하여 경찰에 넘겼다.

주의 깊게 읽기 시작했다. “아주 좋습니다.” 경찰이 말했다. “선생님의 주소와 휴대전화번호를 말해 주십시오.”

베셀린은 주소와 전화번호를 알려주었다.

“법에 따라 실종 신고를 받은 24시간 뒤 찾기 시작한다는 것을 선생님은 알고 계실 것입니다. 그런 다음 무슨 일이 있었는지 알려 드리겠습니다. 안녕히 가십시오.”

베셀린은 경찰서에서 나왔다. 마치 맞은 것처럼 보였다.

주변을 둘러봤다. 경찰서는 시내 중심에 있었다.

근처에는 신문 ‘쿠리에로’의 편집실이 있어 그곳으로 갔다. 편집실에는 두 명의 여성과 한 명의 중년 남성이 있었다.

“안녕하세요.” 베셀린이 말했다.

“밀레나 기자가 어딨는지 아느냐고 묻고 싶어요.”

“우리는 아무것도 모릅니다.”라고 남자가 대답했다.

“마지막으로 크리스마스 축제 전에 봤어요.

여기에 오지 않았고 우리에게 전화도 하지 않았습니다.

선생님은 누구며 왜 찾고 있습니까?”

-Mia nomo estas Veselin Kanazirev. Mi estas ŝia konato. Same al mi ŝi ne telefonis kaj mi estas maltrankvila pri ŝi.

-Ho, vi estas ŝia mistera konato, ĉu ne? – ekridetis unu el la virinoj.

Veselin ŝajnigis, ke li ne aŭdis ŝin.

-Hodiaŭ mi estis en la loĝejo de Milena, sed ŝi ne estis tie. La loĝejo estis prirabita.

La gekolegoj de Milena fiksrigardis Veselin, kvazaŭ ili ne komprenis kion li diras.

-Ĉu? – demandis la viro.

-Jes. Eble oni ŝtelis ion el la loĝejo de Milena.

-Terure! – diris ĥore la virinoj.

-Vi certe scias, ke plurfoje oni minacis Milenan telefone. Oni avertis ŝin ne verki artikolojn pri la korupto de konataj kaj elstaraj personoj. Oni minacis murdi ŝin – diris Veselin.

-Ni scias. Oni ofte minacas nin – diris la viro. – Tia estas nia profesio.

-Mi estis en la policejo – diris Veselin – kaj mi informis la policon pri la malapero de Milena. Tie oni deziras havi ŝian foton. Ĉu ĉi tie, en la redaktejo, estas ŝia foto?

"제 이름은 베셀린 카나지레브예요. 아는 사람이죠.
제게 전화하지 않아 걱정되는군요."
"오, 선생님이 신비한 지인이군요, 그렇죠?"
여자 중 하나가 미소를 지었다.
베셀린은 그 말을 듣지 않은 척했다.
"오늘 밀레나 기자의 아파트에 갔지만 없었어요. 아파트
는 도둑맞았습니다."
밀레나의 동료들은 베셀린이 말하는 것을 이해하지 못한
듯 쳐다보았다.
"그래요?" 남자가 물었다.
"예. 밀레나 기자의 아파트에서 뭔가 도난당했을 수도
있어요."
"아이고!" 합창하듯 여자들이 말했다.
"밀레나 기자가 여러 번 전화 위협을 받았다는 것을 당
신은 확실히 알고 있죠. 유명하고 저명한 사람들의 부패
에 관한 기사를 쓰지 말라고 경고받았어요.
살인 위협도 받았지요."라고 베셀린이 말했다.
"우린 압니다. 우리는 종종 위협을 받습니다."라고 남자
가 말했다.
"우리의 직업입니다."
베셀린은 "나는 경찰서에 가서 밀레나 기자의 실종에 대
해 경찰에게 알렸어요."라고 말했다.
"거기서 밀레나 기자의 사진을 갖기 원해요.
사진이 여기 편집실에 있나요?"

–Ni serĉos foton kaj ni donos ĝin al la polico – promesis la viro.

–Jen mia telefonnumero – diris Veselin – se vi ekscius ion pri Milena, bonvolu telefoni al mi.

Veselin donis la numeron de sia poŝtelefono al la viro.

"사진을 찾아서 경찰에게 주겠습니다."라고 약속했다.
베셀린은 "여기에 내 전화번호가 있어요. 밀레나 기자에
대해 무언가 알고 계신다면 전화 주세요."라고 말했다.
베셀린은 남자에게 휴대전화번호를 주었다.

15.

La sekvan matenon Veselin telefonis al la redaktejo.
Li aŭdis la konatan voĉon de la viro kun kiu li parolis
hieraŭ.
−Telefonas Veselin Kanazirev. Ĉu vi trovis foton de
Milena?
−Ni ne trovis ŝian foton en la redaktejo − diris la viro.
Se la policanoj bezonas ion pri Milena, ili telefonu al
ni − diris la viro iom malafable.
−Vi devas same telefoni al la polico − diris Veselin. −
Ja, tutan semajnon Milena ne venas en la redaktejon
kaj vi ne scias kio okazis al ŝi.
−Sinjoro Kanazirev, ni estas ĵurnalistoj kaj ne policanoj.
Vi ne devas esti tiom emocia. Nun homo ne povas
malaperi senspure. Milena certe venos.
−Tamen vi ne devas esti tiom trankvilaj − preskaŭ
ekkriis Veselin kaj li ĉesigis la konversacion.
Veselin denove iris en la policejon, sed nun estis alia
policano, pli juna, kaj al li same Veselin diris kio
okazis. La policano kapjesis kaj diris:
−Ni jam okupiĝas pri tiu okazo, sinjoro.
−Tamen mi deziras scii kion vi konstatis − diris
Veselin.

15장

다음 날 아침 베셀린은 편집자에게 전화를 걸었다.
어제 말했던 남자의 익숙한 목소리를 들었다.
"안녕하세요. 베셀린 카나지레브예요. 밀레나 기자의 사진을 찾았나요?"
"편집실에서 사진을 찾지 못했습니다." 남자가 말했다.
"경찰이 밀레나 기자에 대해 필요한 것이 있으면 저희에게 전화하게 하십시오."
그 남자는 조금 심술 궂게 말했다.
"당신도 또한 경찰에 전화해야 해요." 베셀린이 말했다.
"정말 밀레나 기자는 일주일 내내 편집실에 오지 않았잖아요. 무슨 일이 일어났는지 당신은 모르구요."
"카나지레브 씨, 우리는 경찰이 아니라 언론인입니다.
그렇게 감정적일 필요는 없습니다. 이제 인간은 흔적없이 사라질 수 없습니다. 밀레나 기자가 올 것입니다."
"하지만 그렇게 침착할 필요는 없어요."
거의 베셀린은 외쳤고 대화를 중단했다.
베셀린은 다시 경찰서에 갔지만, 또 다른 더 젊은 경찰관에게 똑같이 무슨 일이 일어났는지 말했다.
경찰관은 고개를 끄덕이며 말했다.
"우리는 이미 그 사건을 다루고 있습니다."
"하지만 나는 당신이 확인한 것을 알고 싶어요." 베셀린이 말했다.

-Al vi ni ne devas raporti - diris la policano.

Veselin eliris el la policejo, kolera.

Vespere Veselin paŝis tie-reen en la loĝejo kaj li similis al sovaĝa besto en kaĝo. Jam du tagojn li atendis iun informon de la polico kaj tiu ĉi atendado nervozigis lin. Lia kapo bruis kiel terura akvofalo. Li estis senpova. Neniam li supozis, ke okazus tio. Ĉu vere Milena malaperis? Antaŭ semajno ili estis kune kaj nun ŝi estas nenie. Laca, elĉerpita, Veselin eksidis sur la liton. Subite la telefono eksonoris. Veselin saltis, levis la aŭskultilon kaj li aŭdis nekonatan voĉon:

-Kanazirev? - demandis viro.

-Jes - respondis Veselin. Lia gorĝo estis seka pro streĉiteco.

-Se vi ankoraŭfoje iros en la policon, via edzino en Serda ekscios pri via amrilato kun Milena - diris la viro.

-Kiu vi estas? Kiu vi estas? - ekkriis Veselin terurite, sed la viro ĉesigis la telefonadon.

Dum la tuta nokto Veselin ne povis ekdormi. Matene li tuj iris en la policejon por diri pri la viro, kiu telefonis kaj minacis lin. Veselin deziris, ke la policanoj komencu subaŭskulti la telefonparoladojn. Tio eble helpos ilin ekscii kio okazis al Milena.

"우리는 선생님께 보고할 필요가 없습니다." 경찰이 말했다. 베셀린은 화가 나서 경찰서에서 나왔다.

저녁에 베셀린은 방안에서 앞뒤로 걸어 다녔고 새장에 있는 야생 동물을 닮았다.

이틀 동안 경찰의 소식을 기다리고 있었다.

기다림은 베셀린을 긴장하게 했다.

머리가 끔찍한 폭포처럼 시끄럽다.

무력했다. 결코, 무엇이 일어나리라고 생각하지 않았다.

밀레나가 정말로 사라졌을까? 일주일 전에 그들은 함께 있었지만 지금 그 여자는 어디에도 없다.

피곤하고 지쳐 베셀린이 침대에 앉았다.

갑자기 전화가 울렸다. 베셀린이 뛰어 수화기를 들었다. 알 수 없는 음성을 들었다.

"카나지레브씨입니까?" 남자가 물었다.

"예," 베셀린이 대답했다. 긴장하여 목이 막혔다.

"다시 경찰서에 가면 세르다에 있는 아내가 밀레나와의 연애에 대해 알게 될 겁니다."라고 남자가 말했다.

"누구시죠? 당신은 누구입니까?" 공포에 질려 베셀린은 외쳤다. 하지만 그 남자는 전화를 끊었다.

베셀린은 밤새도록 잠을 잘 수 없었다. 아침이다.

즉시 경찰서에 전화해서 자기를 위협한 사람에 관해 이야기하려고 갔다. 베셀린은 경찰이 전화 도청하기를 원했다. 그것은 그들이 밀레나에게 무슨 일이 생겼는지 아는 데 도움이 될 수 있다.

Veselin eniris la policejon kaj diris al la deĵoranta policano, ke li deziras paroli kun la direktoro de la polico. La deĵoranta policano malafable diris:

–Tio nun ne eblas! Vi devas doni skriban peton kaj ni telefonos al vi kiam la direktoro akceptos vin.

–Mi estos ĉi tie ĝis vespere! – diris firme Veselin. – Mi atendos la direktoron por paroli kun li! Mi ne foriros de ĉi tie!

Finfine la deĵoranta policano telefonis al iu kaj poste li diris al Veselin:

–La direktoro atendas vin.

Veselin eniris en la kabineton de la direktoro. Ĉe granda masiva skribotablo sidis kvardekjara viro, malalta, iom kalva kun ronda vizaĝo kaj okuletoj, kiuj similis al okuletoj de porkido. Se Veselin vidus lin sur la strato, li neniam supozus, ke tiu ĉi viro estas la direktoro de la polico en Belamonto.

Kelkajn minutojn la direktoro silentis, legante ion. Poste li alrigardis Veselin per siaj grizaj okuletoj kaj malrapide diris:

–Sinjoro Kanazirev, ĉu ne?

–Jes – respondis Veselin.

–Mi ricevis vian informon pri la malapero de sinjorino Milena Iskreva. Tamen vi ne devis rapidi.

베셀린은 경찰서에 들어가서 근무하는 경찰에게 경찰 국장과 이야기하고 싶다고 말했다.

근무 경찰관이 화를 내며 말했다.

"지금은 불가능해요! 선생님은 서면 요청을 해야 하며 국장이 그것을 받아들이면 전화할 것입니다."

"저녁까지 여기 있을게요!" 베셀린이 단호하게 말했다. "경찰 국장과 이야기를 하기 위해 기다릴 것입니다! 나는 여기서 떠나지 않을 것입니다!"

마침내 근무 중인 경찰이 누군가에게 전화를 걸고 베셀린에게 말했다.

"국장이 선생님을 기다리고 있습니다."

베셀린은 국장실에 들어갔다.

크고 거대한 책상에 마흔 살의 남자가 앉아 있었다.

키가 작고 둥근 얼굴에 새끼 돼지의 눈을 가지고 머리는 대머리였다.

베셀린이 길에서 본다면 결코 이 사람이 벨라몬트의 경찰 국장이라고 추측하지 못했을 것이다.

몇 분 동안 국장은 조용히 무언가를 읽고 있었다.

그 뒤 회색 눈으로 베셀린을 바라보며 천천히 말했다.

"카나지레프 씨, 맞으십니까?"

"예," 베셀린이 대답했다.

"밀레나 이스크레바 기자의 실종에 대해 신고를 받았습니다. 그러나 서두를 필요는 없습니다."

Veselin ne komprenis kion la direktoro deziris diri per la frazo: "Vi ne devis rapidi."

-Mi havas kelkajn demandojn al vi, sinjoro Kanazirev – daŭrigis la direktoro. – Vi estis la persono, kiu vidis Milena Iskreva antaŭ ŝia malapero, ĉu ne? Kiam estis tio?

-La dudek duan de decembro, vendrede je la oka horo matene, antaŭ mia ekveturo al Serda – respondis precize Veselin.

-Kie vi vidis ŝin? – demandis la direktoro.

-En mia loĝejo – respondis Veselin trankvile.

-Kial en via loĝejo? – sur la ronda vizaĝo de la direktoro aperis ruzeta rideto, per kiu li kvazaŭ dezirus diri:

"Ĉio estas klara. Vi vidis ŝin en via loĝejo kaj ĉu hazarde ŝi ankoraŭ ne estas tie?"

-Ni estas geamikoj – respondis Veselin.

-Ĉu ŝi dormis en via loĝejo?

-Ĉu tio gravas? – demandis Veselin kolere.

-Ĉio gravas, sinjoro Kanazirev. Kiam la polico serĉas homon, kiu malaperis, la polico devas scii ĉiujn detalojn kaj ni devas esplori ĉion – gravmiene diris la direktoro. -Do, ni daŭrigu – diris li kaj denove fiksrigardis Veselin.

베셀린은 국장의 문장 '서두를 필요가 없습니다.'가 무엇을 말하고 싶은지 이해하지 못했다.

"몇 가지 질문이 있습니다, 카나지레프 씨."

국장이 계속했다.

"당신은 실종 전 밀레나 기자를 본 사람이었습니다. 맞죠? 그게 언제입니까?"

"12월 20일 금요일 8시입니다. 아침에 내가 세르다로 떠나기 전에."

베셀린은 정확하게 대답했다.

"어디서 봤습니까?" 국장이 물었다.

"내 아파트에서" 베셀린이 침착하게 대답했다.

"왜 선생님 아파트입니까?" 국장이 둥근 얼굴에 교활한 웃음을 지으며 마치 이렇게 말하고 싶은 듯했다.

"모든 것이 분명합니다. 선생님은 자택에서 기자를 보았고 기자는 우연스럽게 지금 거기 있지 않습니까?"

"우리는 친구입니다." 베셀린이 대답했다.

"기자가 선생님 집에서 잤습니까?"

"그게 중요한가요?" 베셀린이 화가 나서 물었다.

"모든 것이 중요합니다, 카나지레프 씨. 경찰이 사라진 사람을 찾을 때 모든 세부 사항을 알아야 하고 모든 것을 조사해야 합니다."

국장이 심각하게 말했다.

"그럼 계속 말씀하십시오." 말하고 베셀린을 다시 뚫어지게 쳐다보았다.

– Kiam vi revenis el urbo Serda kaj kiam vi vidis, ke la loĝejo de sinjorino Iskreva estas malfermita kaj eble prirabita?

–La duan de januaro.

–Do, la duan de januaro vi estis en la loĝejo de sinjorino Iskreva.

–Jes.

–Kion vi faris tie?

–Mi iris serĉi ŝin – respondis Veselin. Jam li estis sufiĉe nervoza.

–Jes. Strange – diris la direktoro kaj denove li ruzete ekridetis.

–Ĉu vi suspektas min? – ne eltenis Veselin. – Tio estas stultaĵo!

–Mi diris al vi, ke eĉ la plej eta detalo estas grava. Ĉu vi deziras diri ankoraŭ ion, kion eble vi forgesis? – la direktoro denove fiksrigardis Veselin kaj li emfazis la vorton "eble".

–Jes. Mi komprenas, ke vi suspektas min, sed mi diros al vi, ke kiam Milena Iskreva venis al mi, ŝi diris, ke nekonataj viroj minacas ŝin telefone. Ŝi estis tre timigita. Hieraŭ vespere iu viro telefonis al mi kaj avertis min, ke mi ne plu informu la policon pri la malapero de Milena.

"세르다 마을에서 돌아왔을 때 밀레나 기자의 집이 열려 있고 아마도 도둑맞은 것이 언제입니까?"

"1월 2일입니다."

"그럼, 1월 2일에 선생님은 기자의 집에 있었습니다."

"예."

"거기서 뭘 하셨습니까?"

"나는 기자를 찾으러 갔습니다." 베셀린이 대답했다.

이미 충분히 신경질이 나 있었다

"예. 이상합니다." 국장이 말하고 음흉하게 웃었다.

"날 의심합니까?" 베셀린은 그것을 견딜 수 없었다.

"그건 어리석은 일입니다."

"아주 작은 섬세함도 중요하다고 말씀드렸습니다. 선생님은 아마 잊었을 수도 있는 다른 말을 하고 싶으십니까?" 국장은 베셀린을 다시 응시하고 '아마'라는 단어를 강조했다.

"예. 나는 국장님이 나를 의심하는 것을 이해하지만 나는 말할 것입니다.

밀레나 기자가 나에게 왔을 때 모르는 남자들이 전화로 위협한다고 말했습니다.

기자는 매우 무서워했습니다.

지난밤 어떤 남자가 나에게 전화를 걸어 기자의 실종에 대해 경찰에 알리지 말라고 경고했습니다.

-Ĉu? Kial sinjorino Iskreva ne informis la policon, ke oni minacas ŝin? – demandis la direktoro.

-Mi ne scias kial ŝi ne informis la policon.

-Ĉu nun vi elpensis tion, sinjoro Kanazirev? – denove ruzete ekridetis la direktoro.

-Kion? – ne komprenis Veselin.

-Ke iu minacis sinjorinon Iskreva.

-Kiel eblas? Ĉu vi primokas min? – Veselin alrigardis kolere la direktoron.

-Bonvolu esti pli trankvila. Mi tute ne komprenas kial iu minacas kaj sinjorinon Iskreva kaj vin? Ĉu estas kialo minaci vin ambaŭ?

-Anstataŭ serĉi Milenan Iskreva, vi pridemandas min kvazaŭ mi estus krimulo kaj mensogulo!

-Neniu estas krimulo antaŭ la pruvo – diris gravmiene la direktoro. – Nun vi estas libera. Se necesas, ni denove pridemandos vin.

Veselin eliris el la policejo ŝvita, nervoza.

"그렇습니까? 밀레나 기자는 왜 경찰에 위협을 받고 있다고 알리지 않았습니까?"

국장이 물었다.

"왜 경찰에 알리지 않았는지 모르겠습니다."

"지금 생각해 보십시오, 카나지레프 씨?"

다시 국장은 음흉하게 웃었다.

"무엇을요?" 베셀린은 이해하지 못했다.

"누군가 밀레나 기자를 위협했습니다."

"그게 어떻게 가능합니까? 농담하십니까?" 베셀린이 화가 나서 국장을 쳐다보았다.

"침착하십시오. 왜 누군가 밀레나 기자와 당신을 위협하고 있는지 전혀 이해할 수 없습니다. 두 사람을 위협할 이유가 있습니까?"

"밀레나 기자를 찾는 대신에 내가 범죄자이자 거짓말쟁이인 것처럼 심문하십니다."

"증거 전에는 누구도 범죄자가 아닙니다."

국장이 말했다.

"이제 선생님은 자유입니다.
필요한 경우 다시 질문하겠습니다."

베셀린은 땀을 흘리며 긴장하고 경찰서에서 나왔다.

16.

Vespere Veselin iris en restoracion "Olimpo". Li ne deziris resti hejme. La loĝejo aspektis al li fremda, obskura, dezerta. Ĝi similis al kavo, en kiu Veselin ne povis eĉ minuton esti. La profunda silento en ĝi turmentis lin. Ŝajnis al li, ke iuj kvazaŭ kaŝus sin en la anguloj de la loĝejo kaj embuskus lin.

Senĉese Veselin demandis sin: "Kio okazis al Milena? Kie ŝi estas?" Li kvazaŭ vidis ŝiajn kolombkolorajn okulojn, flaris ŝian harararomon.

Image li demandis Milenan: "Kion vi faris? Kial vi verkis tiujn ĉi kritikajn artikolojn? Kial vi priskribis la friponaĵojn, la ŝtelojn de la elstaraj personoj? Ĉu vi vere kredis, ke oni kondamnos ilin? Kiuj minacis vin?"

Ŝajnis al Veselin, ke la polico ne rapidas serĉi Milenan.

La direktoro de la polico suspektis Veselin kaj Veselin decidis ne plu iri en la policejon. Li ankoraŭ esperis, ke lia telefono subite eksonoros kaj li aŭdos la voĉon de Milena aŭ eble ŝi neatendite venos en lian loĝejon. Se ŝi venus, li decidis ne demandi ŝin kie ŝi estis. Se ŝi dezirus, ŝi rakontus al li ĉion.

16장

저녁에 베셀린은 '올림푸스'식당에 갔다.

집에 머물고 싶지 않다.

아파트는 이상하고 모호해 사막 같아 보였다.

베셀린이 1분도 있지 못할 동굴 같았다.

깊은 조용함이 괴로웠다. 마치 누군가 아파트 구석에 숨어 매복한 것처럼 느껴졌다. 베셀린은 계속 스스로 물었다. '밀레나에게 무슨 일이 생겼을까? 어디 있을까?'

비둘기 색깔의 눈을 보고 머리 향기를 맡는 듯했다.

상상으로 밀레나에게 물었다.

'무엇을 했나요? 왜 당신이 이 비판적인 기사를 썼나요? 당신은 왜 사기나, 저명한 사람들의 절도에 관해 썼나요? 그들이 비난받을 것이라고 정말 믿었나요? 누가 당신을 위협했나요?'

베셀린은 경찰이 밀레나를 찾기 위해 서두르지 않는 것처럼 보였다.

경찰 국장은 베셀린을 의심했다.

다시는 경찰서에 가지 않으리라 결심했다.

여전히 자신의 휴대전화기가 갑자기 울리고 밀레나의 목소리를 들을 것이고 갑자기 아파트로 들어오는 것을 기대하고 있었다.

여자가 오면 어디에 있었는지 묻지 않으리라 결심했다.

원한다면 모든 것을 말할 것이다.

Veselin ĉirkaŭrigardis. Ŝajnis al li, ke tre longe li sidas en la restoracio kaj li rigardas la menuliston.

La kelnerino, svelta, nigraokula junulino, proksimiĝis al li.

-Kion vi bonvolus, sinjoro? - demandis ŝi.

-Mi ankoraŭ ne decidis - diris Veselin embarasite.

La kelnerino iris al la najbara tablo. Veselin rigardis post ŝi kaj li vidis, ke tie sidas Patrakov, kun du junuloj, verŝajne liaj gardistoj. Veselin nevole fermis okulojn. Tiel estis dum la vespero, kiam li kaj Milena estis ĉi tie, en la sama restoracio "Olimpo". Tiam ĉe la najbara tablo sidis Partrakov.

Ĉio ripetiĝas. Ŝajnis al Veselin, ke li aŭdus la voĉon de Milena kaj ŝian flustron:

"Patrakov estas la plej riĉ persono en Belamonto. Li posedas du fabrikojn. Tamen oni ne scias kia estas lia vera okupo. Oficiale lia ĉefa agado estas produktado de mebloj. Liaj fabrikoj estas fabrikoj pri mebloj, sed ŝajnas al mi, ke tio estas nur preteksto."

Veselin malfermis la okulojn. Li certis, ke li vidos Milenan ĉe si, tamen ĉe li estis neniu. Tiam Milena diris, ke ŝi montros la krimagojn de Patrakov. Veselin denove rigardis al la najbara tablo, sed tie estis neniu. Ĉu mi sonĝs? -demandis sin Veselin.

날씬하고 검은 눈의 젊은 여종업원이 다가왔다.

"손님, 무엇을 드시겠습니까?" 물었다.

"아직 결정하지 않았어요." 베셀린이 당황하며 말했다.

여종업원은 다음 탁자로 갔다.

베셀린은 여자 뒤를 보았다.

파트라코브가 아마도 경호원으로 짐작되는 두 젊은이와 함께 앉아 있는 것을 보았다.

베셀린은 무의식적으로 눈을 감았다. 밀레나와 여기에 같은 '올림푸스'식당에 있는 저녁 동안에도 그랬다. 그때 파트라코브는 옆 탁자에 앉아 있었다.

모든 것이 반복된다. 베셀린은 밀레나의 목소리와 속삭임을 들을 것 같았다.

"파트라코브는 벨라몬토에서 가장 부자예요. 두 개의 공장을 소유하고 있죠. 그러나 무엇이 진정한 직업인지 몰라요. 공식적으로 주요 활동은 가구생산이죠. 공장은 가구 공장이지만 나는 그것이 단지 구실이라고 생각해요."

베셀린은 눈을 떴다.

함께 있는 밀레나를 볼 것이라고 확신했다

그러나 아무도 옆에 없었다. 그때 밀레나가 말했다.

"파트라코프의 범죄를 보여줄 거예요."

베셀린은 다시 다음 탁자를 바라 보았다.

그러나 아무도 없었다.

'내가 꿈을 꾸었나?' 베셀린은 혼잣말했다.

– Ĉu mi imagis, ke mi vidis Patrakovon? Vesrŝajne mi halucinas.

Veselin ekstaris kaj eliris el la restoracio. Ekstere blovis glacia vento. La stratoj estis neĝaj. Malrapide Veselin ekiris hejmen. Sur liaj ŝultroj kvazaŭ estis pezaj ŝtonoj. Li paŝis malrapide. La vintra vento malice siblis.

Tiun nokton Veselin denove dormis malbone. Li sonĝis, ke li kuras sur senfina ŝoseo. Iu persekutis lin. Li ne sciis kial li kuras, kial li ne estas en la aŭto. Li deziris rememori kie estas la aŭto. Lia koro freneze batis. Verŝajne li neniam plu havos aŭton. Subite li aŭdis molajn paŝojn. Iu proksimiĝis al la lito. Veselin vekiĝis, saltis tremanta kaj ŝvita de la lito. Li lumigis la ĉambron, sed neniu estis en ĝi. Regis nokta silento. Veselin ekpaŝis al la pordo. Li denove rememoris la sonĝon de Milena. Li rememoris la restoracion "Danuba Renkontiĝo", la tilian arbaron kaj la arĝentajn fiŝojn sur la branĉoj de la arboj. Ja, Milena diris, ke printempe kaj somere ili ambaŭ promenados ĉe la bordo de Danubo. Certe Milena ŝatis promenadi tie.

Bedaŭrinde Veselin ne havis foton de Milena. Eble post iom da tempo li forgesos ŝian vizaĝon.

'파트라코브를 봤다고 상상했나? 아마 나의 환각이다.'
베셸린은 일어나 식당을 나갔다. 밖에서 얼음같이 찬 바람이 불고 있었다. 거리는 눈이 내렸다. 천천히 베셸린은 집으로 출발했다. 어깨에는 무거운 돌이 있는 듯 보였다. 천천히 걸었다.

겨울바람이 심하게 쉿 소리를 냈다.

그날 밤 베셸린은 다시 잠을 잘 이루지 못했다.

끝없는 길을 달리는 꿈을 꾸었다. 누군가 자기를 쫓았다. 왜 달리고 있는지, 왜 차 안에 있지 않은지 모른다.

차가 어디에 있는지 기억하기를 원했다.

심장이 두근거렸다. 아마 다시는 차를 가질 수 없을 것이다. 갑자기 부드러운 발소리를 들었다. 어떤 사람이 침대에 다가왔다. 베셸린은 깨어났고 침대에서 떨며 땀을 흘렸다. 방을 밝혔지만 아무도 없었다.

밤의 조용함이 가득하다. 베셸린이 문으로 다가갔다.

다시 밀레나의 꿈을 기억했다.

식당 '다뉴브의 만남', 린든 숲과 나뭇가지 위의 은빛 물고기를 다시 기억했다.

실제로 밀레나는 봄과 여름에 둘이 함께 다뉴브강둑을 걸을 것이라고 말했다.

확실히 밀레나는 거기 걷는 것을 좋아했다.

불행히도 베셸린은 밀레나의 사진을 가지고 있지 않았다.

아마도 얼마 뒤 얼굴 마저 잊을 것이다.

Li forgesos la molan rigardon de ŝiaj kolombkoloraj okuloj, ŝian rideton. Absurda estas la vivo. La homo naskiĝas, vivas kaj senspure malaperas.

Kial?

Veselin rigardis la horloĝon. Estis la kvara horo matene. Li iris al la fenestro kaj rigardis la malluman silentan straton.

부드러운 비둘기 빛 눈빛과 웃음을 잊을 것이다.
불합리한 삶이다.
사람은 태어나고 살고 흔적도 없이 사라진다.
왜?
베셀린은 시계를 보았다. 아침 4시였다
창가로 가서 어둡고 조용한 거리를 바라보았다.

17.

La aŭto monotone zumis. Vlad dormis sur la malantaŭa sidloko, Neda rigardis eksteren. Veselin ne stiris rapide. Ili triope veturis al urbo Radovo, kie estos inaŭgurita ekspozicio de Veselin. Dum la lastaj kvin jaroj Veselin fariĝis fama pentristo. Oni aĉetis liajn pentraĵojn. Liaj ekspozicioj estis en kelkaj grandaj urboj kaj eksterlande. Antaŭ du semajnoj li revenis el Vieno, kie same estis lia ekspozicio.

Jam delonge Veselin ne plu laboras en "Afrodito". De kvin jaroj li loĝas en Serda. Li kaj Neda aĉetis novan loĝejon. La vasta kampo ĉe la ŝoseo havis orecan koloron. La aŭtuno malavare kolorigis per molaj varmaj koloroj la kampon, la arbaron, preter kiu ili veturis.

—Vidu, proksime estas restoracio – diris Neda. – Ni haltu kaj ni iom ripozu. Ja, ni veturas jam kvar horojn. –Kia restoracio? – demandis Veselin.

—Mi ne vidis la nomon, kiu estis skribita sur la ŝildo, sed estis montrite, ke post du kilometroj estos restoracio – diris Neda.

—Bone. Ni haltos kaj ni trinkos kafon – konsentis Veselin.

17장

차가 단조롭게 소리를 냈다. 블라드는 등을 기대고 잤다.
네다가 밖을 내다보았다.
베셀린은 빨리 운전하지 않았다.
그들 세 사람은 전시회가 열릴 '라도보'시를 차로 갔다.
지난 5년 동안 베셀린은 유명한 화가가 되었다.
사람들이 그림을 샀다.
전시회는 몇몇 대도시와 해외에서 열렸다.
2주 전 전시회가 있었던 '비엔나'에서 돌아왔다.
베셀린은 이미 오래전부터 '아프로디테'에서 일하지 않았
다. 5년 동안 세르다에서 살았다.
아내는 새 아파트를 샀다.
길옆의 광활한 들판은 황금빛이었다.
가을은 은은한 따뜻한 색감으로 들판과 숲을 아낌없이
물들였고, 그들은 그 곳을 지나갔다.
"저기, 근처에 식당이 있어요." 아내가 말했다.
"멈춰서 조금 쉬게 해주세요.
정말로 우리는 4시간 동안 차를 탔어요."
"어떤 식당?" 베셀린이 물었다.
"간판에 적힌 이름은 못 봤는데 2km 뒤에 식당이 있을
것이라고 쓰여 있었어요."라고 아내가 말했다.
"좋아요. 우리는 멈추고 커피를 마십시다."
베셀린이 동의했다.

Vlad daŭre dormis. Antaŭ ili ĉe la ŝoseo videblis arbaro, kiu similis al tilia arbaro. Subite Veselin vidis alian ŝildon: "Restoracio "Danuba Renkontiĝ". Li ektremis.

Delonge jam li estis forgesita tiun ĉi restoracion. Ja, pasis kvin jaroj. Veselin demandis sin, ĉu kvin jaroj estas granda aŭ malgranda periodo. Ja, la tempo rapide pasas.

-Vi diris, ke ni haltos ĉe la restoracio – Veselin aŭdis la voĉon de Neda.

-Jes – ekflustris li.

Li malrapidigis la aŭton kaj ĝi haltis.

-Kie ni estas? – demandis Vlad, kiu vekiĝis.

-Ĉe iu restoracio kaj ni trinkos kafon – diris Neda.

Ili eliris el la aŭto kaj eniris la restoracion. Veselin enpaŝis ĝin kun tremanta koro. La rememoroj vekiĝis en li kiel pluraj dormantaj birdoj, kiuj subite brue ekflugis.

-Vlad, kion vi trinkos? – demandis Neda la filon.

-Limonadon – respondis Vlad.

La kelnero rapide servis al ili la kafojn kaj la limonadon. Veselin malrapide komencis trinki la kafon. Oni trovis la korpon de Milena en la Danubo. Ŝi estis mortpafita kaj ĵetita en la riveron.

블라드는 여전히 잠들어있었다.

그들 앞에 길에서 린든 숲을 닮은 숲이 보였다.

갑자기 베셀린이 다른 표지판을 보았다.

'다뉴브의 만남'식당. 몸을 떨었다.

오랫동안 이 식당을 잊었다. 정말, 5년이 지났다.

베셀린은 5년이 길었는지 짧은 기간인지 궁금했다.

사실 시간은 금방 지나갔다.

"식당에서 잠시 멈추자고 당신이 말했어요."

베셀린은 아내의 목소리를 들었다.

"그래요." 베셀린이 속삭였다.

차를 늦추고 멈췄다.

"여기가 어디예요?" 깨어난 블라드가 물었다.

아내는 "식당에서 커피를 마실 거란다."라고 말했다.

그들은 차에서 내려 식당에 들어갔다.

베셀린은 떨리는 마음으로 그 안으로 들어갔다.

잠자는 새 몇 마리가 갑자기 시끄럽게 날아가는 것처럼 기억은 깨어났다.

"블라드, 뭘 마실 거니?" 아들에게 아내가 물었다.

"레모네이드요."라고 블라드가 대답했다.

종업원은 빠르게 그들에게 커피와 레모네이드를 제공했다. 베셀린은 천천히 커피를 마시기 시작했다.

다뉴브에서 밀레나의 시신을 찾았다.

시신은 총에 맞은 채 강에 버려져 있었다.

Dum longa tempo la polico ne serĉis ŝin. Iuj fiŝkaptistoj trovis ŝian korpon. La policanoj pridemandis
multajn homojn, sed ili ne trovis la murdinton. La pridemandoj estis precize kolektitaj en dikaj dosieroj kaj ŝlositaj en metalan ŝrankon en la policejo. Tiel la polico ŝlosis la vivon de Milena por eterne.

Milena ofte venis en la sonĝojn de Veselin. Ŝi kvazaŭ ĉeestis dum ĉiuj liaj ekspozicioj. Nun subite ŝajnis al Veselin, ke iu silente eksidis ĉe li, ĉe la tablo en la restoracio kaj tre mallaŭte iu tenere ekflustris al li: "Ne forgesu mian voĉon!"

오랫동안 경찰은 밀레나를 찾지 못했다.

어떤 어부들이 밀레나의 시체를 찾았다.

경찰은 많은 사람에게 질문했지만, 살인자를 잡지 못했다.

심문했던 내용들은 두꺼운 파일에 정확하게 수집된 채, 경찰서의 금속서랍장에 잠겼다.

따라서 경찰은 밀레나의 생명을 영원히 잠갔다.

밀레나는 종종 베셀린의 꿈에 나타났다.

마치 모든 전시회에 참석한 듯했다.

지금 갑자기 베셀린에게 누군가가 식당의 옆 탁자에 조용히 앉아 있고, 누군가 작고 부드럽게 '내 목소리를 잊지 마세요!'라고 하는 듯했다.

PRI LA AŬTORO

Julian Modest naskiĝis en Sofio. Bulgario. En 1977 li finis bulgaran filologion en Sofia Universitato "Sankta Kliment Ohridski" , kie en 1973 li komencis lerni Esperanton. Jam en la universitato li aperigis Esperantajn artikolojn kaj poemojn en revuo "Bulgara Esperantisto" .

De 1977 ĝis 1985 li loĝis en Budapeŝto, kie li edziĝis al hungara esperantistino. Tie aperis liaj unuaj Esperantaj noveloj. En Budapeŝto Julian Modest aktive kontribuis al diversaj Esperanto-revuoj per noveloj, recenzoj kaj artikoloj.

De 1986 ĝis 1992 Julian Modest estis lektoro pri Esperanto en Sofia Universitato "Sankta Kliment Ohridski" , kie li instruis la lingvon, originalan Esperanto-literaturon kaj

historion de Esperanto-movado. De 1985 ĝis 1988 li estis ĉefredaktoro de la eldonejo de Bulgara Esperantista Asocio. En 1992-1993 li estis prezidanto de Bulgara Esperanto-Asocio. Nuntempe li estas unu el la plej famaj bulgarlingvaj verkistoj.

Kaj li estas membro de Bulgara Verkista Asocio kaj Esperanta PEN-klubo.

저자에 대하여

율리안 모데스트는 불가리아의 소피아에서 태어났다. 1977년 소피아의 '성 클리멘트 오리드스키' 대학에서 불가리아어 문학을 공부했는데 1973년 에스페란토를 배우기 시작했다. 이미 대학에서 잡지 '불가리아 에스페란토사용자'에 에스페란토 기사와 시를 게재했다.

1977년부터 1985년까지 부다페스트에서 살면서 헝가리 에스페란토사용자와 결혼했다. 첫 번째 에스페란토 단편 소설을 그곳에서 출간했다. 부다페스트에서 단편 소설, 리뷰 및 기사를 통해 다양한 에스페란토 잡지에 적극적으로 기고했다. 그곳에서 그는 헝가리 젊은 작가 협회의 회원이었다.

1986년부터 1992년까지 소피아의 '성 클리멘트 오리드스키' 대학에서 에스페란토 강사로 재직하면서 언어, 원작 에스페란토 문학 및 에스페란토 운동의 역사를 가르쳤고. 1985년부터 1988년까지 불가리아 에스페란토 협회 출판사의 편집장을 역임했다.

1992년부터 1993년까지 불가리아 에스페란토 협회 회장을 지냈다.

현재 불가리아에서 가장 유명한 작가 중 한 명이다.

불가리아 작가 협회의 회원이며 에스페란토 PEN 클럽 회원이다.

Esperantaj verkoj de Julian Modest

1. Ni vivos! –dokumenta dramo pri Lidia Zamenhof.
2. La Ora Pozidono –romano.
3. Maja pluvo –romano.
4. D-ro Braun vivas en ni –dramo
5. Mistera lumo –novelaro.
6. Beletraj eseoj –esearo.
7. Mara stelo –novelaro
8. Sonĝ vagi –novelaro
9. Invento de l' jarcento –komedio
10. Literaturaj konfesoj –esearo
11. La fermata konko –novelaro
12. Bela sonĝ –novelaro
14. La viro el la pasinteco –novelaro
15. Dancanta kun ŝarkoj - originala novelaro
16. La Enigma trezoro - originala romano por adoleskuloj
17. Averto pri murdo - originala krimromano
18. Murdo en la parko - originala krimromano
19. Serenaj matenoj - originala krimromano
20. Amo kaj malamo - originala krimromano
21. Ĉasisto de sonĝoj - originala novelaro

율리안 모데스트의 저작들

-우리는 살 것이다!-리디아 자멘호프에 대한 기록드라마
-황금의 포세이돈-소설
-5월 비-소설
-브라운 박사는 우리 안에 산다-드라마
-신비한 빛-단편 소설
-문학 수필-수필
-바다별-단편 소설
-꿈에서 방황-짧은 이야기
-세기의 발명-코미디
-문학 고백-수필
-닫힌 껍질-단편 소설
-아름다운 꿈-짧은 이야기
-과거로부터 온 남자-짧은 이야기
-상어와 춤추기-단편 소설
-수수께끼의 보물-청소년을 위한 소설
-살인 경고-추리 소설
-공원에서의 살인-추리 소설
-고요한 아침-추리 소설
-사랑과 증오-추리 소설
-꿈의 사냥꾼-단편 소설

Vortoj de tradukisto

Oh Tae-young(Mateno, Dumviva Membro)

Mi donis dankon al tiuj, kiuj legas ĉi tiun libron.

Mi deziras ke legantoj estas kontentaj je ĉi tiu renkontiĝo kun la libro.

Esperanto estis la espera voĉo, kiu venis al mi, kiam mi maltrankviliĝis pri paco, dum la 1980-aj jaroj. Tiam mi sentis pikan atmosferon de larmiga gaso en la universitato.

Mi lernis kun ĝojo pri la nova idealo.

Mi esperas, ke spertaj Esperantistoj povas ĝui la legadon de la originala teksto kaj komencantoj povas plibonigi siajn esperantajn kapablojn per referenco de la korea traduko.

Mi konstatas, ke traduko ne facilas, sed mi ne povas ĉesi, ĉar mi devas semi por produkti fruktojn.

Dum vi legis ĉi tiun libron, mi esperas, ke pli bonaj tradukistoj eliros kaj plivastigos niajn literaturajn horizontojn. Se vi donas ion akran korekton, ni kolektos ĉiujn opiniojn kaj korektos ilin la venontan fojon. Dankon al Julian Modest kaj Esperanta eldonejo 'Libera' pro ilia senkondiĉa permeso.

번역자의 말

이 책을 손에 들고 읽어내려가는 분들께 감사드립니다.
흡족하고 좋은 만족한 만남이 되길 바라는 마음입니다.
80년대 대학에서 최루탄을 맞으며 평화에 대해 고민한
나에게 찾아온 희망의 소리는 에스페란토였습니다.
피부와 언어가 다른 사람 사이의 갈등을 풀고 서로 평등
하게 의사소통하며 행복을 추구하는 새로운 이상에 기뻐
하며 공부하였습니다.
세월이 흘러 직장을 은퇴하고 에스페란토 원작 소설을
읽으며 즐거움을 누리다가 초보자를 위해 한글 대역이
있으면 좋겠다는 마음으로 번역을 시작했습니다.
능숙한 에스페란토사용자라면 원문을 읽으며 소설의 즐
거움을 누리고 초보자는 한글 번역을 참고해 읽으면서
에스페란토 실력을 향상했으면 하는 바람입니다.
번역이 절대 쉽지 않다는 사실을 절실하게 깨달으면서도
그만둘 수 없는 것은 씨를 뿌려야 열매가 나오기 때문입
니다.
이 책을 읽으며 더 훌륭한 번역가가 나와 우리 문학의
지평을 확장해 주길 바랍니다. 무엇이든 날카로운 질정
(叱正)을 해주시면 모든 의견을 수렴하여 다음에는 수정
할 생각입니다. 출판을 흔쾌히 허락해주신 율리안 모데
스트와 리베라 출판사에 감사드리며 꽤 긴 책이지만 읽
으려고 구매하신 모든 분께 다시 한번 감사드립니다.